Au printemps 2015,
Gallimard Jeunesse, RTL et Télérama
ont lancé la 2ᵉ édition du concours
du premier roman. Parmi les 800 textes reçus,
un jury composé d'éditeurs, d'auteurs,
de journalistes, de libraires et de blogueurs
a désigné un gagnant.
C'est ce livre que vous avez aujourd'hui entre vos mains.

LES MYSTÈRES DE LARISPEM

LUCIE PIERRAT-PAJOT

LES MYSTÈRES DE LARISPEM

1 LE SANG JAMAIS N'OUBLIE

Illustrations de Donatien Mary

GALLIMARD JEUNESSE

© Gallimard Jeunesse, 2016, pour le texte et les illustrations

1

MARAUDEUSES

> *Les bourgeois, les nobles, les aristocrates, les riches… peu importe le nom qu'on leur donne, cette catégorie de la population doit comprendre qu'il n'est plus possible de continuer à se comporter comme des parasites. Ils doivent se rendre compte que le chien n'a pas besoin de ses tiques pour vivre, bien au contraire. En revanche, il a besoin d'une meute. Nous posons donc l'ultimatum suivant : l'égalité et la fraternité entre tous, ou l'exil pour ceux qui refusent de s'adapter.*
>
> Gustave Fiori, 1872.

1899 – Cité-État de Larispem

Le duo se déplaçait dans les ombres de la ville. Deux silhouettes féminines, qui se glissaient derrière les murets et empruntaient des passages dérobés, couraient pour traverser la lumière d'un réverbère et se dissimulaient du mieux possible pour éviter les projecteurs des aérostats de la Garde. Elles passèrent au pas de course devant un mur où s'étalait un portrait géant de la Présidente de Larispem et de son Premier Conseiller. Dans l'obscurité, leurs yeux peints semblaient observer les maraudeuses avec sévérité.

– On y est, chuchota la première.

C'était une adolescente athlétique dont la peau sombre et les vêtements noirs se fondaient dans la nuit. Seules les perles d'argent au bout de ses tresses brillaient de temps en temps quand elles captaient un peu de lumière. Elle désigna un portail rouillé, condamné par une chaîne ainsi que par la prolifération du lierre qui enserrait les gonds et les anciennes fioritures de fer forgé.

– C'est pas trop tôt, haleta la seconde silhouette, adolescente elle aussi, vêtue de la même façon que sa complice, mais nettement plus dodue. Comment tu comptes entrer ? ajouta-t-elle en essayant de reprendre son souffle.

– En passant par-dessus le portail.

– Mais je ne vais jamais pouvoir te suivre !

Sans lui répondre, la première prit appui sur le muret et se hissa souplement au-dessus de la grille. Il y eut un bruit léger lorsqu'elle retomba de l'autre côté.

– Allez, dépêche-toi, Liberté !

La seconde adolescente évalua la hauteur du mur et les risques de se briser le cou sur les pavés du trottoir en l'escaladant – élevés, sans doute, mais il était un peu tard pour renoncer. Elle rassembla son courage et entreprit de suivre le même chemin que l'éclaireuse, en évitant de regarder en bas. Après quelques minutes laborieuses, elle parvint à basculer de l'autre côté et se réceptionna maladroitement dans les herbes folles d'une pelouse laissée à l'abandon.

Les deux maraudeuses se trouvaient dans un ancien jardin redevenu forêt : un tapis de feuilles mortes masquait le tracé des allées, et les haies, sauvages depuis bien longtemps, formaient d'épais murs végétaux. Une forme blanche fantomatique, une statue de femme décapitée, ouvrait les mains en direction des intruses.

– Il est sinistre, cet endroit, marmonna la fille qui s'appelait Liberté. C'est pas étonnant qu'on raconte qu'il est hanté.

Elle désigna la maison bourgeoise en ruine qui se dressait au milieu du jardin, à quelques foulées de leur position.

– Tant mieux, chuchota l'autre. Avec un peu de chance, personne n'aura osé traîner par ici et il va nous rester des trucs à grappiller dans les ruines.

Les deux adolescentes traversèrent en courant l'espace dégagé qui séparait leur cachette de la maison. Il fallait espérer que la milice de sûreté du quartier n'ait pas placé une sentinelle mécanique dans le coin. Lors de leur dernière expédition, elles étaient tombées sur l'une de ces machines conçues pour être les plus bruyantes et les plus lumineuses possible en cas d'intrusion. Elles avaient failli se faire intercepter, il s'en était fallu d'un cheveu.

– À ton avis, Carmine, qui vivait là ? demanda Liberté en se plaquant contre un mur, lui aussi couvert d'un lierre sombre et épais.

– On s'en fiche. Tu passes trop de temps à te poser des questions là-dessus, Lib. C'est vieux cette histoire, ils sont tous morts depuis des années et ils se moquent qu'on fouille les ruines de leur maison. Le pire qui pourrait nous arriver, c'est qu'on tombe sur un Frère du Sang, ces chauves-souris-là aiment bien rôder la nuit. Mais t'as pas à t'inquiéter, les ennemis de la Cité, j'en fais mon affaire.

Pour souligner sa tirade, Carmine tapota sa ceinture où étaient fixés trois couteaux de taille croissante rangés dans leurs fourreaux de cuir. Liberté poussa un bref grognement. Elle avait beau marauder avec Carmine depuis quelque temps déjà, elle ne pouvait pas entièrement s'ôter de la tête que, tôt ou tard, elle s'en mordrait les doigts.

La porte de l'ancienne demeure était défoncée depuis belle lurette. Des graffitis recouvraient le bois sculpté, sans doute réalisés par des gamins en mal de sensations fortes ou par des mendiants venus s'abriter pour une nuit. Dominant tous ces gribouillis, le taureau tricéphale du gouvernement avait été peint en rouge. Un avertissement pour les Frères du Sang et les pilleurs. Les deux adolescentes enjambèrent les décombres et pénétrèrent dans la maison. Carmine tira de sa besace un luxomaton et remonta la clé du petit appareil qui se mit à vrombir doucement, irradiant une douce lumière dorée. Elle l'attrapa par la poignée et le tint à bout de bras pour examiner les lieux.

La maison avait été pillée pendant la Seconde Révolution et il ne restait pas grand-chose de sa splendeur. Les meubles avaient été distribués depuis longtemps, les objets précieux fondus pour frapper la nouvelle monnaie et la plupart des tableaux détruits. Certains étaient exposés au musée de la Monarchie en souvenir de l'injustice de l'Ancien Régime. À première vue, il n'y avait plus que des murs qui moisissaient lentement depuis presque trente ans, mais pour ceux qui savaient chercher, il restait encore quelques miettes de l'ancien festin à ramasser.

– À toi de jouer, Liberté. Tu préfères quoi ? Salon ou chambre ?

Éclairé par en dessous grâce au luxomaton, le visage farouche de Carmine semblait taillé dans de l'obsidienne. Liberté tourna sur elle-même pour examiner les lieux. Les anciennes maisons aristocratiques comme celle où elles se trouvaient étaient truffées de pièces secrètes et de coffres dissimulés. Durant les dernières années de la Seconde Révolution, les familles nobles et fortunées avaient redoublé d'efforts pour construire des passages secrets et des caches afin d'y dissimuler leurs possessions les plus précieuses – voire elles-mêmes lorsque leurs vies s'étaient vues directement menacées. Certains nantis y étaient restés coincés, préférant mourir au milieu de leurs trésors que de s'adapter au monde nouveau qu'on leur proposait. C'est ainsi qu'une fois les filles étaient tombées, dans une pièce secrète, face à un squelette encore vêtu d'une robe de chambre. Sous le choc, Liberté s'était enfuie en hurlant. Carmine, elle, avait pris le temps de soulager le cadavre de ses bagues en or avant de refermer la porte.

Liberté chassa ce souvenir de son esprit et observa la maison.

– On va commencer par le salon.

Les deux maraudeuses passèrent une porte au bois gonflé et pourri. Un bouquet de frênes poussait au milieu du parquet défoncé. La lumière du petit luxomaton se prenait dans les branches, projetant des ombres fantastiques au plafond. La pièce était vide, les fenêtres aux carreaux brisés laissaient passer l'air nocturne, mais la gigantesque cheminée de marbre avait survécu, intacte. Liberté passa ses doigts sur la pierre froide, gravée d'un blason figurant trois croissants de lune. Il avait dû y avoir des fêtes somptueuses dans cette salle, des bals où la jeunesse dorée dansait au son des violons. Liberté imagina des jeunes filles en robe de dentelle et des garçons en redingote, leurs visages rieurs rougis par les flammes et l'excitation. Qu'étaient-ils devenus ? Avaient-ils été tués ici même par la foule en colère ? Leur sang avait-il coulé sur le parquet luxueux, taché le marbre blanc ? Liberté ne pouvait pas s'empêcher d'y penser chaque fois qu'elle se retrouvait dans l'une de ces maisons fantômes.

Carmine lui fit la courte échelle pour qu'elle puisse inspecter le manteau de la cheminée, grimaçant sous le poids conséquent de son amie.

– Si tu pouvais manger un peu moins, la prochaine fois…

Liberté ne releva pas et fit courir ses mains sur la paroi, les yeux fermés, cherchant du bout des doigts les rainures infimes indiquant la présence d'un double-fond ou d'un tiroir secret. Elle était douée pour repérer les mécanismes dissimulés, les ressorts qui s'écrasaient sous une pression du pouce pour révéler un double-fond dans une cloison creuse.

– Non. Il n'y a rien, affirma-t-elle.

– On passe à l'étage, faut pas perdre de temps.

Un grincement au-dessus de leurs têtes les fit sursauter. Carmine porta instinctivement la main sur ses couteaux. Liberté blêmit.

– Laisse tomber, on se sauve.

Carmine prit le visage de son amie entre ses mains.

– Non. J'ai besoin de cet argent et, pour le trouver, j'ai besoin de toi. On n'abandonne pas. Je suis certaine que cette baraque regorge de trésors. T'es avec moi ou pas ?

Liberté avala péniblement sa salive. Sans lui laisser le temps de réfléchir davantage, la fille aux couteaux l'entraîna hors du salon. Dans le hall, un immense escalier de marbre leur faisait face, brillant dans la pénombre. Carmine leva plus haut son luxomaton et précéda Liberté.

La première chambre était dévastée et vide, les murs éventrés et couverts d'une crasse épaisse ; la seconde contenait encore un lit au baldaquin écroulé. Liberté vérifia les murs et les moulures en stuc sans rien découvrir. Carmine jeta un coup d'œil sous le lit sans autre résultat que de couvrir ses tresses de poussière. Dans la troisième chambre, les maraudeuses se retrouvèrent face aux étagères d'une bibliothèque. Les rayons grimpaient jusqu'au plafond. Elle avait dû être superbe autrefois, mais tous les volumes avaient disparu, à l'exception de quelques livres oubliés et rongés par les rats. Typiquement un lieu qui pouvait dissimuler une pièce cachée. Liberté sentit l'excitation la gagner. Elle fit craquer ses doigts et tourna la molette du luxomaton jusqu'à obtenir une lumière plus intense.

– Au travail, murmura-t-elle.

À ce moment, la bibliothèque s'ouvrit en deux, poussée de l'intérieur. De l'autre côté, il y avait une haute silhouette enroulée dans une cape, le visage dissimulé sous une capuche. Liberté recula en poussant un cri tandis que l'inconnu se figeait, surpris.

– Ne bouge plus !

Carmine avait dégainé deux de ses couteaux. Les genoux fléchis, elle se tenait en garde.

– Laissez-moi passer, je vous prie.

La voix masculine sortie des profondeurs de la capuche était suave, et l'élocution élégante, mais le vernis de politesse ne suffisait pas à cacher la menace.

– Tu es un aristo, pas vrai ? railla Carmine, ignorant Liberté qui la suppliait à mi-voix de laisser tomber. Pourquoi tu n'es pas planqué quelque part en attendant de crever ? Est-ce que quelqu'un aurait oublié de te prévenir qu'on a flanqué tous les riches de ton espèce à la porte, il y a trente ans ?

– Je sais tout cela, répliqua l'homme de sa voix douce, tout comme je n'ignore pas que vous êtes allés jusqu'à salir le nom de cette ville en l'appelant Larispem, un sobriquet tiré de votre abominable jargon de bouchers.

– T'as quoi contre les bouchers ?

Sans prévenir, Carmine lança son premier couteau : un tir parfait qui avait demandé des centaines d'heures d'entraînement. Le couteau cloua la capuche au mur, exposant en pleine lumière le visage d'un homme jeune, aux traits fins, à la barbe et aux cheveux blonds. Un grain de beauté sous l'œil droit dessinait comme une larme sur ses traits élégants. L'homme grimaça en dégrafant sa cape et fit tomber le livre poussiéreux qu'il serrait contre lui. Il se pencha pour le ramasser mais Carmine fut plus vive et décocha un coup de pied dans l'objet, l'envoyant valser au fond de la pièce. Dans le même mouvement, elle allongea son bras armé en direction des côtes de l'homme qui poussa un cri de douleur. Touché. Il trébucha et heurta une forme sombre recroquevillée dans un coin de la salle : un automate de surveillance dont les rouages s'étaient encroûtés au fil du temps. Le choc décoinça l'un des grains de rouille qui le bloquait. Il y eut un bourdonnement et l'engin se mit à tourner, laborieusement d'abord, puis de plus en plus vite, et un son strident sortit des deux pavillons de cuivre fixés sur l'appareil. Liberté se boucha les oreilles tandis que les chiens aux alentours se mettaient à aboyer. La main serrée contre sa blessure, l'homme blond tourna la tête vers la fenêtre, puis vers le livre qui gisait dans la poussière derrière Carmine, et il comprit qu'il n'avait plus le temps de le récupérer. Il fit un mouvement vif. À la lumière du luxomaton, Liberté eut le temps de voir deux petites sphères de verre apparaître dans ses mains. Carmine leva les bras pour se protéger mais leur adversaire se contenta de les laisser tomber à ses pieds où elles se brisèrent avec un bruit cristallin. Une épaisse fumée blanche s'en éleva dans l'instant, couvrant la pièce d'un manteau cotonneux à l'odeur ferrugineuse tandis que l'automate de surveillance continuait de hurler. Liberté bloqua sa respiration mais c'était trop tard, elle avait déjà inhalé une bouffée de brouillard. Un goût de fer lui tapissa le palais. Carmine plaqua son foulard contre son nez, cherchant à deviner d'où viendrait le prochain coup. Le luxomaton faisait comme un point doré au milieu du brouillard mais l'homme aux cheveux blonds n'était plus là. Carmine courut à la fenêtre et se pencha autant qu'elle put pour absorber une grande goulée d'air frais. Dans la chambre abandonnée, la fumée blanche se dissipa vite, balayée par les courants d'air.

Liberté tremblait comme une feuille. Son amie l'aida à se relever.

– Il faut partir ! cria-t-elle pour couvrir le bruit des sirènes. La milice de quartier va arriver !

Liberté inspira et expira profondément, terrifiée à l'idée de sentir une douleur soudaine dans ses poumons, mais rien de tel ne se produisit. Ses côtes se soulevaient et s'abaissaient normalement. Quoi qu'aient contenu les billes de verre, ça ne semblait pas toxique.

Carmine se précipita dans l'espace ouvert derrière la bibliothèque. Pas question d'être venues pour rien. Elle ramassa au hasard quelques objets – une croix en or, deux ou trois bijoux dans un coffret – et les fourra dans sa sacoche. Un éclat au pied de l'automate, dont la sirène faiblissait déjà, attira son attention :

la tranche dorée du livre. Les bras encombrés par son butin, elle le désigna du menton à son amie.

– Vite ! Prends le bouquin, on s'en va.

Liberté se leva péniblement. Son esprit était embrouillé, comme un rêve qui s'effiloche au fur et à mesure qu'on essaie de s'en souvenir. Il y avait eu un homme blond, un homme qui… qui pleurait ? Quelque chose comme ça. Où était-il passé ? Elle ramassa le livre. Carmine l'entraîna en bas de l'escalier et elles retraversèrent le jardin à toute allure tandis que les lumières s'allumaient dans les maisons des alentours. Lorsque la milice de quartier réussit enfin à se frayer un passage jusqu'aux ruines, elle ne trouva rien d'autre qu'un petit luxomaton au ressort détendu, abandonné dans le hall de la bâtisse, et une cape noire, clouée au mur de l'une des chambres par un couteau effilé.

2

LE SANG JAMAIS N'OUBLIE

> *Celui qui a quelque chose à cacher refuse l'égalité et la fraternité en bloc. Par ses agissements secrets, il se place au-dessus des autres : il sera donc considéré comme suspect, voire comme coupable.*
>
> Discours de Jacques Vilain, 1874.

C'était toujours Liberté qui se chargeait de revendre ce qu'elles avaient réussi à voler la nuit. Son travail de maintenance des automatons de réclame lui donnait l'occasion de parcourir la ville tout au long de la journée, afin de tester les appareils signalés comme défectueux. Les embouteillages étaient fréquents sur les boulevards, et certaines rues qui avaient été endommagées lors de la Seconde Révolution, presque trente ans plus tôt, demeuraient difficilement praticables. Il y avait des pavés disjoints, des nids-de-poule qui cassaient les roues des vapomobiles et les pattes des chevaux. Rien d'anormal, donc, à ce que la jeune fille achève parfois sa ronde avec une heure de retard. Une heure, c'était le temps nécessaire pour qu'elle fasse un détour par la ruelle du Larbin, coincée entre deux maisons couvertes d'affiches vantant les mérites d'un sirop contre la toux. Un escalier instable permettait d'accéder à des appartements vétustes. Au troisième étage, Liberté toquait à la porte. Une femme obèse lui ouvrait, trois ou quatre enfants en bas âge suspendus à ses jupons.

– C'est pour ? grognait invariablement la matrone en ouvrant la porte.

La réponse de Liberté était toujours la même :

– On m'a commandé un jeu de rouages pour un théâtre de poche défectueux.

Sans changer d'expression, la grosse femme ouvrait alors la porte un peu plus grand, juste ce qu'il fallait pour la laisser passer. L'appartement était étriqué, noyé dans les vapeurs qui s'élevaient d'une énorme marmite posée sur un poêle en fonte. Au fond, il y avait une chambre sombre où se trouvait le contact de Liberté, tapi comme une ombre sournoise. Elle ne connaissait que son nom – Paolino Venve – et, à vrai dire, elle ne voulait pas en savoir plus. D'une part, parce que le petit commerce auquel elle se livrait avec sa complicité était illégal, et, d'autre part, parce qu'elle n'aimait pas cet homme.

Lorsque Liberté arrivait, Paolino était toujours en train d'examiner des objets à la loupe ou de griffonner dans des livres de comptes. Ce jour-là, il inspectait un vase de porcelaine blanche avec un monocle grossissant qui donnait l'horrible impression que son œil droit avait récemment doublé de volume.

– Tiens donc, ma voleuse préférée.

Il leva le nez de son ouvrage et lui fit signe de s'installer en face de son bureau. Aussi large que sa femme, Paolino avait une impressionnante couronne de cheveux blancs qui rejoignait une barbe tout aussi fournie. Au milieu de cette jungle de poils blancs trônait un nez crochu surmonté de deux yeux féroces. Il ressemblait à un aigle qui se serait empâté faute de pouvoir voler librement.

– Comment va la maraude ? Les belles et anciennes demeures de Larispem ont-elles été généreuses ces derniers temps ?

Liberté haussa les épaules. Le ton de son interlocuteur était toujours méprisant. Elle était certaine qu'il la détestait.

Paolino lui montra la céramique.

– Regarde un peu ce joli vase. C'est un autre petit rat de ton espèce qui me l'a fourni. Un objet totalement illégal, bien entendu.

Liberté observa le bibelot sans comprendre. Ce n'était qu'un cylindre de porcelaine, le seul détail qui lui donnait une allure originale était les sillons irréguliers qui creusaient horizontalement ses parois.

– Pourquoi illégal ? C'est juste un vase.

Paolino se tapota le nez avec une expression rusée.

– Tu ne regardes pas vraiment, comme tous les jeunes de nos jours. Tiens, observe, petite. Observe et apprends.

Il donna deux tours de clé à son luxomaton, le rapprocha du vase et désigna l'ombre projetée sur le bureau. Liberté eut un hoquet de surprise, tandis que les sillons tracés dans la porcelaine dessinaient en ombre chinoise un profil bien connu du peuple de Larispem : celui de Napoléon III, l'ancien empereur déchu.

Paolino ricana, content de son effet. Il recula la lampe et le vase redevint un objet anodin.

– Allons, montre-moi ta marchandise.

Encore ébahie, Liberté s'obligea à lâcher des yeux le vase pour sortir le fruit de leurs derniers larcins : deux lourdes chevalières d'argent incrustées de pierreries, une étoffe de soie brodée d'abeilles, ainsi que le collier et la croix en or récupérés dans la maison aux trois croissants de lune. Paolino hocha sa grosse tête.

– Joli, très joli.

Il saisit avec respect les chevalières et les posa au creux de sa main, aussi délicatement que si elles étaient en cristal.

Après avoir inspecté la croix à la loupe, il se figea en voyant le blason aux croissants de lune gravé au dos du bijou.

– Où était-elle au juste, cette demeure que vous avez pillée ? demanda-t-il d'un ton neutre qui ne trompa pas Liberté.

Le signe avait attiré son attention.

Elle haussa cependant les épaules.

– Je ne sais plus, prétendit-elle en se sentant rougir jusqu'aux oreilles.

Le regard d'aigle de Paolino lui donna des picotements le long de la nuque mais elle s'efforça de garder une expression neutre.

– Dis-moi juste… n'y avait-il pas autre chose avec la croix, à part ce collier ?

L'image floue d'un homme affleura dans la mémoire de Liberté. Elle évitait de penser à la maison aux croissants. Quelque chose s'était passé ce soir-là et elle ne savait pas exactement quoi. Carmine lui soutenait qu'elles étaient tombées sur l'automate, rien de plus, et surtout pas sur un homme blond. Pourtant, en rentrant, son amie avait constaté que l'un de ses couteaux manquait et qu'un autre était taché de sang. Le mystère était entier, et pour une fois, il résistait à Liberté.

– Non, je ne crois pas, répondit-elle.

– Vous n'avez pas trouvé de livre ?

Elle secoua la tête et répondit en prenant soin d'éviter le regard de Paolino :

– Rien d'autre. Ça fera cent taureaux pour le tout.

– Tu te moques de moi ! s'exclama-t-il. Soixante. Et encore, je suis bon prince.

Liberté passa la langue sur ses lèvres sèches. Elle n'avait qu'une envie : en finir. Cette chambre confinée qui sentait le rance, la masse de Paolino, les pleurnicheries des marmots dans le salon, tout ceci la mettait horriblement mal à l'aise. Si Carmine et elle n'avaient pas eu tant besoin d'argent, elle aurait cédé. Soixante taureaux, c'était deux fois plus que la paye moyenne d'un charpentier, une profession qui n'avait pas à se plaindre sur le plan financier.

– Je… je sais très bien que les collectionneurs à qui vous allez les revendre sont prêts à payer deux cents taureaux pour la croix toute seule. Quatre-vingt-dix taureaux, c'est mon dernier prix.

Paolino montra les dents. Il approcha son visage si près qu'elle ne put s'empêcher de reculer.

– Je pourrais, murmura-t-il, te forcer à tout me donner pour rien. Tu as de la chance d'être rentable. Quatre-vingt taureaux et cinq veaux.

Liberté avala sa salive et hocha imperceptiblement la tête.

– Bien.

Après avoir fouillé dans le tiroir d'une commode, Paolino ouvrit un coffre à l'aide d'une clé passée autour de son cou. Il compta quatre-vingts taureaux d'or et cinq veaux d'argent avant de les remettre à la jeune fille, qui fila sans demander son reste.

– À la prochaine, « Liberté chérie », cria Paolino dans son dos tandis qu'elle se hâtait vers la sortie en manquant trébucher sur les enfants occupés à jouer au milieu du salon.

Liberté dévala l'escalier à toute allure et se hâta de quitter la ruelle du Larbin pour retomber sur le boulevard Louise-Michel. L'air pollué de Larispem lui sembla délicieusement frais comparé aux relents de l'appartement du receleur. De tête, l'adolescente fit le calcul une fois encore. Si elle ne se trompait pas, quatre-vingt taureaux et cinq veaux étaient suffisants pour atteindre enfin la somme de deux cents taureaux qu'elle et Carmine s'efforçaient de rassembler depuis un mois. Liberté s'autorisa un sourire de soulagement. Il était temps : le délai expirait dans deux jours. De meilleure humeur, elle grimpa sur sa bicyclette et consulta la feuille de route indiquant la liste des appareils défectueux de l'arrondissement. Quatre étaient biffés. Liberté avait réussi à réparer sans trop de problèmes les deux premiers. Le troisième et le quatrième en revanche lui avaient donné du fil à retordre. Il lui faudrait revenir le lendemain avec des pièces détachées spécifiques.

Le dernier appareil en panne se trouvait rue Grousset, juste sous les murs de Lachaise, le plus grand cimetière de la ville.

Liberté frissonna. Elle n'aimait pas cet endroit. Par respect pour les morts, et aussi parce qu'il avait été le théâtre de combats héroïques durant la Seconde Révolution, les Trois avaient choisi de ne pas réserver aux tombes le même sort qu'aux hôtels particuliers des vivants. L'endroit avait donc simplement été bouclé et laissé à l'abandon. Une grande statue commémorative se dressait devant les grilles. Des patrouilleurs mécaniques tournaient nuit et jour dans les allées du cimetière, prêts à paralyser d'une bonne décharge électrique le maraudeur malintentionné ou l'étudiant téméraire qui auraient tenté de s'y introduire.

Liberté fila tout droit le long du boulevard, croisant des ouvrières rentrant du travail et des mères de famille promenant leurs bambins. Deux hommes la doublèrent au volant d'une vapomobile flambant neuve, brillant de tous ses chromes. Le pot d'échappement cracha un épais nuage de vapeur d'eau à l'odeur d'huile de moteur dans sa direction, tandis que la machine filait à toute allure avant de bifurquer dans une rue adjacente. La vapeur opaque fit de nouveau émerger le souvenir flou de la maison aux croissants de lune et de l'homme blond. Liberté soupira, agacée par ce tour étrange que lui jouait sa mémoire. Elle finit par arriver en vue des grilles condamnées puis suivit le mur nord qui portait encore des traces de mitraille jusqu'à l'automate de réclame : un buste féminin articulé, conçu pour gesticuler sensuellement tout en vantant d'une voix forte les établissements de lingerie Colette. Pour le moment, le mannequin était immobile, la tête baissée et les bras ballants. Liberté posa sa bicyclette le long du mur du cimetière, essayant de ne pas penser aux alignements de tombes de l'autre côté. Elle s'accroupit derrière le socle du voxomaton et ouvrit le tableau de commande à l'aide d'une clé spéciale suspendue à son cou.

– Tout ça pour un câble débranché, râla-t-elle en reconnectant la fiche.

Sur son socle, l'automate se redressa avec un léger grincement mécanique. Liberté ferma la porte.

– Voyons ce que ça donne…

Ce dernier prit la pose, levant une main coquette vers ses cheveux de fer-blanc, et la jeune fille eut un sourire satisfait, sourire qui se figea lorsque le voxomaton ouvrit grand sa bouche articulée pour hurler d'une voix stridente :

– LE SANG JAMAIS N'OUBLIE.

– Quoi ? balbutia-t-elle.

– LE SANG JAMAIS N'OUBLIE. LE SANG JAMAIS N'OUBLIE.

Les passants commençaient à tourner la tête vers l'appareil. Blême, Liberté courut ouvrir de nouveau le tableau de bord et arracha la fiche qu'elle venait tout juste de rebrancher. L'automate redevint flasque et se tut.

– Il a dit quoi ? lui demanda un homme en bleu de travail alors qu'elle se relevait, rouge et échevelée.

– Euh… je ne sais pas. J'ai cru entendre « Vingt pour cent le vendredi », improvisa Liberté. Pas vous ?

L'homme secoua la tête, l'air catastrophé. Il regardait l'automate comme s'il venait de voir son pire cauchemar se matérialiser sous ses yeux.

– Non, dit-il. Non, j'ai bien entendu. Ce n'était pas du tout ça.

– Quelqu'un a fabriqué un nouveau cylindre et l'a glissé à la place de l'original. Dès que tu as rebranché la fiche, la tête de lecture l'a lu, voilà ce qui s'est passé.

Guillaume Clément, le patron de Liberté, scrutait à la loupe le cylindre gravé de fins sillons. Il n'y avait aucune marque dessus, ni signature ni dessin. Il le glissa dans un phonographe et remonta une clé. La voix s'éleva de nouveau, scandant la même phrase lugubre.

– Qui a pu faire ça, patron ? Et qu'est-ce que ça peut bien vouloir dire, « le sang jamais n'oublie » ?

Guillaume fit taire le phonographe, ôta ses lunettes et se frotta les yeux. La journée avait été longue et il n'avait pas eu le temps de finir ce qu'il avait commencé. Des messages arrivés par le réseau pneumatique jonchaient encore son bureau. Il les contempla d'un regard las et songea qu'il lui fallait vraiment une secrétaire.

– Tu as déjà entendu parler des Frères du Sang, je suppose ?

Liberté déglutit avec difficulté et songea que si les Frères étaient impliqués, le cylindre aurait très bien pu être piégé et lui exploser à la figure au lieu de se contenter de crier son message.

– Ce seraient donc eux ? Mais c'est quoi, cette histoire de sang ?

Guillaume eut l'air surpris par la question.

– Tu ne sais donc pas… ? C'est vrai que tu n'as que quinze ans. J'oublie parfois que les jeunes n'ont pas connu la Seconde Révolution et que tout ceci n'est pour vous que des lignes de texte dans vos livres d'histoire. As-tu déjà entendu parler de Louis d'Ombreville ?

Liberté n'eut pas à réfléchir très longtemps. Le personnage était aussi connu que Napoléon III et elle avait à de multiples reprises vu des pièces pour théâtres automatiques qui le mettaient en scène.

– C'était le chef de file des aristocrates durant la Seconde Révolution, récita-t-elle. Un homme qui faisait des messes noires dans les caves de son hôtel particulier et pensait que le diable lui avait offert des pouvoirs. Avec une poignée de partisans, il s'est opposé au Taureau et il a refusé de s'exiler hors de Larispem. C'est lui qui a assassiné Jacques Vilain alors qu'ils se réunissaient pour négocier un compromis. À cause de ça, il y a eu des émeutes et la plupart des aristocrates qui restaient ont été tués.

– C'est à peu près cela, approuva Clément. J'avais vingt ans en 1871 quand Larispem s'appelait encore Paris, et que la Commune n'avait pas encore pris le nom de Seconde Révolution.

Liberté écarquilla les yeux. Son patron, moustachu et myope, lui apparaissait soudain sous un nouveau jour.

– Vous vous êtes battu ? Sur les barricades ?

Guillaume Clément tripota un coupe-papier en ivoire, les yeux perdus dans son propre passé. Les coins de sa moustache se soulevèrent tandis qu'il souriait.

– Oui, je faisais partie d'un groupe d'étudiants. On avait tout vécu : le désastre de la guerre contre les Prussiens, la chute de Napoléon III, le gouvernement de défense nationale – une bande de bourgeois en gilet qu'on n'aimait pas plus que l'empereur. Et ensuite, le siège de Paris et la famine. Je me souviens même d'avoir mangé du rat... Du rat, tu te rends compte ? L'armistice est tombé et on s'est sentis tellement humiliés ! On avait été trahis ! Alors, au bout de la centième provocation, on s'est rebellés. Je me rappelle être allé sur plusieurs barricades : le boulevard Puebla, la rue Saint-Maur. C'étaient des tas pas bien droits, bricolés avec des pavés, des bouts de grille, des tonneaux. Quand l'armée des Versaillais nous est tombée dessus, elles n'ont pas résisté très longtemps. Ils tiraient à boulets rouges depuis les collines. Les Tuileries, l'Hôtel de Ville flambaient. La nuit, le ciel était cramoisi. Nos cheveux et nos vêtements sentaient la fumée toute la journée. Si les Trois n'avaient pas eu l'idée d'utiliser les catacombes et les égouts pour prendre les Versaillais à revers et transformer en guérilla ce qui n'était qu'un massacre en règle, je ne sais pas ce qui se serait passé. Je suppose qu'il y aurait eu encore plus de morts, que Paris serait resté Paris et que les bourgeois et les nobles auraient continué à nous piétiner, des années et des années durant. Mais je m'égare... On parlait de Louis d'Ombreville, je crois ?

Liberté, qui avait écouté avec fascination le récit de son patron, hocha la tête. Guillaume Clément se leva de son fauteuil en massant ses lombaires douloureuses.

– Je disais donc : les partisans de Louis d'Ombreville se

faisaient appeler les Frères du Sang, une allusion au « sang bleu » aristocratique, je crois. « Le sang jamais n'oublie », c'était ça leur devise. En 1875, Ombreville a effectivement tué Jacques Vilain dans les circonstances que tu connais – même si on ignore presque tout des détails de l'affaire. On sait juste qu'à peine son crime commis, il est mort à son tour, abattu par l'un des gardes présents. Avant d'expirer, il aurait lancé une sorte de malédiction en prédisant que, tôt ou tard, son sang retomberait sur Larispem. Le peuple a vengé Jacques Vilain en éliminant les amis d'Ombreville, mais il ne fait aucun doute que quelques Frères ont survécu. On sait qu'ils sont là, cachés, et qu'ils restent actifs. Le déraillement du tram l'an dernier, l'incendie de l'usine de conserves… Les enquêtes ont prouvé que c'était du sabotage.

Guillaume soupira et prit une feuille de papier vierge, imprimée à l'enseigne de son entreprise.

– Je dois envoyer un pneumatique à la Garde. Si les Frères du Sang se mettent à détourner nos voxomatons, on va au-devant de sérieux problèmes.

Il écrivit un message rapide et le glissa dans une capsule avec le cylindre que Liberté avait trouvé dans l'automate. Après avoir rédigé l'adresse et collé un timbre, il le glissa dans la machine pneumatique qui l'avala avec un petit chuintement. La capsule, propulsée à toute vitesse par de l'air fortement comprimé, ne mettrait que quelques minutes à rejoindre le centre de tri où elle serait redirigée vers le quartier général de la sécurité.

– Voilà…

– Qu'est-ce qu'on peut faire ? souffla Liberté.

– Attendre. Se fier au Taureau.

L'horloger hocha la tête. Il n'avait pas l'air convaincu par ses propres paroles. D'un geste fatigué, il la congédia.

L'adolescente posa son uniforme au vestiaire et enfila ses habits civils avant de prendre sans enthousiasme le chemin de la pension pour jeunes travailleurs. Elle n'aimait pas cet endroit.

Certes, on y servait deux repas chauds par jour, les dortoirs étaient chauffés et elle savait que son sort était plus enviable que celui de milliers de jeunes qui perdaient leur travail et se retrouvaient à la rue. Malgré tout, elle ne parvenait pas à s'adapter. Elle ne s'entendait pas avec les autres, des filles plus dégourdies et plus délurées, dont les conversations tournaient essentiellement autour des garçons. Qui étaient les plus beaux : les bruns ou les blonds ? Qui dansait le mieux ? Elles faisaient régulièrement le mur pour aller s'amuser dans les troquets de Pigalle et flirter avec les apprentis louchébems toujours vêtus à la dernière mode, paradant avec leurs trois couteaux. Les filles de son dortoir se moquaient de Liberté, qui lisait des livres, ne savait pas un seul pas de danse, et ne parvenait pas à perdre ses kilos superflus. On la laissait tout de même relativement tranquille : il était de notoriété publique qu'elle était amie avec une louchébem, et donc protégée.

Liberté poussa la grille et remonta l'allée menant à l'imposante bâtisse. Elle passa devant la loge du concierge, qui lui accorda à peine un signe de tête, et monta les marches d'un pas lourd. Son métier lui plaisait, mais les journées étaient longues et l'effort physique qu'elle devait déployer de six heures à dix-huit heures la laissait complètement lessivée au moment de regagner sa chambre. Avant de s'effondrer sur son lit, elle prit le chemin du secrétariat pour récupérer son courrier. Elle réprima une grimace en voyant la secrétaire, une insupportable commère qui avait coutume d'imposer ses bavardages aux pensionnaires.

– Jeune fille ?

La secrétaire posa à regret son journal et ajusta ses lunettes pour mieux distinguer Liberté.

– Bonsoir, est-ce que j'ai reçu une lettre ? Au nom de Chardon.

– J'étais en train de lire les nouvelles, fit remarquer la secrétaire en se levant. Le gouvernement a prévu de nombreuses festivités pour fêter le passage au nouveau siècle. Je ne sais pas ce qu'ils vont faire mais il paraît qu'à Lyon, un ingénieur a construit une sorte de tour en ferraille pour l'Exposition universelle. C'est d'une laideur ! Le Taureau soit remercié, ici, on ne laisse pas ce genre d'illuminés bâtir tout et n'importe quoi.

– Qu'est-ce qui est prévu à Larispem ? demanda Liberté, curieuse.

Ravie de l'intérêt de la jeune fille, la secrétaire tapota d'un ongle verni un encart en page 2 du *Petit Larispemois*.

– Ils vont inaugurer le plus grand dirigeable du monde, *L'Esprit de la Commune*. Il sera immense ! Deux cents mètres de long, tu te rends compte, jeune fille ? Il paraît que le Taureau va organiser une sorte de concours et que les vainqueurs auront droit de faire partie du vol inaugural Larispem-Lyon en compagnie de la Présidente elle-même. Tu m'as dit quel nom ? Rosier ?

– Non, Chardon.

– Eh bien, tu as une lettre, jeune fille.

Elle lui tendit le pli avec un bref sourire et retourna à sa lecture. Liberté serra l'enveloppe contre son cœur, remercia et prit le chemin du dortoir. Son lit était tout au fond de la pièce, une salle immense et peu chaleureuse où vivaient une centaine de jeunes filles : apprenties couturières, perruquières, serrurières et horlogères. Toutes ou presque venaient de France, attirées par les lumières de Larispem.

La fille qui dormait sur la couchette au-dessus de Liberté n'était pas encore rentrée : il lui restait donc quelques minutes d'intimité. Elle en profita pour s'installer le plus confortablement possible et ouvrit la boîte fermée à clé qui contenait ses biens les plus précieux : un portrait photographique de sa famille, un peu d'argent, un lapin mécanique, les lettres de sa mère et, enfin, l'ouvrage dérobé dans la maison aux trois croissants. Liberté vérifia que personne ne prêtait attention à elle avant de sortir le volume de sa cachette. « N'y avait-il pas un livre ? » avait demandé Paolino. Elle était presque certaine de détenir l'objet en question. D'ailleurs, c'était plutôt un carnet à la couverture de cuir rigide. À l'intérieur, les pages de papier épais étaient couvertes d'une élégante écriture manuscrite. Cela débutait par des notes scientifiques illustrées de schémas et de signes, évoquant tantôt un langage ésotérique, tantôt des formules chimiques compliquées. Puis l'écriture changeait, comme si le carnet avait eu deux propriétaires – le problème était que l'intégralité de cette seconde partie était parfaitement illisible.

Liberté l'ouvrit au hasard. Sur toute la page s'étalaient des suites de lettres dénuées de sens. La suite était du même ordre : une succession incohérente de lettres. Les seules parties compréhensibles étaient des dates et des chiffres qui émergeaient çà et là. Le livre de la maison aux croissants était crypté et bien crypté. Liberté le referma et tapota la couverture.

– Tu ne me résisteras pas longtemps, chuchota-t-elle avant de ranger le volume.

Elle hésita ensuite avant d'ouvrir la lettre qu'elle venait de recevoir. Les mots de sa mère avaient le don de lui laisser un goût doux-amer – un mélange de plaisir d'avoir des nouvelles et d'agacement. Avec un soupir, elle décacheta tout de même le pli et se mit à lire :

« Ma chère Liberté,

Nous avons bien reçu ta lettre. Adélaïde et Arthur sont tellement heureux lorsque le facteur arrive avec l'une de tes missives ! Dieu soit loué, tu m'assures que tout va bien. J'avoue que tu as mis du temps à répondre à mon dernier courrier et que je me suis inquiétée de ton silence.

Nous sommes ravis de savoir que ton travail se passe bien. Y a-t-il beaucoup d'automatons à Larispem ? Ici nous en sommes toujours à lire *La Nouvelle France* et à écouter le crieur. Larispem garde jalousement ses inventions pour elle et nous n'avons écho de toutes ces choses que par ton intermédiaire. Comment va ta santé ? Il paraît que les vapeurs toxiques qui composent le smog rendent beaucoup de jeunes gens malades. N'as-tu rien constaté d'étrange ces derniers temps ? Ici on parle de maladies, de crises de folie, de saignements fatals. Je dois avouer que tout cela me tracasse et que je serais rassurée si tu allais voir le docteur Delisle, juste au cas où. C'est un de mes anciens amis et il t'accueillera gracieusement. Voici son adresse : 68, rue du Progrès. Pense bien à m'écrire pour me tenir au fait du diagnostic.

Prends bien soin de toi, ma chère fille, n'oublie pas de te protéger du soleil lorsque tu sors aux heures les plus chaudes.

Ta mère aimante. »

Suivaient les deux signatures enfantines des jumeaux et le gribouillage qui constituait le paraphe du père de Liberté. Un billet de cinquante francs accompagnait la lettre. Il faudrait l'apporter à la banque pour le faire changer contre la monnaie de Larispem.

L'adolescente s'allongea, les bras croisés sous la tête. Sa lecture lui avait laissé une drôle de sensation. Sa mère avait toujours eu un côté anxieux, mais cette allusion au smog lui donnait la chair de poule. Elle repensa à l'homme blond. Avait-elle eu une hallucination ? Était-ce la première phase d'une de ces étranges pathologies dont il était question dans la lettre ? Aller voir ce docteur Delisle, se dit-elle, ne pouvait pas faire de mal…

Liberté poussa un grognement. Et voilà, elle était de mauvaise humeur. Six mois qu'elle était arrivée à Larispem et elle ne parvenait toujours pas à échapper à l'ombre de sa mère. Les conseils de Marthe Chardon ne la laissaient pas en paix, alors même qu'elle passait ses nuits à piller des maisons abandonnées avec la plus infréquentable des personnes (une bouchère, noire de surcroît). C'est pour dire : le jour où Carmine lui avait fait essayer un pantalon, elle avait eu l'impression de gagner un ticket pour l'enfer.

Liberté replia la lettre et la fourra sous son oreiller. Elle ouvrit le tome 2 d'un traité intitulé *Vingt types de complications horlogères expliquées au passionné* et se plongea avec délice dans la description des entrailles d'une montre à gousset. « Il n'y a rien de mieux, songea Liberté avec un sourire satisfait, que la poésie des termes techniques et la précision des schémas pour se changer les idées. »

3

LE COCHON VOLANT

> *Il faut que tous les citoyens de Larispem puissent manger, et bien manger. Qu'ils aient de la viande chaque jour s'ils le souhaitent.*
>
> Discours de Michelle Lancien, 1874.

Carmine travaillait au Cochon Volant, la meilleure boucherie du 11ᵉ arrondissement. L'enseigne peinte montrait un cochon joyeux fendant les airs au-dessus d'un paysage de campagne. On venait bien sûr pour la qualité de la viande et l'excellent pâté de lièvre aux pleurotes, mais aussi pour les histoires du maître des lieux, Pierre Couteau. Maître Couteau avait connu les barricades à l'âge de treize ans. Quand il était de bonne humeur, il aimait raconter comment Michelle Lancien, la Présidente, était venue en personne dans la boutique alors qu'il n'était qu'un jeune apprenti. Lorsque Paris avait pris le nom de Larispem et que les Trois étaient devenus les nouveaux chefs de la ville, des décrets stricts sur la nourriture avaient été mis en place : le Taureau exigeait que tous puissent manger non seulement à leur faim, mais aussi correctement. Avant cela, racontait maître Couteau, il arrivait souvent que le lait soit coupé avec de l'eau colorée au plâtre ou la pâte à pain épaissie à la sciure. À cette époque, le patron du Cochon Volant envoyait le jeune Pierre (qui n'était pas encore maître Couteau) chasser des chats de gouttière et des chiens errants pour cuisiner du pâté de lapin.

Un beau jour de mars 1874, Michelle Lancien était entrée dans la boutique, flanquée d'une escouade de gardes. Le patron s'était plié en deux. « Citoyenne, quel honneur ! s'était-il exclamé. Que puis-je te servir ? » La Présidente avait souri et réclamé fort poliment le contenu des poubelles. Le boucher était devenu blanc : elles étaient pleines des têtes et des pattes de pauvres animaux sacrifiés pour farcir les pâtés qu'il distribuait à tout le quartier. Il avait essayé de ruser et de prétendre que ses déchets avaient été incinérés, mais l'un des gendarmes l'avait repoussé pour accéder aux cuisines et vider le contenu de la benne sur le sol. La Présidente n'avait pas sourcillé devant les restes sanguinolents qui commençaient déjà à sentir. D'un seul geste, elle avait ordonné aux gardes de s'emparer du tenancier et ils l'avaient emmené malgré ses hurlements. « Maintenant c'est toi le patron », avait-elle lancé au jeune Pierre qui n'osait plus respirer. « Fais mieux que lui. » Pierre Couteau avait tenu promesse et, des années plus tard, il mettait un point d'honneur à ne proposer que des produits de qualité, à des prix accessibles.

Le Cochon Volant n'employait pas moins de trois ouvriers qualifiés et deux apprentis, dont Carmine. Le travail n'était pas facile. Pour être embauché, la jeune fille avait dû prouver qu'elle savait lire, écrire et compter. Il y avait eu un entretien avec maître Couteau pour tenter de le convaincre de sa motivation, et un mois d'essai non rémunéré au terme duquel elle avait enfin signé un contrat d'apprentissage d'un an. Au passage, elle s'était familiarisée avec l'argot que les bouchers de Larispem utilisaient au quotidien. Largonji, ou largomuche, comme ils l'appelaient, n'était pas très compliqué à maîtriser : il suffisait de rejeter à la fin d'un mot sa première lettre et de la remplacer par un « l ». Ensuite, on ajoutait à la fin du nouveau mot un suffixe qui pouvait être « ji », « oc » ou « em »... selon l'humeur du jour. Par exemple, dans la bouche des louché-

bems, un café devenait un « laféquès » et le patron s'appelait
« latronpem ». Aux abattoirs de la Villette et dans toutes les
boucheries, les louchébems remplaçaient des pans entiers de
discussion par des mots d'argot et il était parfois très difficile
de les comprendre.

Carmine, que l'on appelait donc parfois Larminecji, travaillait avec acharnement depuis six mois, six jours sur sept. Elle se levait à quatre heures du matin et prenait le premier tram pour être au Cochon Volant à cinq heures. Là, elle découpait, dégraissait et désossait des troupeaux entiers de porcs, de moutons, de vaches et de veaux jusqu'en début d'après-midi, où elle pouvait enfin rentrer chez elle par le même chemin. Chaque samedi, elle accompagnait maître Couteau aux abattoirs de la Villette pour choisir les plus belles bêtes. Malgré la politique de parité menée par le Taureau, les filles louchébems étaient rares. On les jugeait encore trop délicates pour le métier. Carmine devait donc travailler deux fois plus dur que les autres pour prouver sa valeur. Tant pis si elle finissait ses journées épuisée, tant pis si dans le tram les gens s'écartaient ostensiblement tant elle sentait le sang et la viande froide. Elle s'en moquait.

Ce matin-là, elle était encore fatiguée. Son expédition nocturne avec Liberté l'avant-veille l'avait privée de précieuses heures de sommeil. Enroulée dans son manteau élimé sur la plate-forme arrière du tram, elle bâillait sans pouvoir s'en empêcher. Les autres passagers n'étaient pas plus en forme : il y avait là des ouvriers qui rentraient se coucher, d'autres qui partaient travailler. À l'intérieur du wagon, des étudiants ivres braillaient à tue-tête une chanson à boire. Juste à côté de Carmine, un homme lisait *Le Petit Larispemois*. La jeune fille ne put s'empêcher de tendre le cou en voyant le titre d'une colonne en seconde page :

Étrange comportement
d'un voxomaton de la rue Grousset

« Mardi dernier, M. Lalande, qui vaquait à ses occupations rue Grousset, a été témoin d'un bien étonnant spectacle : le voxomaton de réclame était en cours de réparation par une technicienne agréée lorsqu'il s'est mis à crier des mots dont la teneur glacera n'importe lequel de nos lecteurs : « Le sang jamais n'oublie. » Le quartier général de la Sécurité, contacté par notre reporter, a assuré que la situation était sous contrôle. Le citoyen Maxime Sévère, notre bon chef de la Sécurité, a tout de même rappelé que les menaces terroristes ne doivent pas être négligées et qu'il est du devoir de chaque Larispemois d'être vigilant. Citoyens, citoyennes, ouvrez l'œil, et le bon ! »

L'homme au journal s'aperçut que Carmine lisait par-dessus son épaule. Il allait lancer une remarque acerbe quand il avisa les trois couteaux de l'apprentie et resta prudemment muet. La cloche retentit tandis que la voix de stentor du conducteur résonnait dans le wagon.
– Square Ambroise ! Square Ambroise !
Carmine sauta sur le trottoir sans même attendre l'arrêt complet du tram et traversa le petit square plongé dans la grisaille matinale. Elle salua d'un clin d'œil la statue commémorative représentant un communard blessé à mort et accorda un bref regard aux hauts murs d'une ancienne église, qui était à présent le club Ambroise, avant d'arriver devant l'entrée de service du Cochon Volant.
Dans la petite pièce qui servait de vestiaire, les vêtements de Joseph, l'autre apprenti, étaient déjà pendus à une patère, ce qui étonna Carmine. Il était plutôt du genre à être en retard : il avait du mal à sortir de son lit le matin. Depuis le laboratoire, de l'autre côté du mur, on pouvait percevoir la voix de maître

Couteau et celle de son camarade. Au moment où elle sanglait son tablier, Carmine entendit un objet se briser sur le sol et son patron hurler :
– QUOI ?
– Latronpem, écoute-moi, je…
La voix de Joseph fut noyée par un flot d'injures particulièrement salées. Carmine attacha ses cheveux et poussa la porte, curieuse de savoir ce qui se passait.
– Bonjour… ?
Personne ne s'aperçut de sa présence. Antonin, le charcutier, était figé près de son plan de travail, une saucisse dans la main droite. Maître Couteau tempêtait au milieu de la pièce, les poings serrés.
– Comment oses-tu ! Lingratuche ! Sale lafardcji !
Il planta son tranchoir si fort dans le billot que celui-ci se fendit en deux. Joseph frémit mais resta planté au milieu de la cuisine. Carmine pouvait voir une grosse goutte de sueur couler sur son front. Le boucher menaça du poing son apprenti.
– Ça fait combien de temps que je te forme, hein ?
L'adolescent grommela une réponse inaudible.
– Tu réponds, l'agneau, sinon je jure devant le Taureau que j'te vide comme un loutufuche de poulet !
– Deux ans, latronpem.
– Oui ! Deux ! Deux fois douze mois ! vociféra le patron. Moi, je t'apprends tout, je te donne les ficelles du métier, je fais de toi un louchébem correct et voilà qu'au moment où je commence à me dire « Hé, Couteau, embauche donc le petiot comme ouvrier qualifié », môssieur retourne sa veste et veut s'en aller tourner la sauce chez *Europe et Pasiphaé* !
Il abattit sur la table un poing large comme un sabot de bœuf. À la mention du plus fameux restaurant de Larispem, Carmine commença à avoir une idée de ce qui se passait. Pour une raison obscure, Joseph s'en allait du Cochon pour devenir

cuisinier. L'adolescente s'apprêtait à retourner avec discrétion dans les vestiaires, le temps que l'orage se dissipe, mais maître Couteau se tourna vers elle. Son visage et son crâne chauve étaient cramoisis.

– Carmine ! Tu sais ce qu'il nous fait, ce loufoque ?

– Euh…

– Il nous laisse tomber ! On n'est pas assez bien pour lui, apparemment.

Joseph lança un regard suppliant à Carmine qui détourna le visage.

Le patron attrapa une poignée de ris de veau qui trempaient dans une jatte de céramique et il les jeta au visage de son apprenti.

– Loufuche le camp ! Sors de ma boutique, je veux plus jamais voir ton museau !

Joseph ne se le fit pas dire deux fois et il s'enfuit de la cuisine.

– J'espère que tu vas t'étouffer avec une cuillère de béchamel ! mugit encore maître Couteau dans son dos avant de tomber assis sur une chaise, toute son énergie vidée.

Carmine se glissa à la suite de Joseph qui était déjà en train de se rhabiller. Elle pouvait voir trembler les mains du jeune homme tandis qu'il essayait de reboucler sa ceinture.

Elle lui posa une main ferme sur l'épaule.

– Hé, l'ami, va falloir m'expliquer un peu. C'est quoi, cette histoire ? Depuis quand on se fait des cachotteries entre agneaux ?

– Lâche-moi, Carmine.

– Va te faire loirvmuche, Joseph ! s'énerva-t-elle. Combien de fois j'ai dû nettoyer à ta place parce que t'étais parti je sais trop où t'en griller une ? Et qui est-ce qui se tape toujours la découpe du lochonquèm parce que tu détestes ça ? Tu me dois au moins une explication !

Il poussa un soupir excédé.

– Tu sais que toi et le latronpem, vous faites un joli duo de têtes de lardluche ? Je pars, voilà ce qui se passe.

Le grondement d'un dirigeable qui passait au-dessus du quartier leur imposa silence quelques secondes. Joseph entreprit de boutonner sa chemise.

– Tu sais, Mariette et moi, on est ensemble depuis deux ans. Je veux la fiancer mais son vieux… eh ben, il le voit pas d'un très bon œil. Il est chef saucier chez *Europe et Pasiphaé*, alors les louchébems… pour lui, c'est une bande d'apaches. Il m'a dit qu'un de leurs mitrons avait calanché, y a trois semaines, et il cherchait un gars pour le remplacer. C'était le moment ou jamais pour moi de… tu vois… le caresser dans le sens du poil. J'ai dit que j'étais bosseur, que les sauces, ça me poserait pas plus de problèmes que de ficeler des gigots ou de trousser des poulets. Alors voilà, je commence la semaine prochaine.

Les poings sur les hanches, Carmine sentait qu'elle aussi allait se mettre en colère.

– Joseph, t'as du jus de navet dans la bouillotte ou quoi ? Je sais bien que t'as un béguin carabiné pour Mariette mais t'es un louchébem, lerdemoc ! Tu vaux mieux qu'un de ces pouilleux de mitrons.

– Ah ouais ? Eh bien, tu vois, je préfère être un mitron fiancé qu'un louchébem célibataire. Mais ça, je m'attends pas à ce que tu le comprennes. T'es qu'un automaton sans cœur, Carmine. Y a que le boulot qui compte pour toi.

Joseph la bouscula sans ménagement en attrapant sa besace et il s'en alla en claquant la porte.

Restée seule, la jeune louchébem secoua la tête. Les perles d'argent accrochées au bout de ses tresses cliquetèrent contre ses épaules. « Crétin », pensa-t-elle. Elle avait toujours su que Joseph était faible et influençable. La moitié des jeunes gens de Larispem auraient donné leur âme pour avoir le droit de porter les trois couteaux ! Carmine retourna sans plus attendre en cuisine. Son patron, toujours affalé sur sa chaise, marmonnait tout seul en buvant un vin rouge en principe destiné à faire mariner la viande. Sans rien dire, elle sortit de la glacière une carcasse d'agneau et la posa sur son plan de travail à côté d'Antonin. Ce dernier avait enfin reposé la saucisse qu'il tenait et était en train d'en confectionner un nouveau chapelet.

– Tu le savais, toi ? demanda-t-il à mi-voix sans cesser de tourner la manivelle du hachoir.

– Non.

D'un geste assuré, Carmine choisit un couteau désosseur et préleva en un tournemain les deux gigots sur son agneau.

– On devrait l'arrêter, reprit Antonin en jetant un regard inquiet à leur patron. Il y a deux pâtés bourguignons sur la liste des commandes. Comment on va faire s'il n'y a plus de vin ?

– J'en sais rien.

– Carmine, insista Antonin, vas-y, toi, il t'aime bien ! T'as qu'à monter dans l'appartement emprunter une fée aux yeux verts au père Vannier. Si le latronpem doit siffler quelque chose, autant que ce soit ça plutôt que le vin du boulot.

La jeune fille soupira d'exaspération. Sous prétexte que maître Couteau l'avait à la bonne, elle était chargée de gérer ses humeurs, et pas question de protester, sinon on s'empressait de lui rappeler son statut : elle n'était qu'un petit agneau de six mois, noir par-dessus le marché, et elle devait s'estimer bien contente d'avoir un travail. Carmine posa son couteau, s'essuya les mains sur son tablier et grimpa l'escalier. L'étage au-dessus de la boutique était occupé par un charmant petit vieillard qui alimentait tout le quartier en eaux-de-vie diverses et variées. Maître Couteau lui offrait le loyer en échange d'un approvisionnement régulier en vieille prune et absinthe maison.

– Mais c'est ma petite perle noire ! s'exclama le grand-père en lui ouvrant la porte.

Une violente odeur d'alcool et de fruits lui sauta aux narines.

L'alambic glougloutait au fond de la pièce qu'il occupait presque en totalité. Dans une cage, un perroquet vert sommeillait, la tête sous l'aile.

– Alors, ma chère petite, on vient rendre visite au vieux père Vannier ?

– On vient chercher de l'absinthe pour maître Couteau, répondit Carmine en passant un doigt dans la cage pour caresser les plumes de l'oiseau.

Elle n'aimait pas le père Vannier et sa voix mielleuse mais elle appréciait le perroquet. Un jour, Liberté lui avait montré un livre dont l'une des illustrations représentait une forêt pleine de fleurs étranges et d'oiseaux multicolores. C'était un ouvrage sur la jungle africaine intitulé *Paysages pittoresques des colonies françaises*. Carmine avait arraché la page sans se soucier des protestations indignées de son amie et l'avait affichée sur le mur de sa chambre, en face de son lit. Elle aimait la regarder et imaginer que son père avait vécu dans l'un de ces endroits paradisiaques avant d'être enlevé aux siens par des esclavagistes. Vendu, revendu, puis recueilli par un aristocrate qui trouvait follement exotique de faire servir son champagne par un homme à la peau noire : le père de Carmine présentait quelques similitudes avec le perroquet du vieux Vannier.

– De l'absinthe, oui, oui, oui… et pour toi, mon enfant ? Trinquerais-tu avec un vieil homme ?

– Non. J'ai du travail.

Le vieux eut l'air chagriné mais n'insista pas. Il lui tendit une bouteille. Le liquide vert brillait d'un éclat vénéneux à la lumière du soleil.

– Merci, dit Carmine.

Elle referma la porte sans plus se soucier du grand-père et dévala l'escalier quatre à quatre. Lorsqu'elle vint se planter devant son patron, il était toujours affalé au même endroit. Le niveau de la bouteille de vin avait dangereusement baissé. La jeune fille la subtilisa et fit sauter le bouchon de celle d'absinthe pour en verser dans le verre de son patron. Il leva des yeux troubles vers elle.

– Ah. Carmine. Bonne idée, la fée verte. Viens donc t'asseoir un moment.

La jeune fille obéit.

– Qu'est-ce que je vais faire sans cet animal de Joseph ?

– Embauche quelqu'un, latronpem. Personne n'est indispensable.

– Les affaires sont belles mais pas assez pour que je puisse me permettre de recruter un ouvrier.

Maître Couteau avala son verre cul sec et se resservit aussitôt. Carmine et Antonin échangèrent un regard. Le patron ne buvait pas souvent mais lorsqu'il était vraiment contrarié, il n'était pas rare qu'il s'enivre jusqu'à tomber par terre. La dernière fois, c'était le jour où un autre établissement que le sien avait obtenu le titre de meilleure boucherie de Larispem.

– Me faire ça à moi… Moi qui ai connu Michelle Lancien.

« C'est reparti », pensa Carmine avec résignation. Elle se leva pour retourner à son travail.

– C'est grâce à elle que j'ai eu *Le Cochon Volant* alors que j'étais qu'un apprenti. Je me souviens que ce jour-là…

Antonin gonfla les joues en signe d'exaspération. Tous les deux connaissaient par cœur l'histoire de maître Couteau. Carmine regarda autour d'elle dans l'espoir de trouver de quoi échapper à une centième redite de l'anecdote. Ses yeux se posèrent sur un journal ouvert qui se trouvait entre une tête de cochon fraîchement coupée et un bol de grès destiné à être rempli de terrine d'oie.

– Latronpem, regarde.

Elle prit le journal et lui montra un encart en grosses lettres.

– C'est la foire aux orphelins, le premier août, dans moins d'un mois. Pourquoi tu n'irais pas en embaucher un ?

Maître Couteau secoua sa grosse tête.

– C'est bien gentil mais les mioches de l'orphelinat, ils sont maigres comme des coucous, et ils bouffent comme vingt. Et puis, faut les loger aussi… Ça coûte un bras, tout ça.

– Oui, mais il y a une prime pour les patrons qui embauchent des orphelins. C'est marqué là. Et le nom de ton entreprise sera publié dans le journal pour que tout le monde sache que tu as agi pour le bien de la Cité. Ça te fera encore plus de réclame qu'un voxomaton.

Le boucher grommela quelque chose d'indistinct. Antonin hocha la tête et articula silencieusement « Bonne idée ! ». Carmine lui retourna un regard noir.

– T'as pas tort, finit par admettre maître Couteau en faisant tourner son absinthe au fond de son verre. Mais je me fais vieux. Des agneaux, j'en ai formé des dizaines et je m'en suis lassé. J'pensais que Joseph serait le dernier et qu'il prendrait ma suite.

– Carmine pourrait le faire, latronpem, dit Antonin en enroulant son chapelet de saucisses à un croc.

Maître Couteau posa son menton sur son poing et scruta la jeune fille comme s'il essayait de voir à travers son crâne.

– Ouais, finit-il par marmonner. Peut-être bien que Carmine pourrait.

Il se leva pesamment et sortit du laboratoire en emportant la bouteille d'absinthe.

4
LES ORPHELINS DE LARISPEM

Le savoir, c'est le pouvoir. Voilà pourquoi nous exigeons que chaque garçon et chaque fille de Larispem puisse aller à l'école, que leurs parents soient jardiniers, ingénieurs ou, pire, morts.

Gustave Fiori, 1876.

Encore vingt-neuf jours et je sors, pensait Nathanaël, les yeux dans le vague. Vingt-neuf jours, pas tout à fait un mois. En vertu de la règle qui veut que le temps s'allonge au fur et à mesure qu'on se rapproche d'un événement très attendu, ces vingt-neuf jours étaient aussi longs que vingt-neuf ans. Il fallait alors éviter d'y penser, ne pas rayer sur le calendrier les cases les unes après les autres et éviter d'imaginer son futur avant de s'endormir chaque soir. Se concentrer sur autre chose, n'importe quoi, telle était la solution. La course des nuages dans le ciel, le menu de la cantine : des pensées sans importance pour détourner son esprit de la date fatidique.

Nathanaël regarda à travers la fenêtre. Son reflet le fixa d'un air mélancolique : un garçon de quinze ans que l'adolescence avait étiré dans le sens de la longueur en oubliant de le doter de muscles et de poils au menton. Ses cheveux avaient une implantation en « V » très marquée, mais comme pour tous les orphelins, il était difficile d'en déterminer la couleur, étant donné qu'ils étaient quasiment rasés pour enrayer les invasions de poux. Son visage régulier, décoré de quelques taches de rousseur sur les pommettes, était plutôt pâlot : on ne prenait pas souvent le soleil lorsqu'on vivait au 15 place de la Colonne-Abattue. Quant à ses yeux, d'une belle nuance gris clair, ils auraient sans doute été un atout auprès des filles. Hélas, l'orphelinat n'était pas mixte.

Un coup de règle sur la table ramena le garçon à la réalité, c'est-à-dire à la salle de classe et à son odeur de poussière, de craie et d'encaustique.

– On se concentre, Janvier.

La mine revêche du professeur de mathématiques, habituellement blafarde comme du papier mâché, était aujourd'hui marbrée de rouge. Une veine palpitait sur sa tempe. Tous les ans, à la même date, les nerfs des professeurs de l'orphelinat étaient soumis à rude épreuve. Le dernier mois avant la foire aux orphelins, les élèves devenaient intenables, surtout ceux qui, âgés de quinze ans, étaient sur le point de s'en aller. La plupart des professeurs de l'orphelinat renonçaient alors à faire cours et se contentaient de surveiller les élèves qui discutaient avec fièvre de leur avenir.

Hélas, le professeur Devernois n'était pas de ceux-là.

– Les mathématiques, jeunes gens, s'exclama-t-il d'une voix théâtrale, c'est un breuvage qui doit se boire jusqu'à la lie et vous ne sortirez de cette salle qu'en ayant avalé la dernière goutte de ce savoir que je vous transmets. Un jour, vous me remercierez.

Nathanaël en doutait. La plupart des orphelins de Larispem devenaient des ouvriers ou des artisans et ils avaient du mal à envisager les applications pratiques d'une équation à deux inconnues dans la vie quotidienne. Savoir calculer une division ou une multiplication de tête, voilà qui était vraiment utile !

– Janvier. Au tableau !

Nathanaël se leva et se dirigea vers le tableau noir. L'équation qui s'y trouvait lui était parfaitement incompréhensible mais il ne servait à rien de protester. Devernois n'avait pas une once de pitié.

– Nous t'écoutons.
– Je suis désolé, professeur. Je ne sais pas le faire.
– Vraiment ?

Le professeur se retourna vers la classe. Aucun de ses trente-cinq camarades n'osa bouger le petit doigt. Seul Jérôme, son meilleur ami, lui adressa une discrète grimace de compassion.

– Dites-moi donc, jeunes citoyens, depuis combien de temps travaillons-nous sur ce chapitre ?

Silence de mort. Nathanaël regarda par la fenêtre et fixa son attention sur un moineau occupé à picorer quelque chose dans une gouttière. Un début de mal de tête lui serra le front. L'oiseau leva la tête, poussa un pépiement aigu et s'envola.

– … et en trois mois, je juge inacceptable, citoyen Janvier, que tu ne sois pas capable de résoudre ce genre de problème. Je te croyais médiocre, tu es nul. Qu'as-tu à dire pour ta défense ?

– Rien, professeur.
– Tes mains, citoyen.

Nathanaël sentit son mal de tête augmenter d'un cran. Il avait l'impression qu'on lui enfonçait une vis de chaque côté du crâne.

– Tes mains !

L'adolescent tendit les mains à plat devant lui. Le premier coup de règle lui arracha un cri ; au second, une arête du rectangle de bois lui ouvrit la paume. Lorsque le professeur releva sa règle pour asséner un troisième coup, tous purent voir qu'elle était tachée de sang, rouge vif contre la peinture jaune.

– Retourne à ta place, Janvier. Ton niveau ne te permet pas d'entrer dans la vie active. Je ferai en sorte que tu ne participes pas à la foire aux orphelins de cette année.

Nathanaël se mit à trembler.

– Oh non, professeur…

Devernois ne le regardait déjà plus. Il essuya négligemment sa règle sur un pan de sa toge noire, puis sa main lorsqu'il se rendit compte avec dégoût qu'une petite éclaboussure de sang avait atteint son pouce.

Un bruit de cataracte emplit les oreilles de l'adolescent. Un voile trouble recouvrit la salle tandis qu'il se rasseyait lourdement à son pupitre, serrant contre lui ses mains meurtries. Ce son dans les tympans, sa vision qui se brouillait : des symptômes qu'il ressentait souvent ces derniers temps, mais jamais avec autant de violence.

– Ça va ? chuchota Jérôme.

Nathanaël voulut hocher la tête mais il demeura figé. Il avait l'impression qu'au moindre mouvement, il allait vider le contenu de son estomac sur le plancher ciré. Il ferma les yeux et respira lentement jusqu'à ce que la cloche sonne la fin des cours.

– Il ne va pas le faire. C'était du vent, ses menaces.

Jérôme tentait de réconforter son ami tandis qu'ils traversaient la cour intérieure de l'orphelinat. Le bâtiment, un superbe hôtel particulier confisqué lors de la Seconde Révolution, donnait sur la place de la Colonne-Abattue, autrefois nommée place Vendôme. On entendait le grondement des moteurs à vapeur et les claquements des sabots des chevaux jusqu'à l'intérieur de la cour.

– Du vent ?

Nathanaël eut un rire sans joie et se frotta le front. Le mal de tête se dissipait peu à peu dans la douceur de l'air estival.

– Je n'ai encore jamais entendu Devernois faire des menaces en l'air. Jérôme, je suis cuit. J'ai droit à un an supplémentaire à l'orphelinat et personne ne voudra m'embaucher à cause de ça. Autant que je parte directement m'installer sous le Pont-Neuf avec les clochards et les ivrognes.

Jérôme agita les bras, en cherchant quelque chose de réconfortant à dire.

– Écoute, il reste presque un mois avant la foire. Il peut se passer n'importe quoi.

– Ouais, eh bien, si Devernois pouvait avoir la bonne idée de mourir subitement...

Un groupe de professeurs passa à côté des garçons, sinistres dans leurs toges noires. Ils saluèrent les deux adolescents d'un mouvement de tête.

– Bonjour, professeurs, marmonnèrent-ils en chœur.

Nathanaël se retourna discrètement et désigna le professeur qui marchait au milieu des deux autres. Un bel homme blond, avec un grain de beauté sous l'œil.

– Il est prof de quoi, celui-là ? demanda-t-il tandis qu'ils montaient un escalier. Je le vois souvent mais je n'arrive pas à comprendre ce qu'il fait ici.

Jérôme haussa les épaules.

– Chimie, je crois, mais je ne l'ai jamais vu dans une salle de classe. Peut-être qu'il enseigne chez les filles. C'est le genre de bellâtre devant lequel elles doivent tomber comme des mouches, non ?

– Aucune idée, gémit Nathanaël. J'y connais rien en filles ! Et il me faudra encore un an pour pouvoir en approcher une à moins de trois mètres, alors...

– C'est moche, Nathan, c'est vraiment moche.

Le reste de la journée se déroula au ralenti. Cours d'histoire de Larispem, cours de français, cours de sciences appliquées. La grande horloge du hall ne semblait sonner que tous les siècles et l'adolescent avait les mains si douloureuses qu'il peinait à tenir sa plume. Après le dernier cours, il fila dans le dortoir sans demander son reste. Il n'avait même pas faim : les menaces de Devernois lui avaient coupé l'appétit.

Le dortoir était vide et Nathanaël décida d'opter pour la seule occupation susceptible de le distraire un peu. En principe, les fenêtres étaient condamnées, mais les garçons les avaient crochetées depuis longtemps et lors des chaudes nuits d'été, ils sortaient fumer des cigarettes sur les toits et admirer le ballet des véhicules sur la place de la Colonne-Abattue. Il ouvrit discrètement la fenêtre et sortit sur la fine corniche qui surplombait la cour intérieure de l'orphelinat. Personne ne le vit : élèves et professeurs étaient au réfectoire. Avec prudence, en faisant une grimace chaque fois que ses doigts blessés touchaient les ardoises, Nathanaël progressa à petits pas jusqu'à atteindre l'autre aile du bâtiment. Comme souvent, les filles avaient laissé l'une des fenêtres de leur dortoir ouverte. Souple comme un saltimbanque, l'adolescent se glissa dans la pièce et se réceptionna en douceur sur un lit couvert d'un patchwork rose, puis il regarda autour de lui. Il flottait dans le dortoir un parfum doux et enivrant qui n'avait rien à voir avec l'odeur de vieilles chaussettes de celui des garçons. Ce n'était pas que les filles s'aspergeaient d'eau de Cologne : elles n'en avaient pas les moyens. Nathanaël était convaincu que c'était l'odeur même des orphelines qui planait dans les lieux.

Ravi, il passa entre les lits de fer. Il aimait fouiller dans les malles d'osier au pied de chaque couchette, soulever leurs couvercles et essayer de deviner à quoi pouvaient bien ressembler leurs propriétaires. Par exemple, il avait un faible pour le lit numéro 38. Son occupante cachait dans sa taie d'oreiller des illustrés de mode. Certains modèles de robes étaient annotés d'une écriture tout en boucles : « pour mes fiançailles », « pour aller danser au Chat Noir ». La fille était brune : de longs cheveux frisés couleur châtaigne jonchaient ses draps. Un autre lit, le numéro 12, présentait un creux prononcé en son milieu, ce qui évoquait une adolescente corpulente aux courbes moelleuses. L'oreiller sentait la lavande. Nathanaël y fourra son nez avec bonheur. Ah, rencontrer les filles ! Mais elles restaient invisibles dans l'aile qui leur était consacrée. Seuls leurs rires et la rumeur de leurs discussions lui parvenaient depuis la cour intérieure.

Le claquement d'une porte qu'on ouvre à la volée le tira de sa rêverie et il leva la tête, aux aguets. Des pas dans l'escalier. Trop tard pour s'enfuir. Le jeune garçon se glissa sous un lit, la figure contre les lames du parquet.

La porte du dortoir s'ouvrit en grinçant puis se referma. Depuis sa cachette, Nathanaël pouvait voir deux paires de pieds : les chaussures d'une orpheline et les bottines noires d'un professeur.

– Je te jure que ce n'est pas moi, professeur !

– Parle moins fort, Isabella. Que s'est-il passé exactement ?

La voix masculine était profonde et veloutée, sans aucune trace de panique.

– J'avais une heure de colle dans son bureau. Il m'y attendait et il n'avait vraiment pas l'air bien, il était pâle, l'air sonné. J'étais devant ma copie quand j'ai vu un filet de sang sortir de son oreille gauche, puis de la droite. Il ne s'en est pas aperçu mais moi, si. Quand son nez, puis ses yeux se sont mis à saigner, j'ai compris que Devernois avait été touché par l'un d'entre nous.

Nathanaël eut l'impression qu'une main glacée lui saisissait la colonne vertébrale. Il en oublia de respirer et ne reprit son souffle qu'après de longues secondes tandis que la fille continuait :

– Ça ne pouvait pas être ma faute, les conditions n'étaient pas réunies. J'ai fermé son bureau de l'extérieur et je suis venue tout de suite.

Il y eut un instant de silence. Le professeur s'assit sur un lit avant de reprendre la parole, comme s'il pensait à voix haute :

– Tu as bien fait. Seulement, si ce n'est pas toi, Isabella, alors qui est-ce ? Qui a pu le toucher ? Valère est à l'infirmerie depuis une semaine et les autres n'en sont pas encore au stade où ils peuvent tuer…

– Ça veut dire qu'il y en a un autre ici. Ce serait plus simple si nous avions le livre…

– Je le cherche, répliqua sèchement le professeur. Il m'a échappé de peu.

Nathanaël se tortilla pour essayer de voir les deux conspirateurs mais ils sortirent si vite que tout ce que put apercevoir le garçon fut un pan de toge noire qui disparaissait derrière la porte. Il resta sonné pendant un instant. Devernois mort ? Était-ce sa faute ? C'était quoi cette histoire ? On aurait dit qu'ils parlaient d'une maladie. Le souffle court, l'adolescent se rappela les maux de tête qui l'assaillaient depuis quelque temps et se sentit glacé. Est-ce qu'il allait subir le même sort ?

Il fallait qu'il quitte cet endroit. Les jambes en coton, il s'extirpa de sous le lit en se cognant la tête au passage et sortit sur le toit. Centimètre après centimètre, il longea la corniche jusqu'au dortoir. Là, il se glissa tout habillé sous les draps rêches de son lit et essaya de se calmer.

5
LES ABATTOIRS DE LA VILLETTE

> *Qui veut manger de la viande ne doit pas avoir peur de regarder la bête dans les yeux avant de l'égorger. Pensez-vous que les bourgeois dans leurs hôtels particuliers le feraient ? Non, bien sûr. Ils vous répondraient que c'est là un travail de boucher. De même, en 1871, ils n'ont pas croisé le regard des Parisiens révoltés avant de les abattre à coups de fusil ou de baïonnette. Non, ils ont envoyé leurs propres bouchers et ont ainsi cru protéger leurs consciences du sang répandu.*
>
> Gustave Fiori, 1875
> (discours publié dans *Le Petit Larispemois*).

Liberté et Carmine avaient convenu de se retrouver le dimanche à l'aérogare centrale de Larispem. Son nom officiel était l'aérogare Jacques Vilain mais, en général, on l'appelait la Cathédrale. On ne pouvait pas ignorer que le bâtiment, immense, était l'ancienne cathédrale Notre-Dame. Certes, ses deux tours étaient à présent des points d'attache pour les dirigeables long-courriers ; certes, la structure de verre et d'acier qui s'élevait au-dessus du toit ajoutait plus de soixante mètres de hauteur à l'édifice et lui donnait un air futuriste. Malgré cela, Notre-Dame était toujours là. Les Trois de Larispem s'étaient opposés à sa destruction, préférant la transformer plutôt que de la faire disparaître.

Une foule de voyageurs se pressaient sur l'ancien parvis. La plupart étaient des marchands et des financiers établissant leurs affaires entre Larispem et les grandes villes de France. Il y avait quelques Anglais (de plus en plus depuis que Londres caressait l'idée de devenir indépendante à son tour). Venaient ensuite des voyageurs plus exotiques : des Italiens, des Espagnols et même quelques Ottomans enturbannés. Des roulottes aux couleurs vives proposaient aux passants des crêpes, des beignets, des petits pâtés à la viande, le tout largement arrosé de bière ou de limonade. Liberté arriva la première. Elle attendit Carmine au pied de l'aérogare en compagnie d'un groupe de Lyonnais qui assistaient à un spectacle de théâtre automatique. Les petites figurines articulées rejouaient la bataille des catacombes derrière une vitrine encastrée dans le mur. Le spectacle était diffusé un peu partout en ville : il faisait partie de la propagande du gouvernement. La mécanicienne le connaissait par cœur, elle avait même, à plusieurs reprises, réparé les délicats rouages qui régissaient la danse des petits personnages de fer-blanc et le défilement des décors. Elle regarda d'un air absent la version miniature des Trois se frayant un passage dans les catacombes et les anciennes carrières pour prendre à revers les troupes versaillaises avec une poignée d'hommes. Les pavillons de cuivre diffusaient une musique de circonstance, violons et cymbales, qui accompagnaient la voix enregistrée de la comédienne Sarah Bernhardt.

« La situation était désespérée. Le Luxembourg, le Panthéon étaient pris. L'Hôtel de Ville brûlait et Versailles avançait inexorablement, écrasant les barricades, piétinant les femmes et les hommes en même temps que la liberté. Que se serait-il passé si trois citoyens, trois héros, unis par leur connaissance de Paris, ne s'étaient alors dressés, suivis par une centaine des leurs ? »

LES ABATTOIRS DE LA VILLETTE

Dans un cliquètement, le décor changea et trois médaillons apparurent : les portraits des Trois de Larispem. Le cadre entourant le visage de Jacques Vilain était drapé d'un léger voile noir.

« Michelle Lancien, Jacques Vilain, Gustave Fiori. Une ouvrière relieuse et deux garçons bouchers des abattoirs de la Villette. Des gens du peuple, ce peuple opprimé par les riches et les nobles, ce peuple, trahi par ses dirigeants qui... »

– Salut.
– Oh, Carmine, je ne t'avais pas vue arriver.

Le groupe de Lyonnais avait lâché des yeux le théâtre pour un spectacle bien plus intéressant : celui d'une sauvage noire que ses couteaux, ses vêtements masculins et son élégance tapageuse indiquaient comme étant une authentique louchébem de Larispem. Carmine s'en aperçut et leur adressa un sourire féroce. Les femmes du groupe se recroquevillèrent dans leurs longues robes garnies de dentelle mais l'un des hommes souleva poliment son chapeau et demanda si elle accepterait de poser à côté de lui sur un portrait photographique.

– Ça dépend. Tu me payes combien pour la photo ?

L'homme fouilla dans ses poches et produisit deux taureaux. La jeune fille fit la moue mais empocha la somme avant de héler un photographe qui attendait des clients devant sa roulotte. Liberté dut patienter vingt minutes de plus avant que le touriste ne ressorte, tout content, en tenant sa photographie souvenir. Il remercia copieusement Carmine qui ne lui accorda pas le moindre regard.

– Allez, assez traîné.

Les deux adolescentes s'éloignèrent en direction de l'aérogare.

– Ça vaudrait le coup de passer dans le coin plus souvent, dit la louchébem en faisant tinter ses deux taureaux.

Elle jeta un coup d'œil à son amie, vêtue d'une longue jupe bleue, un fichu à fleurs passé par-dessus sa blouse.

– Quand vas-tu enfin te décider à fiche ces machins au feu pour t'habiller comme une vraie Larispemoise ? Toi aussi, on te prendrait en photo.

Liberté rougit.

– Je sais, mais je te l'ai déjà dit : ma mère portait toujours des jupes longues, ça me fait une drôle d'impression d'être en pantalon. Je n'arrive pas à m'y faire.

Carmine secoua ses tresses.

– T'es une vraie campagnarde !

La louchébem leva le visage vers le tableau indiquant les heures de passage du tram aérien.

– Il nous reste vingt minutes avant le suivant. On va boire un coup ? (Elle brandit en souriant l'argent que lui avait donné le Lyonnais.) C'est moi qui régale !

Sans laisser à Liberté le temps de protester, elle l'entraîna vers l'aérogare. Entre les piliers de l'ancienne cathédrale, l'air résonnait des pas des voyageurs affairés, des annonces braillardes des voxomatons de réclame et du bruissement des conversations. Les jeunes filles achetèrent deux tickets au guichet en grimaçant devant le prix qui avait encore augmenté. Elles montèrent les escaliers jusqu'à la coupole de verre. Un énorme dirigeable était à quai, son nom peint en rouge sur la toile : *Prométhée*. Par les vitres, on pouvait admirer l'intérieur : sièges de velours moelleux, tables en marqueterie et cuivres brillants. Les contrôleurs vêtus de rouge et d'or poinçonnaient au fur et à mesure les billets des voyageurs qui embarquaient.

Carmine précéda une Liberté essoufflée par la montée des marches jusqu'à une table du Point de vue, le très chic café installé dans la coupole de l'aérogare. Le serveur en smoking plissa le nez en voyant une louchébem noire et une grosse fille mal fagotée s'installer à l'une des meilleures tables, tout contre la verrière, mais il prit quand même leur commande.

– Un laféquès bien loirnem pour moi, commanda Carmine.

Elle s'était exprimée dans l'argot des bouchers pour le simple plaisir de contrarier un peu plus le serveur.

– Un café bien noir pour euh, mademoiselle, traduisit le garçon. Et pour toi, citoyenne ?

– Une limonade, je te prie.

Une fois servies, Carmine et Liberté sirotèrent leurs boissons en admirant le dirigeable qui manœuvrait pour quitter le quai.

– Il paraît que la Présidente va organiser des jeux pour fêter le changement de siècle et que le premier prix sera un voyage sur le plus grand dirigeable du monde, dit Liberté.

– J'aurais préféré de l'argent. Quel genre de jeu ?

Son amie secoua la tête.

– Je ne sais pas.

Carmine sourit.

– J'espère pour toi que ce sera une épreuve qui consistera à trouver des vieilleries hors de prix. Tu as le blé, au fait ?

Liberté montra du pied son panier rempli de pommes. Sous les fruits, il y avait deux cents taureaux. Quatre fois le prix d'un voyage aller/retour jusqu'à Londres, songea-t-elle tandis que la sirène du *Prométhée* retentissait. Le dirigeable s'éloigna et fit un lent demi-tour, ses immenses hélices brassant l'air. Liberté le suivit du regard tandis qu'il s'éloignait. Elle l'imagina s'élevant au-dessus du brouillard pollué de Larispem, passant au-dessus des fortifications qui délimitaient la ville et volant comme un nuage pourvu de volonté au-dessus des campagnes françaises, de la Manche, puis ralliant l'Angleterre.

– Voilà notre tram ! s'exclama Carmine, entraînant son amie vers le quai.

Glissant sans bruit sur son rail aérien, le tram venait de s'immobiliser. Le contrôleur releva les barrières et ouvrit les portes.

Elles s'installèrent dans l'une des voitures et Carmine ramassa un journal abandonné sous son siège.

– J'ai lu cette histoire de voxomaton, dit-elle en désignant un article. C'est pas ton secteur, Lachaise ?

Liberté plissa le front, elle avait oublié l'épisode. Elle lui en fit un résumé rapide.

– Ces porcs ! gronda la louchébem. Je te jure, un de ces jours, il faudra trouver où ils se cachent et leur faire la peau. Comme en 1871. Le temps des dictateurs est fini, Lib. Terminé. Maintenant, nous sommes vraiment libres et égaux. Il n'y a plus personne pour nous asservir. Pendant la Seconde Révolution, mon père a tué ses anciens maîtres. Je suis prête à faire pareil si je vois débarquer un Frère du Sang.

Le ton de Carmine, froid et net, ne laissait planer aucun doute sur son sérieux. Liberté ne répondit rien. Elle admirait beaucoup son amie mais ses opinions tranchées la mettaient mal à l'aise.

Le chef de gare siffla et le tram s'ébranla. Il sortit de la gare, suspendu à une centaine de mètres au-dessus du sol. Liberté serra son panier sur ses genoux, se concentrant sur son contenu. Elle n'aimait décidément pas l'altitude. Carmine se rapprocha de la vitre pour admirer le paysage tandis que le tram aérien franchissait la Seine en direction du nord-est, tanguant au-dessus des immeubles. D'en haut, on pouvait constater que de nombreux toits étaient aménagés en jardinets où s'épanouissaient des plants de tomates, des courges et des salades. Quelques arbres fruitiers en espalier croissaient dans de grands pots et des vignes enroulaient leurs vrilles autour des lucarnes encadrées de zinc. Il n'y avait ni champs ni vergers à Larispem, ce qui faisait grimper le prix des fruits et des légumes. En réponse au problème, les toitures de la Cité devenaient chaque année un peu plus vertes. Carmine lui avait raconté que certains y élevaient même des chèvres !

Le tram survola le dernier toit et passa au-dessus de la Seine.

LES ABATTOIRS DE LA VILLETTE

L'odeur du fleuve, vase et poissons morts, remonta jusqu'aux narines des voyageuses. Des péniches chargées à ras bord descendaient en direction du Pont-Neuf en crachant une fumée noire. Leurs cales ouvertes en laissaient deviner le contenu, le plus souvent du charbon ou du blé. Sur les quais et dans les rues se pressait une foule grouillante, qui rappelait aux observateurs que la population de Larispem ne cessait de croître. La Cité-État attirait beaucoup de gens et les inventeurs et les ingénieurs, privilégiés et bien payés, étaient particulièrement les bienvenus. Les Trois avaient voulu faire de Larispem la plus moderne des villes et, par certains aspects, c'était le cas. Un petit aéronef publicitaire doubla le tram en beuglant des extraits de discours.

«… éducation pour tous ! Nous jugeons intolérable que le talent d'une moitié de la population soit gâché simplement en raison de son sexe, prétendument faible. Les jeunes filles doivent être éduquées au même titre que les ga… »

Pris dans les tourbillons provoqués par le tram, le ballon alla valser plus loin. Les wagons ralentirent à la station Square-du-Temple, laissant monter quelques passagers. Un adolescent aux allures d'étudiant vint s'installer près des deux jeunes filles. Mal lui en prit, car aussitôt Carmine lui adressa un sourire moqueur.

– Salut, citoyen, lança-t-elle dans sa direction avant d'ajouter à voix haute : Il est mignon, tu ne trouves pas, Lib?

Le garçon se ratatina dans son fauteuil et fit mine d'observer la silhouette gigantesque de la tour Verne que l'on apercevait par la fenêtre. Carmine lança un clin d'œil à son amie et se glissa à côté de l'étudiant.

– Dis-moi, mon joli, tu as une petite amie ? Tu veux venir avec nous aux abattoirs de la Villette? Je t'offrirai un verre de sang tout chaud !

– Carmine, arrête…, souffla Liberté.

– Je ne fais rien, ricana la louchébem.

– S'il te plaît. Laisse-le.

– Oh, d'accord !

Carmine lâcha sa proie et revint s'asseoir, la mine boudeuse, tandis que Liberté désignait la tour Verne.

– Ils cherchent des agents de maintenance en automates et horlogerie. Il paraît que tout est automatisé là-bas, au point qu'ils pourraient faire tourner tous les systèmes du bâtiment avec un seul homme. Mon apprentissage chez Clément se termine dans six mois, je vais essayer de postuler, même si je sais que les postes sont convoités et que les ingénieurs viennent de loin pour y travailler. Tu crois que j'ai une chance ?

Carmine renifla. Elle avait dégainé le plus petit de ses couteaux et se curait les ongles. Le garçon lui jetait des regards anxieux depuis sa place.

– S'ils ne sont pas complètement idiots, ils t'embaucheront tout de suite. T'es la meilleure, Lib. Les rouages, les moteurs à ressort, tous ces machins t'obéissent au doigt et à l'œil. Tiens, à propos d'idiot, tu sais que cet imbécile de Joseph nous lâche ? Cette andouille mal ficelée va bosser chez *Europe et Pasiphaé*.

Elle lui raconta l'altercation qu'il y avait eue au Cochon Volant et expliqua son idée de profiter de la foire aux orphelins pour aller embaucher un remplaçant.

– Tu crois que je pourrai venir avec toi ? demanda Liberté.

Carmine s'étira sur son siège, faisant craquer ses articulations.

– Il y a mieux comme endroit pour lever un joli garçon, ma belle. Je te l'ai déjà dit, laisse-moi te présenter un beau louchébem et…

– Ce n'est pas ça. Je voudrais voir leur horloge astronomique. Elle est réputée pour être la plus belle et la plus complexe du monde. Tu te rends compte qu'elle indique la position des astres, l'heure qu'il est à n'importe quel endroit de la planète, la date des prochaines éclipses et celle des marées ?

– Et ils l'ont installée dans un orphelinat ?

– Mais oui ! s'enflamma Liberté. « La beauté, que ce soit celle de l'art ou de la technique, doit appartenir à tous. » L'horloger qui a conçu cette machine n'a fait qu'appliquer à la lettre une des règles du gouvernement. J'adorerais voir ça !

Carmine se mit à rire, amusée par la ferveur de son amie.

– D'accord. Arrange-toi pour avoir ta journée. De mon côté, je demanderai au patron si je peux emmener une technicienne en jupons avec nous.

Le tram s'arrêta en arrivant à la hauteur du canal Martin. Le garçon descendit aussi vite que possible, remplacé par quatre commères aux paniers surchargés de victuailles, puis le tram entama une descente progressive jusqu'aux abattoirs. Même en altitude, on pouvait voir que les eaux du canal de l'Ourcq avaient une couleur rougeâtre et bourbeuse. En fin de journée, lorsqu'on lavait les cours d'abattage, une grande partie des eaux usées terminaient dans le canal. Le faible courant était çà et là troublé par des remous et Liberté crut apercevoir une gigantesque nageoire blafarde. On racontait qu'à force de se gaver de sang et de viande, les poissons du coin étaient devenus plus grands et plus féroces. On disait aussi que les promeneurs imprudents qui passaient trop près de l'eau avaient tendance à disparaître.

Vrai ou pas, Liberté ne se serait approchée du bord pour rien au monde. L'odeur à elle seule était une infection. Le tram s'immobilisa en face des portes de la Villette, surmontées de deux statues gigantesques : une femme menant un bœuf et un homme abattant un taureau. Entre les statues se trouvait une foule bigarrée composée de louchébems de toutes les catégories. Il y avait, par exemple, les tueurs qui se chargeaient de l'abattage : tatoués, les moustaches passées à la cire et redressées en crocs, ils ne sortaient jamais sans le marteau à long manche avec lequel ils assommaient le bétail avant de le saigner. Au dire de Carmine, ils avaient le sang chaud et mieux valait ne pas les chercher. Venaient ensuite les bouchers spécialisés dans la découpe, capables de changer en deux heures un bœuf de neuf cents kilos en morceaux prêts à la vente ; puis tout un peuple de garçons et filles chargés de porcs, de moutons ou de veaux. Tous, du tueur au meneur de bétail, étaient vêtus de couleurs voyantes et équipés des trois couteaux réglementaires. À chaque mouvement, les lames accrochaient les rayons du soleil. Plusieurs louchébems hélèrent Carmine en la voyant s'approcher. Ils se serrèrent la main en parlant en argot, si vite que Liberté avait du mal à suivre les conversations.

Un tueur immense s'approcha et souleva Carmine du sol.

– Salut, lérichem ! vociféra-t-il en la faisant valser dans les airs.

– Salut, Lackji, lomenquèm ça va ?

– Bien, bien.

Le géant reposa Carmine. Il était si grand que le menton de l'adolescente lui arrivait au milieu de la poitrine. Sa chemise ouverte laissait apparaître un torse musclé et abondamment tatoué. La tête de la masse accrochée dans son dos dépassait de derrière son épaule.

– Tu es venue pour ton frère ?

Le sourire de Carmine se figea.

– Oui. Je dois voir Cinabre, tu sais où il est ?

– À la fontaine des lions, j'dirais, répondit le tueur en torsadant ses moustaches.

– Lercimuche, Lackji.

La jeune fille fit un pas de plus vers les abattoirs mais l'homme la retint.

– Écoute, lolijem, tu dois dire à ton frérot de faire très attention. C'est un louchébem et tous les gars l'aiment bien mais ça durera pas. Un jour, il va fâcher le mauvais gars et il se fera étriper. Même moi, j'aurai pas toujours la patience. Lompriquèm ?

Carmine hocha la tête et le géant la lâcha.

– Viens, Lib.

Liberté se fit minuscule tandis qu'elles se dirigeaient vers la fontaine où quatre statues de lions crachaient de l'eau dans un large bassin. Les lieux sentaient le fumier et le fer. On entendait, portés par le vent, les meuglements des bœufs parqués un peu plus loin. Il fallait vraiment être de la confrérie pour apprécier la Villette, songea Liberté, comme chaque fois qu'elle accompagnait Carmine. Elle ne pouvait s'empêcher de penser aux milliers d'animaux qu'on y emmenait pour les tuer mais se gardait bien d'en parler à son amie, qui se serait moquée d'elle.

À ce moment-là, elle aperçut la silhouette dégingandée de Cinabre et les abattoirs de la Villette cessèrent d'exister. Le frère de Carmine avait presque dix-huit ans et il lui ressemblait : même peau d'un brun sombre à peine délayé, mêmes cheveux crépus, même minceur. La similitude allait jusqu'à leurs prénoms qui évoquaient tous deux la couleur rouge. Cinabre s'était changé et portait ses vêtements civils : une redingote et un pantalon à carreaux qui clamait haut et fort son appartenance à la corporation des louchébems. Les trois couteaux de rigueur pendaient à sa ceinture. Il était en pleine conversation avec deux collègues au visage patibulaire.

– Ma sœur !

Sa voix était exagérément joyeuse. Il serra Carmine dans ses bras et lui frotta la tête dans un geste affectueux avant de se tourner vers Liberté qui s'efforçait de conserver une expression neutre.

– Et, oh…

Les mains crispées sur la poitrine, il mima une crise cardiaque.

– Liberté ! Ma sauveuse ! Les gars, je vous présente ma sœur Carmine et Liberté sans qui je ne serais pas là aujourd'hui.

L'un des louchébems patibulaires reluqua Liberté des pieds à la tête et cracha sur le sol. Il n'était pas plus vieux qu'elle mais ses deux bras étaient déjà tatoués jusqu'aux épaules : des taureaux, des couteaux, des devises en argot.

– Alors, c'est vrai ce qu'il raconte ? C'est une fifille qui l'a sauvé alors qu'il allait se payer une bonne rasade de Seine ?

– Ou… oui, articula Liberté en se rapprochant imperceptiblement de Carmine.

Sur la défensive, son amie avait la main posée sur le manche de l'un de ses couteaux. L'atmosphère était tendue.

– Raconte voir, ordonna l'autre louchébem.

Liberté interrogea du regard Carmine, qui hocha sèchement la tête.

– Eh bien, euh… en fait, je sais très bien nager. C'est un marinier fluvial qui m'a appris quand j'étais petite. Alors quand j'ai vu Cinabre tomber dans la Seine et couler, j'ai plongé et je l'ai ramené. Voilà.

– Liberté est trop modeste, protesta ce dernier. Elle a oublié de dire beaucoup de choses. C'était en plein liverdoc : il neigeait, il faisait un froid de gueux, et pourtant, elle a plongé sans hésiter. On m'avait tiré dessus et elle a réussi à empêcher que je me vide de tout mon raisiné avec son fichu à fleurs. Celui-là même que vous voyez sur ses épaules.

Le louchébem tatoué n'eut pas l'air impressionné. Il claqua de la langue d'un air menaçant.

– Tiré dessus, hein ? Encore quelqu'un que t'avais « oublié » de rembourser. Fais bien attention, Cinabre. Ta grosse sirène sera pas toujours là pour sauver tes fesses noires.

Et sur un dernier crachat, les deux louchébems s'en allèrent, non sans jeter des regards menaçants derrière leur épaule.

– Je vois que tu t'es encore fait des amis, grinça Carmine d'une voix acide.

Cinabre fit semblant de ne pas avoir entendu. Au même moment, l'horloge des abattoirs sonna vingt heures et son sourire forcé déserta son visage. Il se pencha en avant.

– Les filles, vous m'avez apporté largenmuche ?

Liberté lui tendit le panier de pommes.

– C'est dedans. On a réussi à récolter tes deux cents taureaux.
– Deux... Deux cents ?

Cinabre plaqua ses mains sur ses joues, s'essuya le front.

– On avait dit trois cents.
– Quoi ? s'écria Carmine.
– Chhh... Moins fort, chuchota-t-il en tournant la tête en tous sens. Écoute, sœurette, c'est plus deux cents qu'il me faut mais trois cents. Tu comprends ça ? Et il me les faut pour demain, sinon, je suis mort ! Mort, tu entends ? Les types à qui je dois l'argent, ce ne sont pas exactement des agneaux de printemps.

L'apprentie louchébem empoigna son frère par les revers de sa veste, si fort que Liberté entendit distinctement les coutures craquer.

– J'y crois pas, Ci ! Tu as encore été perdre ton argent en pariant aux combats de coqs ! Est-ce que tu te rends compte combien de temps il nous a fallu pour réunir cette somme ? Liberté et moi, on prend des risques énormes pour empêcher qu'il t'arrive quelque chose. Tu crois que jouer les chats de gouttière nous amuse ? La dernière fois, c'étaient cinquante taureaux qu'il te fallait, et la fois d'avant, tu aurais bouffé les pissenlits par la racine si Liberté ne t'avait pas repêché dans la Seine !

Cinabre essaya en vain de repousser sa sœur ; il leva les mains en signe de reddition.

– Je sais, je sais. Écoute, sœurette, je suis désolé, d'accord ? J'étais à deux doigts de tout regagner et plus encore. Mon coq menait, je te le jure sur la tête de notre père, et...
– Parle pas de papa, d'accord ? Ferme ta boîte à dominos, Ci ! Il tombera du boudin grillé avant que je te file un porcelet de plus !

Liberté essaya timidement de s'interposer :
– Arrêtez, je...

Ni le frère ni la sœur ne l'écoutaient.

– ARRÊTEZ ! cria-t-elle. Je vais payer, moi !

Carmine, surprise, relâcha son frère.

– Payer ? Lib, t'es en pension de travailleurs, tu portes les fripes les plus démodées que j'aie jamais vues, et tu veux me faire croire que tu planques cent taureaux dans une chaussette sous ton lit ?

– J'ai eu une prime, assura-t-elle d'une voix ferme. Au foyer, j'ai à manger et un endroit où dormir. Je peux me passer de cent taureaux. Cinabre, tu n'auras qu'à me rembourser quand tu pourras.

Il y eut un bref silence, seulement troublé par le bruit de l'eau de la fontaine. Le visage de Cinabre était un mélange de soulagement et de surprise.

– Liberté, dit-il enfin, tu me sauves la vie une seconde fois.

Il saisit sa main et l'attira contre lui. Une courte étreinte durant laquelle elle eut le temps de nicher son nez dans son cou et de respirer à fond son parfum de cuir et de vêtements fraîchement lavés au savon de Marseille. Une proximité qui valait bien cent taureaux. Elle aurait donné le double pour une minute supplémentaire.

– Comment pourrai-je te remercier ?

Liberté avait un millier d'idées mais elle se contenta de répondre :

– Tu trouveras bien.

Cinabre s'inclina, la main sur le cœur.

– C'est promis, je ne te décevrai pas.

– Je t'enverrai un courrier pneumatique prioritaire demain à la première heure.

– Merci. Merci mille fois.

Son regard de gratitude valait tout l'or de Larispem. Il ramassa le panier, ôta les pommes et recompta deux fois les billets.

– Je dois y aller à présent. Je vais donner les deux cents en acompte. Ne m'oublie pas demain, Liberté.

Il lui envoya un baiser du bout des doigts avant de partir à grandes enjambées vers le marché aux bestiaux. Les deux adolescentes le regardèrent s'éloigner, le panier au bout du bras, jusqu'à ce qu'il ait disparu.

– Viens, grommela Carmine, on rentre.

De retour dans le tram aérien, la jeune louchébem, qui n'avait pas décoléré depuis leur départ des abattoirs de la Villette, se tourna soudain vers Liberté.

– T'es amoureuse ? demanda-t-elle d'un ton sec.

Liberté, qui était en train de se repasser en boucle sa brève conversation avec Cinabre, sursauta et rougit.

– Amoureuse, moi ?

« Bien sûr que oui », pensa-t-elle. Mais à la vue de l'expression renfrognée de son amie, elle comprit que ce n'était pas le moment de lui confier qu'elle avait aimé son frère à la minute où elle l'avait sorti de la Seine. Elle se souvenait de tous les détails : l'eau et le sang qui coulaient sur les pavés crasseux du quai, les yeux de Cinabre qui s'étaient ouverts et fixés sur son visage. Elle n'avait jamais vu un Noir avant et, dans les livres, on les décrivait comme des êtres à peine plus évolués que des animaux. Il avait ouvert les yeux et balbutié : « Lérichem, tu m'as sauvé. » Coup de foudre. Elle ne s'en était jamais remise, et presque toutes les nuits, elle se rejouait la scène en rêve.

– Non... non, je ne suis pas amoureuse. Je lui ai sauvé la vie une fois, il faut croire que j'ai pris l'habitude.

Carmine grimaça.

– Tu ne devrais pas. Parce que, sinon, tu vas passer ta vie à le sortir du pétrin. Et surtout, fais attention à ne pas tomber sous son charme. Mon frère a brisé plus d'un cœur. N'oublie pas qu'il n'a qu'un seul grand amour : lui-même.

Liberté se mit à fixer une tache de peinture au sol tandis que son amie continuait de parler.

– Cinabre a toujours réussi à tirer son épingle du jeu en

charmant son public, mais plus ça va, moins ça marche. La balle de pistolet dans l'épaule, le soir où tu l'as sauvé, c'était parce qu'il avait ridiculisé un type qu'il n'aimait pas. Bientôt, quelqu'un d'autre va essayer de le tuer.

– Ne dis pas ça. Il a l'argent, il va bien comprendre qu'il ne peut pas continuer à parier.

– Lib, ça fait pas si longtemps qu'on se connaît, mais je tiens à toi. Pas seulement parce que t'as empêché mon frère de crever. T'es une fille bien, vraiment, et je ne veux pas que tu souffres, alors crois-moi : ne t'attache pas à Cinabre.

6

ISABELLA

> *Vous réclamez que je nettoie la Cité de ses criminels, vous me demandez comment je compte me débarrasser du millier de jeunes délinquants qui sont encore enfermés dans la prison de la Petite Roquette. À vous entendre, ces gens ne seraient que des ordures qu'il faudrait chasser avec un balai et un seau d'eau. Je vais donc vous décevoir en vous rappelant que les citoyens qui ne respectent pas les règles restent tout de même des citoyens, et des êtres humains par-dessus tout.*
>
> Discours de Michelle Lancien, 1880.

Le professeur Devernois fut enterré le dimanche. Le temps s'était mis au diapason : il pleuvait avec violence en ce début de mois de juillet et le cimetière réservé aux employés de l'orphelinat se changeait en marécage. Certaines tombes parmi les plus anciennes étaient déjà à demi submergées, formant çà et là de petits bassins rectangulaires où finissaient de s'effriter des fleurs de papier décolorées. Il s'agissait, bien entendu, d'une cérémonie athée : le gouvernement avait banni toute forme de religion depuis longtemps. Il n'était donc pas question d'évoquer l'au-delà. À Larispem, les morts étaient juste morts.

Bien aligné avec les autres élèves, Nathanaël regardait le cercueil descendre dans le trou fraîchement creusé. Les deux croque-morts peinaient et dérapaient dans la boue, luttant pour garder leur équilibre. L'un d'eux glissa et faillit lâcher la corde. Il poussa un horrible juron qui fit froncer les sourcils au directeur de l'orphelinat, un homme strict aux cheveux grisonnants, sa toque plaquée sur le front par la pluie. Les élèves échangèrent des regards amusés, certains refrénaient à grand-peine un début de fou rire. Nathanaël, lui, était incapable de penser à autre chose qu'à la discussion qu'il avait surprise. Il en avait parlé à Jérôme : mal lui en avait pris, ce dernier était désormais persuadé qu'il allait mourir sous peu de la même maladie étrange. Debout à côté de Nathanaël, il n'arrêtait pas de s'agiter.

– Ils auraient dû brûler le corps, non ? chuchota-t-il. C'est ce qu'on fait en cas d'épidémie, hein, Nathan ?

Le cercueil avait enfin touché le fond de la tombe. Le directeur s'était lancé dans un discours de circonstance que personne n'écoutait. Nathanaël jeta un regard furtif sur la droite. L'événement étant exceptionnel, quelques filles se trouvaient là. Elles étaient toutes vêtues de l'uniforme de l'orphelinat et les couleurs de leurs cheveux trempés se confondaient en un brun triste, plus ou moins clair selon la nuance d'origine. Isabella était forcément là, quelque part : les élèves présents étaient tous ceux qui avaient eu Devernois en classe. Nathanaël scruta leurs visages. Les plus jeunes avaient une dizaine d'années, les plus âgées quinze ans, et elles étaient mûres pour la foire aux orphelins. Il essaya de deviner quelle tête pouvait avoir Isabella : la maigrichonne aux yeux bleus ? La brune aux boucles aplaties par la pluie ? La petite là-bas qui tremblait de froid à côté de ce professeur blond qu'il avait croisé le jour même du drame ?

Le directeur conclut son discours par une formule pompeuse où il était question de toujours garder en mémoire les chers disparus. Finalement, il fit un signe aux croque-morts et ils se mirent en devoir de reboucher la tombe avec un zèle qui en disait long sur leur état d'esprit. La cérémonie était enfin terminée et les orphelins retournèrent dans les bâtiments en une longue file boueuse et ruisselante. Ils passèrent devant l'horloge astronomique qui cliquetait de toutes parts. Midi sonna et une petite femme de fer-blanc brandissant une épée sortit de son alcôve pour aller frapper douze fois un dragon-cloche.

– Il faut que je trouve Isabella, chuchota Nathanaël en se tournant vers Jérôme. Cette fille sait ce qui se passe. Si je suis contaminé par une maladie, si c'est moi qui ai tué Devernois sans le vouloir, je veux comprendre comment et pourquoi.

– Je me sens faible, geignit l'adolescent sans l'écouter.

Nathanaël attaqua de l'incisive une peau tendre à côté de l'ongle de son pouce. Il mordit trop fort et grimaça en voyant le sang perler sur son doigt.

– Jérôme, reprit-il, le professeur a dit qu'on était plusieurs à être malades. Il a parlé d'un certain Valère. Tu vois qui c'est ? Toi qui connais tout le monde ici…

– J'ai mal au bras, regarde, il gonfle !

– Arrête !

Agacé, Nathanaël attrapa fermement la tête de son ami entre ses mains et le força à cesser de s'inspecter sous toutes les coutures.

– Tu te calmes, d'accord ? Aide-moi au lieu de pleurnicher.

Quelque chose dans le ton de Nathanaël dut convaincre Jérôme car il se tranquillisa dans l'instant et devint presque flasque entre les mains de son ami. Ses yeux ronds, perpétuellement étonnés, fixaient un point quelque part entre son nez et son front tandis qu'il semblait réfléchir.

– Va… Valère Novembre, oui, c'est un petit. Il a douze ans, j'ai joué aux échecs avec lui une fois. Il a gagné.

– Bon. Est-ce qu'il avait quelque chose de… particulier ?

– Non, rien. Il est normal. Un petit gros avec un nez en trompette et des cheveux roux.

– Le professeur a dit qu'il était à l'infirmerie depuis une semaine. On pourrait peut-être y aller ?

– C'est difficile, répondit Jérôme d'une voix pâteuse. L'infirmière est un vrai dragon, je le sais parce que j'y ai été plein de fois et elle me déteste, elle fait exprès de me piquer et de me donner des médicaments qui ont un goût de jus de chaussette. Une fois, elle…

– Ça va, j'ai compris, mauvaise idée.

– Par contre, j'ai peut-être une idée pour cette fille… Isabella.

Nathanaël sourit et le lâcha, essuyant au passage la minuscule traînée de sang que son pouce avait laissée sur la joue de son ami.

– Tu vois quand tu veux ! Explique !

Les cours avaient été annulés cet après-midi-là, aussi Jérôme eut-il tout le loisir d'exposer son idée. Ils commencèrent par troquer leurs vêtements humides contre un uniforme sec, puis Jérôme entraîna son ami jusqu'à la bibliothèque de l'orphelinat. Les rayons n'étaient pas très fournis : beaucoup de livres étaient censurés par le gouvernement. Tout ce qui pouvait glorifier la noblesse, la bourgeoisie ou la religion avait été mis sur la liste des livres interdits. Les romans de Jules Verne, par contre, s'étalaient sur des mètres et des mètres de rayonnage dans toutes les éditions existantes.

– Qu'est-ce qu'on fait ici ? chuchota Nathanaël.

– On va parler à Gueule-de-Passoire.

Il s'arrêta net à hauteur d'une édition en cinq tomes de l'*Encyclopédie illustrée* de Larispem.

– Gueule-de-Passoire ? On parle bien d'Armand Mars, dit Gueule-de-Passoire ? Non mais ça va pas, Jérôme ? Ce gars, c'est une terreur. Tu sais qu'il s'est fait exclure deux fois de la foire aux orphelins ? Tu sais que c'est lui qui a mis le feu à l'appartement du directeur ? Il paraît que son père a été guillotiné et que sa mère est en prison à Saint-Lazare pour un crime horrible. Quand j'avais huit ans, ce type était mon cauchemar. Il te regardait avec son air bizarre et tu ne savais pas s'il allait te donner des bonbons ou te noyer dans les toilettes.

– Oui, oui, c'est vrai, tempéra Jérôme, mais lui et moi, on a une sorte de marché. Je l'aide à obtenir des trucs... Des cigarettes, des cylindres de musique pour son phonographe, de l'absinthe.

– On est amis depuis qu'on est gamins, et tu trafiques sans me le dire avec Gueule-de-Passoire ? s'indigna Nathanaël. Pourquoi tu m'as caché ça ?

– Parle moins fort ! siffla Jérôme en vérifiant que personne ne se retournait vers eux. Je ne te l'ai pas dit parce que j'étais sûr que tu allais réagir comme ça. Allez, viens !

Ils passèrent devant la banque de prêt où siégeaient deux bibliothécaires hors d'âge.

– Moins fort ! aboya l'une d'elles, plus par habitude que par nécessité, avant de retourner à son travail.

Gueule-de-Passoire, ainsi nommé à cause de son visage ravagé par l'acné, siégeait au fond de la bibliothèque en compagnie de deux autres orphelins. Le premier avait un perpétuel sourire idiot sur le visage, le second était bâti comme une armoire à glace. L'orphelinat était un petit univers clos et Nathanaël connaissait chacun des trois adolescents : ils formaient un trio infernal que même les professeurs craignaient. Pas intimidé pour deux sous, Jérôme leur serra la main en bavardant : « Salut les gars, comment ça va ? Comment était le dernier cylindre ? Extra, hein ? Je vous l'avais dit ! » Nathanaël attendit prudemment que Jérôme le présente.

– Vous connaissez sans doute mon ami Nathanaël...

Armand Gueule-de-Passoire l'observa des pieds à la tête en prenant tout son temps.

– Salut, dit-il d'une voix traînante.

– Hé, c'est pas un prénom de fille, Nathanaël ? demanda à la ronde le second lieutenant en souriant de toutes ses dents.

Ce dernier se garda bien de réagir.

– Armand, il a un service à te demander. Il cherche une fille.

Le lieutenant éclata d'un rire aigu, bientôt rejoint par la brute. Armand s'autorisa un rictus.

– On en est tous là, mon vieux.

Nathanaël décida de jouer la carte de la flatterie :

– Je ne cherche pas n'importe quelle fille. Sinon, j'aurais demandé à n'importe qui. Je sais que c'est toi l'orphelin le plus influent ici et que tu connais tout le monde. Je cherche une certaine Isabella. Je ne sais rien de plus, juste son prénom.

Il y eut un bref échange de regards entre Armand et ses lieutenants. Ils la connaissent, songea-t-il.

Gueule-de-Passoire gratta distraitement sa joue ravagée par des boutons d'aspect dégoûtant. Il en avait jusque dans les oreilles, remarqua Nathanaël avec répugnance.

– Isabella… Mouais. Va falloir que je fasse jouer mon réseau. Ça risque de me prendre un moment… et ça va te coûter cher.

Nathanaël hocha la tête. Il avait appréhendé ce moment dès que Jérôme lui avait parlé de Gueule-de-Passoire. Avec ce genre de personne, rien n'était jamais gratuit.

– Vas-y, Armand, dis-moi ce que tu veux.

Gueule-de-Passoire se balança sur sa chaise, prenant le temps de savourer son pouvoir avant de formuler ses exigences.

– On dit que t'es un gars discret mais malin. C'est vrai, ça ?

Nathanaël haussa les épaules.

– Je me débrouille.

– Bon, eh bien, j'ai besoin d'un veinard dans ton genre pour me rendre un service. En échange, j'organiserai une rencontre avec cette Isabella et je ne te demanderai même pas pourquoi. D'accord ?

Nathanaël hésita à peine. Il fallait impérativement qu'il rencontre cette fille. Il hocha la tête.

– D'accord, Armand.

Gueule-de-Passoire eut un large sourire.

– Retrouve-moi à minuit devant l'horloge astronomique.

7

LA TOUR VERNE

Par ses romans, le citoyen Jules Verne nous a ouvert une fenêtre sur le futur. À nous de fabriquer la porte.
Citation attribuée à Michelle Lancien.

La banque de Larispem était un lieu discret, dissimulée dans un immeuble sans autres signes distinctifs qu'une inscription, sur une plaque de bronze, indiquant à tout Larispemois désireux de retirer de l'argent ou de mener à bien toute autre opération bancaire qu'il était au bon endroit. Liberté y détenait un compte sur lequel elle avait déposé, mois après mois, l'argent que lui envoyaient ses parents. Après une brève hésitation, elle retira cent taureaux, autrement dit, les trois quarts de ce qu'elle possédait. Tandis que le banquier au guichet lui remettait son argent dans une élégante petite pochette, Liberté mesura pleinement ce qu'impliquait cette coupe dans son budget. Elle n'était rentrée chez elle qu'une seule fois en six mois et avait compté demander quelques jours de congé pour rendre visite à sa famille. C'était désormais impossible. Elle aurait droit à une lettre déçue de sa mère et les jumeaux seraient tristes. Les reconnaîtrait-elle la prochaine fois qu'elle les verrait ? La dernière fois déjà, ils avaient semblé avoir gagné un demi-mètre chacun. Ils lui avaient offert des cadeaux préparés avec amour : une paire de chevaux faits de marrons et de cure-dents. Elle les avait rapportés et rangés dans la boîte sous son lit, où ils s'étaient racornis au fil des mois pour ne plus ressembler à quoi que ce soit.

– As-tu besoin d'autre chose, citoyenne ?

Le banquier s'étonnait que sa cliente reste plantée là.

Liberté se hâta de répondre que non et glissa les taureaux dans sa besace. C'était décidé, elle aiderait Cinabre. Il avait plus besoin d'elle que les jumeaux.

À la poste centrale de Larispem, Liberté regarda son argent se faire avaler par la gigantesque machine pneumatique qui desservait toute la ville, un monstre de cuivre et de bois comportant des centaines de bouches surmontées des noms des rues et lieux desservis. Les postiers devaient utiliser des perches télescopiques pour introduire les capsules dans les trous correspondant aux destinations, ce qui donnait lieu à un étrange ballet où les perches s'entrecroisaient devant la machine qui grondait et laissait échapper des jets de vapeur. Liberté avait osé glisser un petit mot dans la capsule en même temps que les billets. Juste « À bientôt, fais attention à toi. Liberté ». Elle avait failli ajouter « je t'embrasse » mais avait trouvé ça trop hardi.

Elle leva le visage vers le ciel au-dessus de la ville. Comme toujours, un voile de brouillard masquait en partie le soleil. On racontait que vu depuis un aérostat, Larispem avait l'air d'être enfermée sous une cloche d'un gris sale. Avec un soupir, elle tourna dans l'immense avenue qui menait à la tour Verne. Plantée en haut de la butte Montmartre, la tour, imposante, était le plus haut monument de Larispem. Le grand Jules Verne vivait au dernier étage, où il disposait d'un dirigeable privé pour se déplacer où bon lui semblait. Construite en pierre blanche, en acier et en verre, la tour était une débauche de tourelles et de filins qui reliaient entre eux de luxuriants jardins suspendus. Des escaliers mécaniques permettaient de gravir les étages sans se fatiguer et un système révolutionnaire de chauffage par les planchers maintenait toute l'année une température agréable

LA TOUR VERNE

dans les locaux. Au pied de l'immense édifice, des usines travaillaient nuit et jour à donner une réalité aux machines dont l'écrivain parlait dans ses romans. Le Taureau avait décidé, comme disaient les journalistes, « de presser le cerveau du citoyen Verne pour en extraire jusqu'à la dernière goutte de génie ». Liberté savait par les journaux qu'un premier prototype du *Nautilus*, le submersible décrit dans *Vingt mille lieues sous les mers,* était en cours de construction. On avait également prié Verne de travailler sur de nouvelles façons de cultiver grains et légumes au cœur des villes, afin de combattre la famine et de rendre Larispem moins dépendante des importations en provenance de France.

Liberté remonta le boulevard à vélo, bien rangée sur la droite. Elle avait appris au fil des mois à ne pas se laisser impressionner par les conditions de circulation dans la Cité-État. Malgré le réseau de tram, les Larispemois adoraient avoir leur propre véhicule. En conséquence, les boulevards de Larispem étaient des sortes d'arènes non officielles où régnait la loi du plus audacieux. Le développement des vapomobiles n'avait pas découragé les défenseurs du véhicule hippomobile. Les cabriolets à un seul cheval, légers et rapides, étaient grandement appréciés. Leurs propriétaires n'hésitaient pas à prendre des risques inconsidérés pour le seul plaisir de parvenir à doubler les vapo. On s'insultait, on jouait de l'avertisseur et, si besoin, on en venait aux mains. Les fiacres traditionnels jouaient le rôle de taxis et on croisait régulièrement des charrettes remplies à ras bord de marchandises, tirées par des bœufs ou des mules. Les vélos louvoyaient au milieu de cette circulation, en essayant d'éviter chauffards, nids-de-poule, tas de crottin et, bien sûr, piétons traversant à tout bout de champ. Comme souvent, Liberté sourit en pensant à sa mère : si elle avait pu voir sa fille au milieu de ce pandémonium, elle en aurait eu une attaque.

La jeune fille arriva au bout de son chemin sans encombre, à peine ralentie par un accident à un croisement (un fiacre avait versé, la vapomobile qui suivait avait embouti le véhicule, le cheval emballé avait foncé dans la devanture d'un vitrier qui, mécontent, avait sorti une carabine pour tirer dans le tas. Liberté n'avait pas vu la suite). Elle accrocha son vélo à une grille et se présenta au portail où un gardien revêche examina son passeport avec soin.

– Quel est le motif de ta visite à la tour Verne, citoyenne ?

– Je… euh… je voudrais postuler pour un emploi de technicienne de maintenance, bafouilla-t-elle.

Le gardien consigna sa réponse à l'aide d'une machine à écrire et y ajouta l'heure d'entrée, puis il lui tamponna la main et lui rappela qu'elle devait rester dans les zones autorisées de la tour sous peine d'être immédiatement arrêtée.

– Le bureau des embauches est situé au quatrième étage, porte vingt-trois, récita le gardien d'un ton monotone. Si on te surprend à traîner dans les étages supérieurs ou à tenter de pénétrer dans d'autres salles que la numéro vingt-trois, tu seras considérée comme suspecte. Compris ?

Liberté hocha la tête. La dernière fois qu'elle était venue, les règles n'étaient pas aussi strictes : peut-être l'affaire du voxomaton piraté avait-elle déjà des répercussions.

À la suite d'une classe en visite scolaire, elle monta l'escalier de marbre et se retrouva dans le grand hall richement décoré de fresques illustrant des épisodes du *Tour du monde en quatre-vingts jours* ou de *Voyage au centre de la Terre*. Liberté emprunta avec ravissement un petit ascenseur élégant, tout de cuivre poli et de bois blond, qu'on pouvait actionner sans l'aide d'un liftier. Une pression sur un bouton de porcelaine et la cabine s'éleva en cliquetant. Elle déboucha sur un palier où des dizaines de personnes attendaient déjà entre deux cordons. La queue serpentait dans tout le couloir jusqu'à un unique bureau qui semblait situé à des kilomètres. Une horloge posée au bout de la file indiquait :

IL Y A : 53 personnes devant vous
TEMPS D'ATTENTE ESTIMÉ À : 2 h 35
NOMBRE DE POSTULANTS ENCORE ACCEPTÉS
POUR 1899 : 1

Perplexe, Liberté relut trois fois le cadran. Un autre gardien, tout aussi revêche que le premier, avait l'air de s'ennuyer mortellement, assis de travers sur une chaise au pied de l'horloge.

– Excuse-moi, citoyen, dit-elle.

Le gardien releva la tête.

– Ouais ?

Liberté montra le cadran.

– Je… j'aurais voulu savoir ce que veut dire le « nombre de postulants encore acceptés ».

– C'est clair pourtant. Il y a tellement de gens qui veulent bosser ici qu'on a déjà tout ce qu'il faut en candidats. Aujourd'hui, c'était le dernier jour de l'année pour déposer une candidature et il reste une place.

Il eut un sourire artificiel. Liberté se sentit à la fois glacée et brûlante. Une seule place ! Il restait une seule place ! Elle pensa que si elle était arrivée une minute plus tard, elle aurait pu rater sa chance de travailler dans la tour. Elle allait remercier chaleureusement le gardien et se glisser en bout de file lorsqu'un homme de haute taille chargé de documents passa devant elle. Aussitôt, le « 1 » sur le cadran fut remplacé par un « 0 ». Le gardien eut une moue contrite.

– Ah ! non, en fait. Désolé. Plus de place, citoyenne. Faudra réessayer en 1900.

Liberté eut l'impression que son sang s'était changé en une boue glacée.

– Mais... mais, ce n'est pas possible ! J'étais là et...

Sa voix s'étrangla au fond de sa gorge. Pour toute marque de compassion, le gardien haussa les épaules. Du menton, il montra l'homme.

– Tu n'as qu'à le lui dire, citoyenne.

Liberté regarda celui qui avait pris sa place. Il ne s'était même pas aperçu de sa présence et il lissait sa barbe en regardant par-dessus les têtes des autres candidats. Liberté s'avança d'un pas dans sa direction et resta figée. Elle se savait incapable de lui dire qu'elle avait été là la première, qu'il avait pris sa place. Des larmes d'impuissance et de honte devant sa propre incapacité à agir troublèrent sa vision. La file d'attente devint floue, puis de nouveau nette lorsque deux grosses larmes coulèrent sur ses joues. L'adolescente tourna les talons et s'en alla.

– Hé, lança le gardien sans qu'elle l'entende, reviens l'an prochain !

Liberté pleurait maintenant à chaudes larmes. Plusieurs personnes attendaient déjà devant l'ascenseur et la dernière chose dont elle avait envie était qu'on la voie dans cet état. Elle s'éloigna en essayant d'étouffer ses sanglots dans un mouchoir et se dirigea vers une autre cabine, plus petite que la première, installée à l'écart et presque dissimulée derrière une grande statue représentant un éléphant. Elle referma la porte derrière elle et se frotta les yeux pour examiner les multiples boutons de porcelaine. Avant qu'elle ait eu le temps de repérer celui du rez-de-chaussée et d'appuyer dessus, la cabine eut un petit soubresaut et se mit à monter. Horrifiée, Liberté pressa le bouton rez-de-chaussée, puis celui des premiers étages, et enfin tous les autres, dans l'espoir de stopper le mécanisme. Mais rien à faire, quelqu'un, dans les étages supérieurs, avait dû appeler l'ascenseur et celui-ci ne répondait plus aux instructions données depuis la cabine. Sur le cadran au-dessus de la porte, les chiffres défilaient : 5, 6, 7. Quand la cabine arriva à 9, la lumière inonda l'ascenseur et la jeune fille se rendit compte qu'il était sorti de sa cage pour grimper le long du mur extérieur de la tour, offrant un panorama de toute beauté sur Larispem. Liberté poussa un gémissement et se rencogna le plus loin possible de la vitre qui la séparait du vide. La cabine ralentit et, avec un cliquetis inquiétant, poursuivit son chemin le long d'un rail qui s'enroulait autour de la structure de la tour.

La course de l'engin avait sans doute été conçue pour qu'on puisse admirer les moindres détails architecturaux de la tour Verne. Il y avait des jardins suspendus plantés de fleurs qui tanguaient doucement dans la brise, des statues et bas-reliefs représentant un fatras de créatures, allant du tigre à la chimère en passant par la pieuvre. Des gargouilles de zinc ouvraient la gueule au-dessus du vide pour cracher des panaches de vapeur. Comme si le bestiaire de pierre n'était pas assez varié, des pigeons, des étourneaux et des corneilles profitaient des innombrables fioritures du bâtiment pour construire leurs nids. Ils virevoltaient gracieusement autour de l'édifice. Hélas, Liberté était incapable d'apprécier la promenade : l'ascenseur ne pouvait se rendre qu'à un seul endroit, le dernier étage de la tour, et donc dans les appartements de Jules Verne. C'était fini. À peine la porte se serait-elle ouverte qu'elle serait abattue sans sommation. Il fallait qu'elle agisse. Les doigts tremblants, elle coinça ses ongles entre le panneau où s'alignaient les boutons et le mur de la cabine et tira. La console de commande s'arracha en douceur, révélant les fils. Liberté sortit de sa poche la trousse à outils qui ne la quittait presque jamais et examina les câbles. Peut-être pouvait-elle immobiliser la cabine, puis la forcer à redescendre. Si elle avait encore deux minutes, c'était possible. Elle leva les yeux vers le cadran où était indiqué le chiffre 20. Il y eut un petit « ding » et la cabine s'arrêta.

– J'ai bien cru qu'il n'allait jamais arriver, dit une voix, et la porte s'ouvrit.

Liberté eut tout juste le temps de remettre le panneau en place avant de se retrouver nez à nez avec une femme sévèrement vêtue, les cheveux tirés en un chignon poivre et sel. Un homme en uniforme de la Garde de Larispem s'interposa et braqua un pistolet sur la tête de Liberté. Cette dernière se recroquevilla et ferma les yeux dans l'attente de la balle qui allait mettre fin à sa brève existence. Elle pensa à Cinabre. Dire qu'elle n'aurait jamais eu le temps de l'embrasser...

– Non, attendez.

– Reculez, madame, si elle a sur elle un dispositif piégé, nous sommes morts.

– Max, je vous fiche mon billet que ce n'est pas une Sœur du Sang. Vous avez déjà vu un terroriste en larmes au moment de passer à l'action, vous ? Allons, jeune fille, sors de cet ascenseur et explique-nous ce que tu fais là.

Liberté rouvrit les yeux et obéit. Elle se rendit compte qu'elle se trouvait dans un immense salon, plus luxueux que tout ce qu'elle avait pu voir jusqu'à présent à Larispem. Une bibliothèque colossale occupait le mur du fond. De l'autre côté, une baie vitrée impressionnante s'avançait au-dessus du vide.

– Je venais poser ma candidature pour... la maintenance, bégaya Liberté. Je me suis trompée d'ascenseur. Excusez-moi, je suis désolée, je ne voulais pas...

L'homme en uniforme lui attrapa le poignet sans ménagement et regarda le tampon apposé sur sa main.

– C'est bien un tampon pour la salle vingt-trois.

La femme en noir soupira.

– Bon. Je suppose donc que tu n'es pas sur le point de tous nous tuer. Tu as dit maintenance ?

– Ou... oui, citoyenne.

– Tu t'y connais en phonographes ? Verne est retenu je ne sais où et nous sommes incapables de faire fonctionner sa machine. Nous allions descendre chercher de l'aide mais ce...

(elle désigna l'ascenseur) machin est si lent qu'on serait plus vite rendus en Chine.

– Je… je…, bafouilla Liberté.

– Oui ou non ? s'impatienta la femme. Puisque tu es dans un endroit où tu n'es pas censée te trouver, autant te rendre utile.

– Oui, citoyenne, je peux réparer les phonographes.

– À la bonne heure.

La femme en noir conduisit Liberté jusqu'à un grand bureau encombré de papiers dactylographiés où trônait un imposant phonographe à pavillon de cuivre.

– Trouve-moi comment faire fonctionner cette chose, j'ai un cylindre à écouter de toute urgence.

Liberté obtempéra en se félicitant de promener sa trousse à outils partout avec elle. Ses mains étaient poisseuses et le sang battait jusque dans la pulpe de ses doigts (à tel point qu'elle dut s'y reprendre à deux fois pour dévisser la plaque gravée cachant les mécanismes du phonographe). Un peu calmée, elle cessa de renifler pour se concentrer sur sa tâche, tout en observant les deux personnes du coin de l'œil. Le visage de la femme lui était familier. Au début, elle crut qu'il s'agissait d'une amie de Jules Verne ou d'un membre de sa famille. Puis, elle se rappela les affiches, les miniatures des théâtres automatiques, les dessins de journaux. Il s'agissait de la Présidente. Liberté se demanda comment il était possible qu'elle ne l'ait pas reconnue plus tôt… Peut-être que la véritable Présidente était si vivante, si réelle, qu'il fallait un moment pour l'associer à ses représentations en deux dimensions. Quant à l'homme, elle l'avait appelé Max comme pour Maxime. Il s'agissait sûrement du chef des forces de l'ordre de Larispem, Maxime Sévère. La façon dont ils s'adressaient l'un à l'autre était très déconcertante : c'était la première fois que Liberté entendait des Larispemois se vouvoyer. La jeune fille sentit la tête lui tourner. Elle se trouvait dans les appartements privés de Jules Verne en compagnie de Michelle Lancien et du numéro trois du gouvernement. Il ne manquait plus que Gustave Fiori et Jules Verne pour que le tableau soit complet.

– Vous n'êtes pas prudente, madame, grommela Maxime Sévère qui ne la lâchait pas des yeux. Imaginez que ce soit une espionne.

– Vous voyez le mal partout, mon ami.

– Et vous, nulle part !

La Présidente écrivait à toute vitesse sur des feuilles volantes. Elle plongea sa plume dans l'encrier et reprit la parole, tout en continuant de gratter le papier.

– Max, vous ne voulez pas le comprendre mais ici nous menons une politique de transparence. Cela ne veut pas dire « on parle de ce qu'on fait à quatre personnes » ni « on parle de ce qu'on fait à dix personnes », cela veut dire que chaque citoyen de Larispem est en droit de savoir ce que font ceux qui les dirigent, point.

– Vous allez donc la laisser écouter un cylindre envoyé par le Reich allemand. Un message peut-être sensible, contenant des informations géopolitiques de première importance.

Michelle Lancien foudroya du regard son chef de la Garde. Elle avait le visage si farouche que Liberté, qui ne perdait pas une miette de la conversation, n'eut aucun mal à l'imaginer sur les barricades, en train de défier les troupes venues reprendre Paris aux révolutionnaires.

– Peut-être bien que oui, Maxime. De toute façon, fourrez-vous dans le crâne que si ces informations sont importantes, elles seront publiées demain dans *Le Petit Larispemois*. Vous et Gustave m'avez suffisamment contrainte aux cachotteries comme ça.

– Madame !

Maxime Sévère avait l'air sur le point de bondir pour bâillonner la Présidente.

– Détendez-vous, Maxime, vous me fatiguez. Jeune fille, ça avance ?

– Ou… oui, le phonographe est en excellent état, c'est la tête de lecture qui est à remplacer. Il doit y en avoir d'avance dans la machine.

– Bien. Mais où traîne donc Jules, bon sang ?

La Présidente jaillit de son siège comme un boulet de canon et se planta devant la baie vitrée. Un grand dirigeable s'élevait dans le ciel. Fascinée, Liberté le suivit du regard avant de se pencher sur le phonographe pour remplacer le saphir de la tête de lecture. Elle remonta la clé. Le cylindre se mit à tourner en crachotant. La voix d'une secrétaire à l'accent allemand s'éleva dans le salon :

« De la chancellerie du Deutsches Kaiserreich à Berlin à la Présidente Lancien de la Cité-État de Larispem. Le conseiller à l'industrie parle. »

La voix féminine fut relayée par une grosse voix d'homme à l'accent si épais qu'on peinait parfois à la comprendre.

« *Guten tag*, Madame. Nous en avions déjà parlé lors de notre rencontre mais il s'avère que le problème d'espionnage industriel est loin d'être terminé… »

– Quoi ? s'indigna la Présidente. Encore ? Je croyais qu'on en avait fini avec cette histoire ridicule.

« … encore des ressortissants de votre Cité-État surpris à voler des plans dans deux usines de notre territoire. Ces individus ont avoué être mandatés par votre gouvernement. Vous persisterez probablement à nier toute implication de votre part, Madame, cependant vous serez bien obligée d'admettre votre responsabilité tôt ou tard. Dans le cas contraire, vous comprendrez que nous nous voyions contraints de limiter les partenariats commerciaux entre le Reich et Larispem. Veuillez accepter, Madame la Présidente de Larispem, mes salutations les plus respectueuses. »

L'enregistrement s'interrompit et le cylindre continua de tourner sans produire autre chose qu'un grésillement régulier. La Présidente secoua la tête.

— Tout ce cirque pour entendre de telles fadaises. Je ne comprends rien à ces pseudo-espionnages. Ça n'a aucun sens : Larispem n'a pas de rivale pour ce qui est de la technologie, pourquoi irions-nous leur voler des plans de je ne sais quel engin ?

— Ils cherchent la querelle, madame, déclara Maxime Sévère d'une voix sombre. Ils sont jaloux et envieux. Un de ces jours, il y aura de nouveau une guerre avec ces gens-là, vous verrez. Et ce n'est pas parce que Larispem ne fait plus partie de la France que nous serons épargnés.

La Présidente émit un son qui pouvait être un oui. Elle regarda soudain Liberté comme si elle avait oublié sa présence.

— Tu es encore là, jeune fille ?

Celle-ci hocha la tête en évitant de croiser le regard noir du chef de la Garde.

— Eh bien, tu peux filer. Je te remercie pour le phonographe. Bonne chance pour ton travail à la maintenance.

— Je… je n'ai pas été prise, madame. Il n'y avait plus de place.

La Présidente hocha la tête.

— Oh. Alors, bonne chance pour trouver un emploi.

— Vous pourriez peut-être en parler à Verne, madame, suggéra Maxime Sévère.

— Verne n'est pas un bureau de recrutement ambulant, et puis, je suis opposée au piston sous toutes ses formes. Je ne doute pas que mademoiselle… comment t'appelles-tu au juste ?

— Liberté Chardon, madame.

— Je ne doute pas que Liberté trouvera rapidement un travail. Au revoir, jeune fille. Tu n'as qu'à prendre l'ascenseur en sens inverse.

Elle se tourna vers Maxime Sévère et n'accorda plus une miette d'attention à Liberté. Cette dernière ramassa ses outils et murmura un faible « au revoir » qui ne parvint pas aux oreilles de ses destinataires, déjà occupés à commenter le message allemand.

De retour sur son vélo, la jeune fille ne savait pas très bien si elle devait être déçue ou enchantée par sa visite à la tour Verne. La Présidente l'avait réellement impressionnée, au point de lui faire oublier, pendant un instant, qu'elle avait raté sa chance. En tournant pour prendre la rue de la pension, elle ralentit. Une immense affiche de propagande s'étalait sur un pan de mur. Elle passait devant tous les matins, mais aujourd'hui, les traits sévères de la Présidente lui semblaient différents. Liberté donna un coup de pédale pour se propulser et se demanda si elle reverrait un jour la femme la plus puissante de Larispem.

8

TRICHEURS

> *On attend de chaque citoyen de Larispem qu'il respecte les règles établies, et ce quels que soient son âge, son sexe ou son statut. Aussi, tout élève qui sera pris à tricher par n'importe quel moyen fera l'objet d'un avertissement inscrit dans son dossier personnel. Si ce comportement vient à se reproduire, l'élève sera sanctionné avec la plus grande sévérité.*
>
> Extrait du règlement
de l'orphelinat de Larispem.

Nathanaël patienta dans son lit en écoutant l'horloge sonner les heures après que l'extinction des feux eut plongé l'orphelinat dans le silence : dix coups, onze coups, puis douze. L'horloge salua minuit à sa façon en carillonnant une petite ritournelle. Le garçon se leva sans bruit. Autour de lui, ses camarades ronflaient, se retournaient ou marmonnaient dans leurs rêves.

– Hé, bonne chance !

Nathanaël distingua vaguement le sourire d'encouragement de Jérôme, depuis le lit voisin du sien.

– J'espère pour toi que je ne vais pas le regretter, chuchota Nathanaël.

Il enfila une paire de chaussures et quitta le dortoir. Le surveillant censé contrôler les allées et venues nocturnes des pensionnaires dormait sur sa chaise, la bouche grande ouverte.

C'était presque toujours le cas et il était rare de ne pas pouvoir sortir en douce la nuit. Nathanaël descendit l'escalier sans faire de bruit, goûtant la fraîcheur des étages inférieurs. Le grand hall était plongé dans une obscurité à peine rompue par les flammes de quelques veilleuses. Deux silhouettes attendaient devant les cadrans de l'horloge : Gueule-de-Passoire et son garde du corps. Adossé contre le mur, Armand grignotait un bâton de réglisse.

– Salut, Janvier. T'es prêt ? demanda Armand en calant le bâton au coin de sa bouche.

– Oui, enfin, je crois.

– Je t'explique mon problème. Tu sais que j'ai été recalé deux fois pour la foire ?

Nathanaël hocha la tête.

– J'en ai ma claque, reprit-il. Je veux sortir de cette prison mais vu mon dossier, je suis bon pour moisir ici un an de plus ou être envoyé directement dans un camp de redressement. C'est là que tu interviens, Janvier, car j'ai besoin d'un tricheur. Les dossiers de chaque élève sont conservés dans le bureau du directeur. Demain, ils seront envoyés par la poste à une commission de vieux barbus qui vont décider, à partir des notes des profs, si oui ou non tu mérites d'aller à la foire. Moi, ça fait une semaine que mes copains essaient de barboter mon dossier pour le modifier. Rien à faire. T'es ma dernière chance, mon vieux.

Nathanaël resta un moment silencieux, le temps de réfléchir à ce que lui demandait la terreur de l'orphelinat.

– Tu veux que je rentre dans le bureau du directeur et que je change tes appréciations, c'est ça ?

– T'as tout pigé.

– C'est impossible en une nuit. Je ne peux pas passer à travers les murs ni effacer l'encre. C'est un magicien qu'il te faut, Armand.

Gueule-de-Passoire se tourna vers son lieutenant.

– Il se décourage vite, je trouve.

– Ouais, grogna la brute.

Armand fouilla dans une besace et tendit à Nathanaël une clé et un paquet de feuilles.

– On n'a pas réussi à entrer mais par contre on a piqué la clé et les feuilles d'appréciation types que rédigent les profs. T'as pas besoin de tout changer, juste ce qui te paraît le plus compromettant. Tu écris que je suis persévérant, courageux, loyal… ce genre de trucs. Ça devrait suffire pour que je sorte.

Nathanaël prit une grande inspiration. S'il se faisait prendre, c'est lui qui ne sortirait jamais. Comme s'il avait lu dans ses pensées, Armand ajouta, d'une voix narquoise :

– C'est le moment ou jamais d'avoir de la chance, mon vieux. J'espère que ta bonne étoile est en forme cette nuit. Allez, vas-y. Tu me feras ton rapport demain matin à huit heures devant la bibliothèque, c'est compris ?

– D'accord, chuchota Nathanaël.

– Ah, encore une chose. Germain, tu veux bien lui montrer ?

La brute avança d'un pas. Il poussa Nathanaël contre le mur et le bâillonna d'une main avant de lui donner une gifle, si violente que des étoiles scintillèrent devant ses yeux. Il essaya de crier mais seul un gémissement pitoyable filtra de sous la paume de son agresseur. Armand ôta tranquillement le bâton de réglisse de sa bouche.

– Voilà ce qui vous arrivera, à toi et à ton copain Jérôme, si tu me dénonces ou si ta mission échoue. Lâche-le, Germain.

Nathanaël se laissa glisser le long du mur, la joue en feu. Des larmes de douleur tremblaient au coin de ses yeux. Le sang se remit à battre à ses tempes, un torrent furieux qui ne demandait qu'à jaillir hors de son corps pour tout ravager sur son passage. Il sentit un liquide chaud lui tacher la lèvre supérieure.

– Dis donc, t'es en sucre, mon vieux. On te cogne la joue et tu saignes du nez ?

Nathanaël regarda sa main. Dans la semi-obscurité du hall,

le sang formait une tache noire sur fond gris. Il eut peur, soudain, beaucoup plus peur de cette tache que de Germain ou de Gueule-de-Passoire. Le professeur Devernois avait saigné du nez et des oreilles avant de mourir. La maladie était-elle en marche ? Il s'essuya sur ses vêtements, la respiration oppressée. Armand le regarda faire avec une curiosité détachée.

– N'oublie pas, lança-t-il avant de s'en aller, demain, huit heures. Tu tiens mon avenir entre tes mains, alors fais-y bien attention.

Le bureau du directeur n'était pas difficile à trouver. Nathanaël connaissait les couloirs par cœur et n'avait aucun mal à se repérer de nuit. Il prit le temps de poser l'oreille contre la porte avant de tourner doucement la clé pour entrer. La pièce était sombre, et encore plus inquiétante de nuit que de jour : le directeur avait vécu dans les colonies françaises d'Afrique et y avait développé une passion pour les masques. Les murs étaient couverts de visages de bois stylisés aux bouches surdimensionnées ou garnies de crocs. Nathanaël se rappela à quel point il était terrifiant d'être convoqué dans ce bureau pour y être sermonné sur son comportement ou ses résultats. Il eut soudain envie d'aller se réfugier dans son lit et de crier jusqu'à ce qu'on vienne le réconforter, mais il n'avait pas de mère pour le prendre dans ses bras et ne pouvait rien faire d'autre que continuer. Il alluma la lampe qui trônait sur le bureau et essaya d'ignorer les ombres et les yeux creux des masques. Son cœur rata un battement.

Un visage.

Un visage dans un recoin des ténèbres. Une face blême et ensanglantée qui l'épiait.

Il ne se sentit pas vraiment soulagé en se reconnaissant dans le miroir à cadre doré suspendu à un clou. Il s'observa un moment : sa peau pâle était barbouillée de sang. Bredouillant un juron, Nathanaël essaya d'effacer les traces mais elles étaient déjà presque sèches.

– Ce n'est rien, murmura-t-il dans une tentative désespérée pour se rassurer, c'est le coup. Tu n'es pas malade, tu vas très bien. Tu vas faire ce que veut Armand et ce sera fini.

Il s'arracha à la contemplation de son reflet et reporta son attention sur le bureau. Les dossiers y étaient empilés proprement, par mois de naissance. Il n'y avait que six élèves de quinze ans qui avaient rejoint l'orphelinat en mars et Nathanaël trouva sans difficulté celui d'Armand. Il s'installa dans le vaste fauteuil de cuir pour le feuilleter. En dernière année, les élèves devaient étudier six matières obligatoires : français, mathématiques, histoire (de Larispem et générale), sciences techniques et sciences naturelles et, pour finir, instruction physique. Les professeurs étaient d'accord pour dire qu'Armand Mars était un individu dangereux. Il avait « l'étoffe d'un voyou », écrivait le professeur de français, tandis que celui de sciences techniques se plaignait d'avoir dû l'empêcher à plusieurs reprises de faire sauter le laboratoire. En arithmétique, il était catastrophique, en histoire, désastreux. Seul le professeur d'instruction physique voyait en lui un « élément de bonne volonté montrant de grandes dispositions pour des sports comme la savate ou l'escrime ». Nathanaël se prit la tête entre les mains. Il faudrait changer au moins trois fiches pour faire pencher la balance en faveur d'Armand, en contrefaisant l'écriture à chaque fois. Il leva de nouveau les yeux vers le miroir.

– Je n'ai pas le choix, pas vrai ? souffla-t-il.

Son propre regard, gris et effrayé, lui donna la réponse qu'il connaissait déjà.

Il se mit au travail. En s'appliquant au maximum et en imitant le style ampoulé des professeurs, Nathanaël fit passer Armand du statut de cancre à celui d'élève moyen, mais acceptable. Il inventa des qualités que Gueule-de-Passoire n'avait jamais eues, vanta sa ponctualité et sa persévérance et se laissa même aller à des éloges sur son irréprochable hygiène. Lorsque l'horloge sonna deux heures du matin, Nathanaël se frotta les yeux et contempla son œuvre. Armand ne méritait pas l'honnête parcours qu'il venait de lui inventer. Il consulta le dernier feuillet :

Vœu de l'orphelin Armand Mars : BOUCHER

« Ben voyons », songea Nathanaël avec lassitude. Les trois quarts des garçons de l'orphelinat rêvaient de devenir bouchers ou tueurs aux abattoirs. De dix à treize ans, il avait lui-même eu une période où il ne pensait qu'à ça. Avec Jérôme, ils s'étaient inventé des vies aventureuses, des vapomobiles surpuissantes et des combats épiques au couteau. Ils découpaient dans des journaux les exploits des louchébems fameux : William l'Anglais, capable de désosser un bœuf entier en une heure, Marin Ravigaud qui faisait le tour du monde pour cuisiner du tatou, du crocodile et du zébu et, bien sûr, Gustave Fiori lui-même, connu pour sa dextérité au lancer de couteaux. À présent âgé de quinze ans, Nathanaël n'était plus aussi certain d'avoir envie de découper de la viande toute sa vie. Peut-être avait-il une âme de photographe ou de journaliste, mais comment le savoir en ayant passé toute sa vie entre les murs d'un orphelinat ?

Il avisa les documents concernant Janvier et réalisa que lui aussi était là, résumé à l'encre bleue sur les fiches de papier gris. Son dossier était en troisième position dans la pile et il l'ouvrit avec un mélange d'appréhension et de curiosité. Devernois n'avait pas eu le temps de remplir sa fiche jusqu'au bout. C'était tout aussi bien car le début n'était guère encourageant. Normal, pensa Nathanaël, il ne l'avait jamais apprécié. Il parcourut ensuite les observations des autres professeurs et déchanta : les avis étaient unanimement tièdes. Bon élève, mais sans plus. Discret. Effacé. Il fut blessé de lire que le professeur d'histoire de Larispem, qu'il avait toujours bien aimé, l'avait qualifié de « terne ». De plus en plus désemparé, Nathanaël tourna une page et tomba sur l'appréciation du professeur de français. Ce dernier avait été inspiré : ses remarques couvraient une demi-page :

« L'élève Nathanaël Janvier n'est pas un mauvais sujet mais il est évident qu'à quinze ans il n'a toujours aucune idée de qui il est et de qui il envisage de devenir. À moins qu'il ne trouve un but à son existence, il risque de rester à jamais un de ces êtres falots et sans personnalité que l'on oublie sitôt qu'on l'a rencontré. Si Nathanaël était le protagoniste d'un roman, ce serait déjà fâcheux. Mais il est fait de chair et de sang et ce n'en est que plus dommageable. »

Le jeune garçon sentit ses joues devenir brûlantes. Comment ce sale type prétentieux osait-il prétendre qu'il n'avait pas de personnalité ? Pourtant, la fiche de vœux qui suivait les appréciations des professeurs était effectivement vierge. Il se rappela que le jour où il avait fallu la remplir, il n'avait pas su quoi écrire et avait fini par renoncer, remettant son avenir entre les mains du conseil qui choisirait pour lui. Nathanaël tripota un moment la plume entre ses mains, puis il se décida brusquement et écrivit « boucher » pour son propre vœu. Ensuite, il revint au dossier d'Armand et raya « boucher » pour le remplacer par « égoutier ». L'idée de Gueule-de-Passoire pataugeant dans le contenu des toilettes de la ville le fit ricaner. Il souffla sur l'encre pour la sécher, remit les dossiers en place et s'enfuit du bureau.

Deux minutes plus tard, en montant au galop les marches menant au dortoir, il se mordait déjà les doigts de son imprudence. Quelle mouche l'avait donc piqué ? Même si Armand ne devinait jamais que c'était lui qui avait changé son vœu, il le ferait quand même massacrer par son gorille, juste pour le principe. Nathanaël ne comprenait pas non plus ce qui l'avait poussé à inscrire « boucher » sur sa propre fiche. Sur le moment, ça lui avait semblé être une bonne revanche, une vengeance contre tous ces professeurs qui le trouvaient transparent. Il s'immobilisa sur un palier et sortit la clé de sa poche. Il pouvait encore retourner dans le bureau du directeur et tout changer, respecter le choix d'Armand et se préparer un autre vœu, quelque chose d'encore mieux que louchébem, quelque chose qui fasse mentir son professeur de français.

Il dressa l'oreille. Un son presque imperceptible un étage plus bas, une porte qui s'ouvrait et une discussion à voix basse. Avant que son cerveau ait pris le temps d'analyser la situation, son sixième sens le poussait déjà à descendre l'escalier à pas de loup. De la lumière filtrait d'une porte entrebâillée : l'infirmerie. Le volume de la discussion augmentait à mesure qu'il s'approchait.

– … pas certaine que ton traitement lui fasse du bien, professeur ! Il est de plus en plus faible. Je songe à appeler un docteur.

– Ma chère Sylvie, je t'assure que ce n'est pas la peine de déranger qui que ce soit.

Nathanaël se figea en reconnaissant la voix de velours du professeur. C'était celui qu'il avait entendu parler avec Isabella. Il trébucha en voulant faire demi-tour et son pied enfonça une lame de plancher usée par le temps. Le grincement qu'elle produisit sembla résonner dans tout l'orphelinat. L'infirmière passa la tête dans le couloir, tenant une lampe à bout de bras.

– Hé, toi !

Impossible de filer. Nathanaël n'eut pas d'autre choix que de marcher jusqu'à elle.

– Qu'est-ce que tu fabriques dans les couloirs à cette heure-là ? Hein ?

– Je… mal de tête, gémit le garçon, qui n'eut pas à se forcer pour contrefaire la voix d'un élève réveillé en pleine nuit par une horrible migraine.

L'infirmière lui agrippa le menton et descendit ses lunettes rondes au bout de son nez pour l'examiner.

– Tu es pâlichon. Tu as saigné du nez ? Et ta joue, là. Tu ne te serais pas plutôt battu ?

– Je suis tombé dans…

Nathanaël s'interrompit : le professeur à la voix douce venait de rejoindre l'infirmière. Il était blond et un grain de beauté lui dessinait comme une larme sous l'œil droit. L'adolescent reconnut celui que Jérôme avait désigné comme étant un professeur de chimie.

– Oui ? s'impatienta l'infirmière.

– … tombé dans l'escalier en venant.

– Bon, eh bien, va t'installer dans n'importe quel lit. J'arrive.

Elle le poussa à l'intérieur et reprit sa conversation un ton plus bas, interdisant à Nathanaël de saisir le moindre mot. L'adolescent chercha un bon point d'observation, même s'il ignorait au juste ce qu'il y avait à observer. Quatre lits étaient occupés sur la vingtaine dont disposait l'infirmerie. L'un des malades toussait dans son sommeil, une toux déchirante qui donnait l'impression que ses poumons n'allaient pas tarder à jaillir par sa bouche pour se répandre sur le sol. Un garçon d'une dizaine d'années fixait Nathanaël de ses yeux agrandis par la fièvre. À la lumière douce des veilleuses, ses cheveux roux paraissaient encore plus cuivrés. Ses joues dodues étaient couvertes de sueur. Nathanaël repensa à ce que lui avait dit Jérôme : « Valère Novembre, un petit gros au nez en trompette et aux cheveux roux. »

– Salut, chuchota-t-il en s'asseyant sur le lit voisin.

– Salut, souffla le garçon, si faiblement que Nathanaël l'entendit à peine.

– Qu'est-ce que tu as ?

Celui-ci ne répondit pas. Nathanaël se baissa pour délacer ses chaussures et quand il se releva, le professeur blond se tenait debout devant lui, souriant sous sa toque de tissu noir agrémentée d'un pompon de soie.

– Bonsoir, mon garçon. Je suis le professeur Alcide Valentine.

Nathanaël le salua poliment en retour. Le professeur s'assit sur le lit de Valère et posa un gros sac de cuir noir qu'il ouvrit avec soin. Il en tira une seringue munie d'une longue et fine aiguille, ainsi qu'une petite fiole de verre brun remplie d'un liquide sombre.

– Professeur, s'il te plaît, non…, gémit Valère.

Sa respiration se fit haletante. Alarmé, Nathanaël regarda derrière son épaule pour tenter d'apercevoir l'infirmière, mais elle n'était plus là.

– Inutile de la chercher, mon garçon. La citoyenne Sylvie vient de se souvenir qu'elle n'avait pas fermé ses fenêtres par cette nuit d'orage, dit Valentine d'un ton tranquille.

– Mais… il n'y a pas d'orage, professeur.

Le professeur le regarda, amusé.

– Ah oui, c'est vrai.

Il piqua la seringue dans le bouchon de la fiole et aspira un centimètre du liquide. À la lueur des veilleuses, il était noir comme de l'encre. Il saisit le bras du garçon qui continuait de le supplier faiblement.

– Valère, murmura-t-il, tu sais bien que c'est pour t'aider que je fais ça.

Sans plus de difficulté que s'il luttait contre un chaton, il cala fermement l'avant-bras du garçon contre lui avant de lui injecter le liquide noir. Un spasme déforma ses traits et il se tordit dans ses draps en ouvrant et fermant la bouche comme un poisson hors de l'eau. Sans s'alarmer, Valentine prit une seconde fiole dans son sac et en versa un peu sur un mouchoir avant de l'appliquer sous le nez de Valère. Celui-ci se débattit un instant puis retomba sur son oreiller, inconscient.

– Chloroforme, expliqua le professeur en repoussant une mèche trempée de sueur sur le front du malade. À présent, il dort.

Il sortit une deuxième seringue et piqua de nouveau le bras de Valère. Nathanaël était de moins en moins rassuré.

– Professeur, qu'est-ce que tu lui fais ?
– J'essaie de l'aider.

Valentine retira sa seringue, désormais pleine de sang. Il la vida dans un flacon transparent et tamponna la goutte qui roulait à la saignée du bras de sa victime. Était-ce un effet de l'éclairage tamisé ? Le sang avait une couleur sombre, presque violette et sa consistance, visqueuse, évoquait plus le goudron que l'hémoglobine.

Nathanaël recula dans son lit, le plus loin possible. L'infirmière ne revenait toujours pas.

– Je ne pensais pas avoir de témoin, déclara tranquillement le professeur. Tu n'aurais jamais dû voir ça.

Paralysé, l'adolescent chercha quelque chose à dire mais Valentine le devança.

– Donne-moi ta main, je te prie.
– Pourquoi ?

Le professeur inclina la tête sur le côté et poussa un bref soupir.

– Ta main.

Nathanaël ne bougea pas et Valentine dut se pencher pour la saisir. Il n'avait rien d'un colosse mais sa poigne était d'acier. Avant que l'adolescent ait eu le temps de faire quoi que ce soit, il lui avait barbouillé la paume avec le coton maculé du sang de Valère. Nathanaël se sentit glacé, puis bouillant, puis une douce tiédeur l'envahit. La voix d'Alcide Valentine lui arrivait à la fois de très loin et de très près, comme s'il lui parlait directement depuis son crâne.

– Voici mes ordres. Tu dois oublier tout ce que tu as vu ce soir. Demain tu te réveilleras sans te souvenir de moi. À présent, dors, jeune homme.

Il lâcha la main de Nathanaël qui bascula en arrière, endormi avant même que sa tête touche les oreillers.

Alcide Valentine rangea avec soin le coton dans un sachet de toile cirée. Il le brûlerait plus tard dans la cheminée. Il vérifia le pouls de Valère, dont le cœur galopait à un rythme anormal.

Le pouvoir était apparu trop tôt chez ce garçon, et son corps ne parvenait pas à s'adapter. Les transfusions de sang issues des veines des Frères auraient dû accélérer le phénomène et achever la transmutation, mais elles ne fonctionnaient pas aussi bien que prévu. L'injection de ce soir était son dernier espoir. S'il passait la nuit, il serait sauvé et ressortirait de cette épreuve avec un pouvoir entier. Le professeur caressa avec douceur la joue du garçon et remonta les draps sous son menton.

– Sois courageux, Valère, je t'en prie. J'ai besoin de toi. Paris a besoin de toi.

Il joignit les mains et ferma les yeux pour murmurer une brève prière. Enfin, il se leva, referma son sac et s'en alla d'un pas vif.

9

LE REPAIRE
DE GUEULE-DE-PASSOIRE

> *Le terroriste est un spécialiste de la mort. Tuer, il connaît ; il fait ça très bien. Certains sont même devenus de tels experts dans l'art de tuer qu'ils en profitent pour se supprimer eux-mêmes. Cela n'a rien de compliqué, rien d'héroïque. Songez à quel point il est plus facile de détruire que de construire, plus simple de se débarrasser d'autrui que d'apprendre à vivre avec.*
>
> Discours de Jacques Vilain, 1872.

Nathanaël se réveilla avec l'impression d'avoir dormi un siècle. Il se sentait aussi bien que s'il avait passé la nuit sur un tiède matelas de plumes. Un rayon de soleil entrait par la fenêtre et il admira des grains de poussière qui lévitaient dans la lumière, tourbillonnant au gré d'imperceptibles courants. Tout était beau, la vie était merveilleuse. Il lui semblait entendre le bruit des vagues, puis de la musique ou la rumeur d'une fête, jusqu'à ce que la brume se dissipe et que les sons perdent toute connotation festive.

Il y avait quelqu'un dehors qui hurlait les mêmes mots en boucle, assez fort pour que les fenêtres de l'infirmerie en vibrent :

– Le sang jamais n'oublie !

Aux tonalités métalliques de la voix, Nathanaël devina qu'il s'agissait d'un voxomaton aérien dont le son avait été, de manière inexplicable, poussé à fond. En plus de ce vacarme, une agitation fébrile se déroulait à la limite de sa vision.

– Oh mon Dieu, chuchota quelqu'un vers son oreille droite.

– Il faut prévenir le directeur tout de suite, ajouta quelqu'un d'autre. J'y vais.

L'adolescent inclina péniblement la tête et vit le visage blême de Valère tourné vers le plafond, les yeux et la bouche grands ouverts comme s'il avait remarqué quelque chose de vraiment surprenant. Il eut tout juste le temps de comprendre que le garçon était mort avant qu'on rabatte le drap sur sa tête.

– Et cet aérostat qui braille ! Je vais devenir folle !

L'infirmière s'affairait autour du lit de Valère, remettant inutilement en place les objets sur la table de nuit. Son visage était tout pâle.

– Je ne comprends pas, murmura-t-elle. Que s'est-il passé ?

Nathanaël s'aperçut qu'il connaissait la réponse et il en fut dérouté. Il se souvenait de tout : Alcide Valentine, la seringue, le sang de Valère, l'ordre du professeur – *Tu vas tout oublier*. Deux ans plus tôt, un hypnotiseur était venu à l'orphelinat pour la fête de la fondation de Larispem. Son nom de scène était Gonzague le Faramineux et il s'était présenté comme un scientifique ayant percé les mystères du cerveau humain. Sous les yeux captivés des trois cents orphelins, il avait hypnotisé plusieurs enfants, les rendant raides comme des planches ou capables d'effectuer d'impressionnants mouvements de gymnastique. Nathanaël se demanda s'il avait été lui-même hypnotisé la nuit dernière. Cet Alcide Valentine était beaucoup moins doué que Gonzague le Faramineux, car sa mémoire lui semblait intacte. Les événements de la veille se déroulèrent en accéléré dans son esprit et la torpeur confortable dans laquelle il baignait une minute plus tôt fut remplacée par de l'angoisse. Il rejeta les couvertures et sauta hors du lit. Dehors, le voxomaton aérien continuait de beugler son message incompréhensible.

– Hé, jeune homme ! appela l'infirmière, remarquant enfin sa présence.

Il n'en tint pas compte et fila vers la sortie en slalomant entre les lits. Au moment de passer la porte, il faillit percuter un autre orphelin. Au lieu de s'excuser, celui-ci l'agrippa par les revers de sa chemise et se mit à l'injurier :

– Nathan ! Espèce d'imbécile ! Crétin ! Tête de tripes ! Qu'est-ce que tu fiches à l'infirmerie ?

– Jérôme ?

Son meilleur ami avait les yeux exorbités et l'état de ses vêtements donnait l'impression que quelqu'un l'avait sorti de son lit, secoué un bon coup avant de le jeter devant la porte de l'infirmerie.

– Tu devais retrouver Gueule-de-Passoire à la bibliothèque à huit heures, il pense que tu t'es défilé et il te cherche partout pour te faire la peau ! vociféra Jérôme.

– Il faut que je te raconte quelque chose : un garçon est mort cette nuit et un prof cinglé fait des expériences sur les élèves ! bafouilla Nathanaël en même temps.

– Écoute-moi, Nathan, il faut vraiment que tu aies une bonne raison parce que...

– J'en ai une ! Je viens de te dire que...

Une troisième voix les coupa net :

– C'est donc là que tu te planquais, Janvier...

Gueule-de-Passoire approchait, escorté par ses deux lieutenants. Nathanaël leva les mains.

– Armand, écoute, je peux...

– Oui, oui, tout expliquer, bien entendu. Germain, emmène donc notre ami faire un petit tour aux toilettes.

– Arrête ! hurla Nathanaël tandis que les mains de la brute s'abattaient sur ses épaules. J'ai fait ce que tu voulais !

Armand fronça les sourcils et gratta un bouton sur son menton.

– On avait rendez-vous il y a une heure, je te ferai remarquer.

– Je suis désolé, vraiment. J'ai… euh, dû aller à l'infirmerie et on m'a donné un médicament pour dormir. Je viens à peine de me réveiller. Vous savez ce qui se passe dehors au fait ?

– C'est…, commença Gueule-de-Passoire, aussitôt interrompu par un BOUM ! assourdissant qui fit trembler le sol et osciller un luminaire pendu dans le couloir.

Des cris retentirent un peu partout et une volée de garçons paniqués traversa le couloir en courant. L'écho de l'explosion se dissipa : le voxomaton avait arrêté de s'égosiller.

– Tous à la bibliothèque, décréta Armand.

Personne ne prêta attention au petit groupe qui se glissa entre les étagères. Les bibliothécaires avaient oublié toute dignité : juchées sur des chaises, elles regardaient au-dehors par les hautes fenêtres en poussant des exclamations fort peu respectables. Armand précéda le groupe jusqu'à sa table favorite et exigea un rapport complet. Nathanaël lui assura que tout s'était impeccablement déroulé, passant prudemment sous silence les ultimes modifications qu'il avait effectuées.

– Les résultats tombent dans trois semaines, le jour de la foire. J'espère pour toi que je sortirai d'ici, conclut Gueule-de-Passoire.

– J'espère aussi, dit Nathanaël avec un faible sourire.

– Pour répondre à ta question, Janvier, c'est la pagaille depuis l'aube dehors. Les voxomatons disent n'importe quoi, et les aérostats de la Garde les détruisent un par un. C'était ça, l'explosion de tout à l'heure.

Il y eut un nouveau boum, plus lointain, et l'une des bibliothécaires poussa un « oh » mi-effrayé mi-impressionné en se penchant dangereusement par la fenêtre.

– J'adore cette ambiance, ajouta Armand avec un sourire gourmand. J'imagine que ça devait être comme ça pendant la

Révolution : les barricades, les incendies, les bombardements… J'espère qu'un de ces jours il y aura une vraie guerre pour que je puisse enfin montrer ce que je vaux, pas vous, les gars ?

Germain et le second lieutenant qui s'appelait – Nathanaël s'en souvenait maintenant – Raoul acquiescèrent avec enthousiasme. Jérôme fit la moue :

– Je suis trop petit et je tombe malade au moindre courant d'air. Si une guerre se déclarait, il vaudrait mieux que je reste à l'arrière.

– Et toi, Janvier ? T'as jamais eu envie de te battre ? De tuer des ennemis ?

– Je n'en sais rien, répondit Nathanaël.

Il repensa instantanément aux appréciations qu'il avait lues sur son compte quelques heures plus tôt et rectifia :

– En fait, je pense que je n'aurais pas envie de tuer qui que ce soit. Je dois plutôt être un genre de pacifiste. Je veux dire… quand on tue quelqu'un, eh bien, on ne peut plus revenir en arrière…

Il songea qu'il avait vu le premier cadavre de sa vie dix minutes plus tôt à peine et son estomac se contracta à cette pensée.

– Finement remarqué, ironisa Armand.

Nathanaël laissa tomber ses pénibles tentatives d'argumentation.

– Maintenant que j'ai fait ce que tu voulais, reprit-il en regardant Gueule-de-Passoire dans les yeux, dis-moi quand tu me présenteras Isabella.

Raoul éclata d'un rire de hyène et roula des yeux.

– T'es complètement obsédé par cette fille !

– Ferme-la, Raoul, ordonna Armand d'un ton sec. Tu la verras ce soir, Janvier. T'es déjà monté sur les toits ?

Nathanaël hocha la tête.

– Un peu après le dortoir des filles, la corniche se prolonge vers le grenier. Tu y trouveras une lucarne ouverte et de la lumière : c'est notre repaire. Emmène Jérôme avec toi et fais attention en grimpant sur les tuiles, elles glissent, et ce serait dommage que tu te rompes le cou avant d'avoir vu la dame de tes pensées.

Raoul se mit à rire de plus belle, sans que Nathanaël, inquiet, parvienne à comprendre les raisons de cette hilarité.

Le reste de la journée se déroula dans un formidable chaos. Les orphelins ne parlaient plus que des voxomatons piratés : Jérôme avait réussi à se procurer une édition spéciale du *Petit Larispemois* si fraîche que l'encre n'était pas sèche et maculait de noir les doigts des lecteurs. Il le passa en priorité à Nathanaël avant d'en monnayer la lecture auprès de tous les autres garçons de la classe. L'article qui s'étalait sur deux pages titrait, en énormes lettres capitales :

LARISPEM ATTAQUÉE :
LES FRÈRES DU SANG FONT DE LA RÉCLAME !

La suite était rédigée dans l'habituel ton bravache du *Petit Larispemois* :

« C'est dans une ambiance bien singulière que les Larispemois se sont réveillés ce matin. Dès six heures, nos concitoyens ont été tirés du lit au son d'une dizaine de voxomatons frappés de folie. Au lieu de diffuser les habituels messages publicitaires qui ne font de mal qu'à nos porte-monnaie, les appareils émettaient en boucle le sinistre cri de ralliement des Frères du Sang : "Le sang jamais n'oublie". Les sociétés de maintenance ont aussitôt envoyé des équipes pour désactiver les automates piratés, la plupart se trouvant dans les secteurs du cimetière Lachaise, de la Bastille et de l'aérogare centrale. La Garde aéroportée a cependant dû se charger de détruire cinq appareils embarqués dans des aérostats qui échappaient à tout contrôle depuis le sol. Ces incidents font écho à celui de la rue Grousset, dont nous parlions dans nos colonnes il y a quelques jours, et qui était probablement un "test" avant le coup d'éclat de ce matin.

L'organisation terroriste connue sous le nom de "Frères du Sang" sort donc une fois de plus de l'ombre et il y a fort à parier que ce détournement de voxomatons annonce une opération de forte ampleur. Donc, tant que nous ne sommes pas encore réduits en miettes par une bombe ou calcinés par un malencontreux incendie, nous souhaitons profiter de cet article pour signifier à ces messieurs du Sang qu'ils nous ennuient et que leurs petites manœuvres ne font pas peur aux citoyens de Larispem. Quelles que soient les indélicatesses qu'ils se promettent de nous infliger, nous avons vu pire. Le sang n'oublie jamais ? Larispem non plus. »

Une caricature suivait : on y voyait un homme maigre, les traits acérés, transparent comme un fantôme, en train d'enregistrer son message sur un cylindre de phonographe. Nathanaël lut la légende : « Louis d'Ombreville envoyant un message frappant depuis l'au-delà, s'écrie "Je n'ai pas d'inspiration sur ce coup-là." » C'était assez drôle mais Nathanaël n'arriva pas à produire le moindre sourire.

– T'as fini ?

Jérôme lui arracha le journal des mains et grimpa sur la table, le faisant danser au-dessus de la tête des autres élèves, indifférent aux cris du professeur d'histoire qui ne maîtrisait plus rien depuis vingt bonnes minutes.

– Un porcelet la lecture ! Allongez les porcelets, citoyens !

Nathanaël regarda ses camarades se battre pour lire l'article. Il se sentait mal. Des vagues de frissons lui hérissaient les poils de la nuque. Trois jours plus tôt, il était dans la classe de

Devernois et sa vie était simple, toute tracée. Et puis, il y avait eu cette réaction en chaîne d'événements dont il était l'épicentre. Son univers craquait de partout et l'actualité ne faisait qu'ajouter à son malaise. Il mettait tellement d'espoirs en Isabella qu'il craignait d'être déçu. Et si elle ne voulait rien lui expliquer? Si elle le dénonçait à ce professeur? Nathanaël passa le reste de la journée dans un état de fébrilité qu'il n'avait jamais expérimenté. Il s'était toujours cru calme et capable de gérer des situations problématiques avec pondération; il devait bien reconnaître que ce n'était pas le cas. Jérôme, lui, était surexcité à l'idée d'être admis dans le repaire de Gueule-de-Passoire. Il s'arrangea même pour mettre la main sur une bouteille de champagne à l'étiquette à moitié arrachée.

– Comment tu as fait pour dégotter ça? grommela Nathanaël quand son ami lui montra son butin, avant d'ajouter : Non, en fait, peu importe, quelle heure est-il?

– Neuf heures et demie, il faut attendre que la nuit soit tombée, on a bien deux heures devant nous. Un petit jeu de cartes?

Sans attendre la réponse, Jérôme convoqua quatre amis pour improviser une partie de poker au milieu du dortoir. L'esprit complètement ailleurs, Nathanaël se fit dépouiller de toute sa petite monnaie pour le plus grand bonheur de ses camarades.

Après une éternité, les onze coups de l'horloge mirent fin à son calvaire. Ils se glissèrent hors de leurs lits et sortirent discrètement par la fenêtre. Jérôme avait entouré avec amour sa bouteille d'un morceau de tissu pour la transporter plus facilement, ficelée sur son dos. La nuit était douce et les étoiles brillaient au-dessus de Larispem, leur éclat si vif qu'il parvenait à percer le smog flottant au-dessus de la ville. On entendait en contrebas la rumeur de la circulation et, sous les murs de l'orphelinat, un groupe de fêtards chantait une rengaine à la mode. Les deux adolescents longèrent en silence le dortoir des filles, en prenant bien soin de se baisser pour qu'on n'aperçoive pas leurs têtes par la fenêtre, puis ils continuèrent jusqu'à repérer la lucarne dont avait parlé Armand. Des tuiles avaient été déplacées pour faciliter l'ascension jusqu'à l'ouverture dans le toit et il fut relativement facile de se hisser pour frapper au carreau. Raoul vint leur ouvrir, avec son éternel rictus.

– Salut les chats-chats de gouttière, chantonna-t-il. Entrez, je vous prie.

À force de petits larcins, d'emprunts et de trafics, Armand et ses amis avaient réussi à aménager un agréable cocon clandestin au nez et à la barbe des professeurs, des surveillants et du directeur. De vieux matelas recouverts de couvertures et des chaises grossièrement rempaillées faisaient office de sofas et de fauteuils sur lesquels se prélassaient une dizaine d'orphelins, filles et garçons, dont les âges s'échelonnaient entre treize et quinze ans. Certains levèrent le nez en voyant arriver Nathanaël et Jérôme, d'autres continuèrent à battre du pied ou à hocher la tête au rythme de la musique que diffusait un phonographe cabossé. Il y avait même une cheminée où ce qui ressemblait fort à un trio de pigeons grillait au-dessus d'un petit feu en dégageant un délicieux fumet de viande : une adolescente assise près de l'âtre surveillait la cuisson en faisant tourner la broche à quelques centimètres des flammes. Des dizaines de bougies plantées dans des bouteilles vides baignaient le grenier de leur lumière douce. Nathanaël se serait presque senti bien s'il n'y avait pas eu Armand qui trônait au côté d'une fille blonde. Pire encore, Germain était là, assis dans l'ombre, comme un automaton humanoïde prêt à se ranimer pour casser la figure du premier venu.

– Ah, Nathanaël ! Et mon Jérôme préféré !

Toujours très sociable, ce dernier salua à la ronde et se hâta de déballer sa bouteille. La fille blonde qui était jusque-là occupée à passer ses doigts dans les cheveux d'Armand se leva pour s'en emparer.

– Oh ! c'est une bonne idée, ça, mon chou, roucoula-t-elle en ouvrant une malle pour en sortir des coupes poussiéreuses qu'elle se mit à distribuer. Jérôme et Nathanaël la suivaient des yeux, fascinés : elle avait coupé sa jupe d'uniforme au-dessus du genou et modifié son corsage pour en faire une chose très décolletée. Un collier de fausses perles et des chaussures à talons fatiguées complétaient cette mise pour le moins provocante. Nathanaël pensa qu'il n'avait jamais vu une fille aussi féminine. En fait, il ne se rappelait même pas avoir déjà vu une fille d'aussi près. La place d'Armand lui parut soudain extraordinairement enviable.

Gueule-de-Passoire ne se donna pas la peine de faire les présentations, la fille s'en chargea toute seule en donnant une coupe aux deux nouveaux venus.

– Je m'appelle Rosie. C'est bath de voir des nouvelles têtes.

Jérôme avait l'expression d'un matou qu'on vient de régaler d'un bol de crème.

– Bonsoir, Rosie, ronronna-t-il. Moi, c'est Jérôme, et en échange de quelques porcelets, je te trouverai de la dentelle pour ton corsage.

– Hé, Armand ! il est trop mignon celui-là. Pourquoi tu l'as pas amené avant ? dit la fille en riant.

Elle passa à Nathanaël qu'elle examina des pieds à la tête. Au terme de son observation, il crut lire de l'admiration dans ses yeux et son moral remonta en flèche.

– Et toi, les yeux gris, t'es qui ?

– Nathanaël.

– Na-tha-na-ël, répéta Rosie en détachant les syllabes comme pour les savourer. Hum.

Avec une dernière œillade, elle tourna les talons et alla monter le son du phonographe. Comme s'il s'était agi d'un signal, plusieurs orphelins se levèrent et se mirent à danser, tout à fait à l'aise.

– C'est le paradis ici, s'enthousiasma Jérôme.

C'était tout juste s'il ne bavait pas sur le parquet poussiéreux. Comprenant qu'il n'y avait rien à en tirer, Nathanaël se rapprocha d'Armand.

– Est-ce que maintenant je peux voir Isabella ?

– Qui ça ? Non, je blague, Janvier, pas la peine de me regarder avec ces yeux-là.

Il se retourna pour appeler une fille assise à l'écart. Elle se leva, épousseta sa jupe et s'approcha en pleine lumière.

– Voici Isabella Mai. Isabella, je te présente Nathanaël Janvier. Je ne sais pas s'il est fou amoureux de toi ou quoi, mais il voulait absolument te rencontrer.

– D'accord, répondit-elle d'une voix plate.

Armand se désintéressa d'eux et rejoignit Rosie. Restés seuls, ils se dévisagèrent. Isabella était très jeune, treize ans, peut-être moins. Son visage à l'expression boudeuse était encadré par deux longues tresses brunes qui s'accordaient à son teint mat et ses yeux noirs étaient cernés comme si elle souffrait d'insomnies. Nathanaël se sentit floué de découvrir qu'elle n'était qu'une gamine : il s'était imaginé une belle plante, une femme fatale calquée sur les quelques photographies interdites que les garçons de l'orphelinat se faisaient passer sous le manteau. Il se demanda ce qu'elle pourrait bien lui apprendre, et comment elle avait pu se faire admettre dans le cercle de Gueule-de-Passoire.

– Euh… salut, dit-il enfin.

– Salut.

Elle ne lui facilitait pas la tâche : plantée devant lui, elle attendait patiemment qu'il se décide à développer.

– Alors… euh… c'est toi, Isabella ?

– Hum-hum.

– Voilà… je voulais te voir parce que…

Nathanaël s'interrompit. « Parce que quoi ? pensa-t-il. Parce que je crois que j'ai tué Devernois ? Parce que je me cachais sous un lit du dortoir des filles pendant que tu parlais d'une maladie vraiment très inquiétante avec un professeur ? »

Isabella sortit un paquet rectangulaire de sa poche, qui s'avéra être un jeu de cartes d'aspect ancien. Elle en fit un éventail, faces cachées, et le tendit à Nathanaël.

– Choisis une carte.

– Mais pourquoi…

– Ça ira plus vite que d'attendre que tu parles.

Piqué au vif, Nathanaël arracha une carte d'un geste brusque et la lui tendit. Un dessin maladroit y figurait : une lune à visage humain et deux chiens, l'un noir, l'autre blanc. Isabella y jeta un coup d'œil avant de la ranger dans le paquet, qu'elle battit habilement de ses longs doigts aux ongles ras.

– Il y a un mystère que tu n'arrives pas à résoudre tout seul, déclara-t-elle. Tu penses que je peux t'aider.

Nathanaël ouvrit la bouche, la ferma et décida de croire qu'elle avait deviné au hasard.

– C'est ça, dit-il. Je crois que tu sais comment est mort le professeur Devernois et je voudrais que tu me l'expliques.

Isabella croisa les bras, soudain sur la défensive.

– Et comment le saurais-je ?

– Ce jour-là, j'étais dans le dortoir des filles. Oui, je sais, je n'avais rien à y faire et je suis désolé, ajouta-t-il très vite en voyant une expression indignée apparaître sur ses traits. Mais je t'ai entendue parler à un professeur. Tu semblais connaître les symptômes de sa mort, et tu as même dit « il a été touché par l'un d'entre nous ». C'est qui, « nous » ?

Sans prévenir, Isabella l'entraîna un peu à l'écart, vérifiant que personne ne leur prêtait attention, ce qui était le cas : ils étaient bien trop occupés à danser et à boire du champagne.

– Tu n'aurais pas dû entendre ça, chuchota-t-elle. Je ne peux pas t'en parler.

– Il le faut ! répliqua Nathanaël, soudain pris de panique à l'idée qu'elle refuse de lui donner les réponses qu'il espérait avec tant d'ardeur.

Elle leva le menton et dit, d'un ton hautain :
– Pourquoi ? Tu as peur d'y passer, toi aussi ?
– Ce qui me fait peur c'est d'avoir tué Devernois sans le vouloir !
La jeune fille ouvrit de grands yeux. Il crut qu'elle allait se mettre à rire et se moquer de lui, mais elle demanda, avec sérieux :
– Qu'est-ce qui te fait croire ça ?
– C'est peut-être ridicule mais il m'avait recalé pour la foire. Je lui en voulais tellement… et quand j'ai su qu'il était mort juste après, j'ai cru… je ne sais pas pourquoi… enfin, que peut-être c'était ma faute.

Nathanaël se sentit complètement idiot. Formulée à voix haute, son hypothèse lui semblait grotesque. Il sentit ses joues chauffer et il ajouta, très vite :
– Un élève est mort à l'infirmerie ce matin, Valère. Je le sais parce que j'y étais et il y avait un prof…

Nathanaël s'arrêta brusquement. Une idée venait de s'imposer, une intuition qui lui apparut soudain évidente. Il reprit, en scrutant les réactions d'Isabella :
– C'était Alcide Valentine. Le même à qui tu parlais dans le dortoir.

Les pupilles d'Isabella se dilatèrent. Gagné !
– Il a essayé de m'hypnotiser ou quelque chose comme ça, poursuivit-il avec plus d'assurance, il m'a… je me souviens de tout !

Isabella se mordit la lèvre ; son attitude froide et réservée avait tout à coup disparu. Elle chuchota :
– Tu as été marqué par le sang de Valère et tu n'as que partiellement obéi à un ordre direct, c'est bien ça ?
– Oui.
– Alors, ça change tout.

Nathanaël se passa la langue sur les lèvres.
– Est-ce que ça veut dire que j'ai raison ? Que le professeur Devernois est mort par ma faute ?

Au moment où Isabella allait répondre, Jérôme sauta par surprise sur le dos de son ami.

– Viens danser !

– Jérôme, fiche-moi la paix !

– Non, non, non, citoyen ! Tu as une tête de navet bouilli, il faut te distraire un peu.

Nathanaël protesta, furieux, et essaya de faire tomber son ami agrippé à son cou comme un singe. Il allait réussir lorsque Rosie et une autre fille presque aussi jolie vinrent en renfort. Ses protestations se firent plus faibles. À trois, ils le poussèrent jusque sur la piste de danse où il n'eut d'autre choix que d'enlacer Rosie et de se mettre à danser avec une maladresse qui faisait hoqueter de rire sa cavalière. Entre deux entrechats, il essaya d'apercevoir Isabella mais elle avait disparu.

– Oh, ne la cherche pas, lui dit Armand plus tard dans la soirée. Bella, c'est notre petite sorcière. Un moment, elle est là, une seconde plus tard, elle a disparu.

Il lui tendit une assiette ébréchée avec des pommes de terre cuites sous la cendre et un morceau de viande grillée.

– Tu prendras bien un bout de pigeon, Janvier ? On les a piégés à la glu sur les toits.

Nathanaël accepta l'assiette.

– Elle sait vraiment lire dans les cartes ? demanda-t-il d'une voix pâteuse.

Il avait la tête qui tournait un peu : les amis de Gueule-de-Passoire lui avaient fait ingurgiter de force un certain nombre de cocktails réalisés avec des fonds de bouteilles chipés çà et là dans les bureaux des surveillants et au réfectoire des professeurs. Le premier verre avait allumé un incendie sous son palais, il avait eu l'impression que ses papilles partaient en fumée. Cette anesthésie brutale avait au moins eu l'avantage de l'empêcher de discerner le goût plus que particulier des autres mixtures.

– Oh oui, elle a un vrai don ! répondit l'amie de Rosie, Gervaise.

Elle semblait s'être entichée de Nathanaël et était pratiquement assise sur ses genoux.

– Elle m'a prédit que je deviendrais une grande comédienne, poursuivit-elle, et que je me produirais même sur les scènes d'Amérique.

– Moi aussi, je veux devenir comédienne, affirma Rosie. Aussi célèbre que Sarah Bernhardt.

Les autres adolescents y allèrent chacun de leurs espoirs et de leurs rêves. Lorsqu'on lui posa la question, Jérôme répondit avec feu qu'il voulait faire du commerce.

– Je suis doué pour deux choses, expliqua-t-il : dénicher des objets et les vendre. J'adorerais voyager et rapporter des produits de pays lointains. Parcourir la Russie comme Michel Strogoff, les Indes… peut-être même les Amériques, comme vous les filles ! J'irai chez les Indiens troquer des colliers contre des fourrures.

Rosie et Gervaise s'extasièrent, imaginant d'avance les merveilles que Jérôme pourrait rapporter dans ses coffres, et elles lui promirent que lorsqu'elles seraient devenues riches et célèbres, elles ne manqueraient pas de faire appel à lui pour dénicher des toilettes exotiques, des peaux de tigre et des plumes d'autruche.

– Et toi, Nathanaël ?

– Je… heu… j'aimerais devenir boucher.

Jérôme ouvrit des yeux ronds et il allait s'étonner tout haut mais Nathanaël le regarda avec intensité. Preuve qu'il le connaissait bien, Jérôme comprit tout de suite qu'il devait la boucler et resta coi, non sans retourner à son ami un autre coup d'œil qui signifiait : « Toi, tu as des explications à me fournir. »

– Comme mon Armand ! s'exclama Rosie en se pendant au cou de Gueule-de-Passoire. Ce serait trop mignon que vous soyez embauchés dans la même boucherie, on pourrait se revoir et aller gambiller ensemble à Montmartre !

Armand sourit avec indulgence devant le charmant tableau qu'évoquait Rosie.

– Pourquoi pas, lâcha-t-il, suggérant ainsi avec magnanimité que Nathanaël pourrait être digne de sa compagnie même hors des murs de l'orphelinat.

L'adolescent déglutit péniblement et se demanda si Rosie se suspendrait avec autant d'enthousiasme au cou de son petit ami si elle savait qu'il s'agissait d'un futur égoutier.

– Bon, Jérôme, je pense qu'on va retourner dans notre dortoir, dit-il en se levant, manquant mettre un coup de coude dans le nez de Gervaise.

– Déjà, soupira-t-elle.

– Déjà ? renchérit Jérôme.

– Tu peux rester si tu veux mais je me sens un peu… euh, barbouillé. Le dernier cocktail a du mal à passer... C'était quoi déjà ?

– Absinthe, champagne et calvados, répondit l'un des amis d'Armand, un garçon de leur âge qui s'était autoproclamé garçon de café de la soirée. Il semblait vexé que Nathanaël n'ait pas apprécié ses talents créatifs.

– Oui, voilà… Je ne voudrais pas vomir dans votre grenier, alors… Armand, merci encore. Bonsoir, tout le monde.

Armand fit un geste vague.

– Bonsoir, Janvier, sois prudent sur les toits.

– Je vais l'accompagner, décida Jérôme. Si je ne suis pas là pour le surveiller, il fait des bêtises.

Il se leva, embrassa les filles, salua les garçons et courut sur les talons de Nathanaël qui était déjà presque arrivé sur les tuiles.

– Alors comme ça, le citoyen Janvier veut devenir boucher ? chuchota-t-il, ironique.

– Je t'expliquerai plus tard.

– C'est louche, tout ça.

– Tu n'imagines pas à quel point, grommela Nathanaël.

10

LE CAFÉ VARIABLE

Souvent boucher varie, bien fol est qui s'y fie.
Proverbe larispemois.

– Tout le monde courait dans tous les sens quand je suis arrivée, il y avait des hommes de la Garde partout dans les bureaux. Je n'avais même pas eu le temps de me changer qu'ils m'avaient déjà réquisitionnée pour les aider à localiser les voxomatons…

Liberté racontait pour la quatrième fois de la journée ce qu'elle venait de subir, attablée *Chez Barnabé*, le café le plus proche du Cochon Volant. Carmine était venue à la pension pour vérifier que tout allait bien et elle avait décrété que Liberté avait besoin d'un bon petit remontant. Celle-ci soupçonnait cependant que sa sollicitude était largement teintée de curiosité. De fait, une dizaine de clients de *Chez Barnabé* l'écoutaient, eux aussi. Mieux encore, Cinabre était venu. Il n'avait plus rien du jeune homme aux abois qu'elles avaient vu quelques jours plus tôt aux abattoirs : le frère de Carmine avait retrouvé toute sa superbe. Il serra Liberté dans ses bras en la remerciant pour l'argent qu'elle lui avait envoyé et se montra sincèrement inquiet pour elle.

– J'espère, dit-il, que ces types de la Garde n'ont pas été trop brutaux. Ils se font un plaisir de défoncer les portes et de casser les fenêtres.

Liberté secoua la tête.

– Non, ça va. Ils m'ont fait monter dans une vapomobile, un modèle que je n'avais jamais vu, très rapide. On tournait tellement vite aux carrefours que j'ai cru qu'on allait déraper. Chaque fois, les Gardes sautaient de la voiture pour sécuriser les alentours avant d'enlever le cylindre. Je crois qu'ils avaient peur des bombes.

– Et y en avait ? lança une voix dans l'assemblée.

– Non. Il n'y avait que des cylindres qui ont été changés à chaque fois.

– Les voxomatons aérostatiques, ils étaient à vous ? demanda une autre voix.

– Trois étaient à nous sur les cinq abattus.

Liberté s'interrompit en pensant au visage de son patron lorsque le capitaine de la division de Gardes lui avait appris qu'il avait reçu l'ordre de détruire les voxomatons. Guillaume Clément avait protesté, le visage blême. Les aérostats de réclame étaient tout neufs et lui avaient coûté une petite fortune. « Si tu me donnes une heure, citoyen capitaine, avait-il prié, mes équipes pourront les descendre au sol sans que vous ayez besoin de les faire sauter. » Le capitaine avait répondu que non, il ne pouvait pas lui accorder ce luxe. « Je suis désolé, avait-il ajouté, la Présidente veut qu'on donne une réponse très claire à ces terroristes, et à chaque minute qui passe, les gens sont de plus en plus inquiets. On doit agir. »

– J'aurais adoré être à ta place, s'exclama Carmine pour la dixième fois de la soirée.

Et pour la dixième fois, Liberté répondit :

– J'aurais préféré qu'ils tombent sur toi.

Pourtant, elle s'en était assez bien tirée. Elle avait réussi à ne pas trop paniquer et avait guidé la Garde sans se tromper jusqu'aux voxomatons qui gigotaient sur leurs socles en hurlant au lieu de vanter les mérites d'un cirage, d'une poudre à laver ou d'une cire à moustache. Le capitaine l'avait même félicitée pour sa connaissance des rues.

– Moi, j'me demande comment ils ont fait pour pirater les aérostats, lança une troisième personne. Et si c'était quelqu'un de la maintenance qui avait fait le coup ?

Liberté rougit et s'apprêtait à bredouiller des protestations mais Cinabre s'interposa :

– Bon, ça suffit, les enfants. La demoiselle est fatiguée de répondre à vos questions. Allez plutôt boire un verre à sa santé.

Il portait ce soir-là un long manteau en velours prune qui semblait sorti du vestiaire d'un dandy d'avant la Seconde Révolution. Un haut-de-forme au ruban orné d'un bijou était crânement posé sur sa tête. Liberté le trouvait époustouflant. Elle osait à peine le regarder de peur de ne plus pouvoir détourner les yeux. Carmine, elle, avait lâché un « pfff » de mépris devant son allure, avant d'ajouter :

– Tu n'as pas le sentiment d'en faire un peu trop, Ci ?

– Ma chère, avait répondu Cinabre, tu ne sais pas ce qui est beau.

Il s'était levé, coinçant les pouces dans ses poches comme pour mieux faire admirer son gilet à carreaux. Son sourire brillait, très blanc au milieu de son visage noir.

– Venez, mes poulettes, je vous emmène en promenade.

Si la proposition n'était pas venue de Cinabre, Liberté n'aurait jamais accepté. Elle se sentait épuisée par sa journée et n'aspirait qu'à retrouver son lit. De plus, il était déjà tard et elle devait être rentrée avant minuit au foyer sous peine de sévères remontrances. Les lits étaient très demandés là-bas, et on pouvait facilement perdre sa place pour avoir découché une fois de trop. Cependant, elle n'osa rien dire de peur que Cinabre se moque d'elle ou, pire, soit déçu. Aussi accepta-t-elle le bras qu'il lui tendait galamment et se leva-t-elle.

– Tu ne viens pas, sœurette ?

Toujours attablée, Carmine avait son visage des mauvais jours.
– Non.
– Parce que... ?
– Quel jour sommes-nous, Cinabre ?
Il enleva son haut-de-forme et l'époussetta avant de répondre.
– Aucune idée.

Liberté avait le sentiment qu'il mentait, tout comme il savait déjà pourquoi Carmine ne les suivrait pas.

– C'est ça, oui, ironisa Carmine. Je vais donc, une fois de plus, aller voir papa toute seule pour l'accompagner sur la tombe de notre mère, tout comme je vais devoir seule l'écouter parler à un morceau de granit, avant de passer la moitié de la nuit à le réconforter.

Cinabre ne se donna pas la peine de répondre et se contenta de hausser les épaules.

– Lalaudsem, gronda Carmine. Je ne sais pas ce que j'ai fait pour mériter un frère comme toi.

Liberté, toujours accrochée au bras de Cinabre, ne savait plus que faire.

– Peut-être que le moment est mal choisi pour une sortie, dit-elle d'une petite voix.

Elle aurait été soulagée qu'il renonce à ses projets mais il posa fermement sa main libre sur celle de l'adolescente.

– Non, au contraire, déclara-t-il d'un ton sans appel.

Carmine se leva, furieuse. Sans regarder son frère, elle pointa Liberté de l'index.

– Veille au moins à ce qu'il ne fasse pas de bêtises. Et surtout, rappelle-toi ce que je t'ai dit dans le tramway aérien.

Elle tourna les talons et sortit, claquant si fort la porte du café que la vitre se fêla. Mais personne n'osa rien dire, pas même le patron, qui se contenta de soupirer d'un air exaspéré.

– Et si nous y allions ? proposa Cinabre comme s'il ne s'était rien passé.

Ils marchèrent un moment en silence sur le trottoir éclairé par intermittence. Il faisait bon et, malgré les événements de la journée, de nombreux Larispemois étaient de sortie pour boire un verre à la terrasse des cafés. Les bavardages allaient bon train : on commentait les incidents et on multipliait les hypothèses entre deux gorgées de vin, de bière ou d'absinthe. Fascinée, Liberté voyait les gens s'écarter sur le passage de Cinabre. Ceux qui ne se poussaient pas assez vite et frôlaient son manteau de velours s'excusaient platement sans qu'il prenne la peine de leur répondre. Le jeune louchébem quitta la rue principale, tournant dans une ruelle d'aspect peu engageant. Un réverbère à gaz crachotait au milieu du passage, laissant le reste dans l'obscurité.

– Tu ne me poses pas la question ? demanda-t-il soudain en s'arrêtant sous le réverbère. Son visage n'était qu'ombres sous le chapeau haut de forme.

– Tu veux dire, pourquoi vous ne vous entendez pas au sujet de votre père ? (Cinabre inclina la tête, silencieux.) J'ai pensé que c'était un sujet un peu trop sensible, murmura Liberté. Je ne voulais pas remuer le couteau dans la plaie.

Le jeune homme avança la main vers son visage et lui effleura la joue.

– Tu m'as sauvé la vie deux fois. Tu peux poser toutes les questions que tu veux.

Un phénomène mystérieux changea les jambes de Liberté en deux blocs de gelée. Elle réussit à rester debout sans trop savoir comment.

– D'a… d'accord, articula-t-elle péniblement, je t'écoute, alors.

– Aujourd'hui, c'est l'anniversaire de la mort de notre mère. Elle a perdu la vie trois ans après la naissance de Carmine et mon père m'en tient pour responsable.

– Quoi ? s'étouffa Liberté, mais tu devais avoir quatre ans ! Comment pourrais-tu être responsable ?

– J'avais cinq ans, en fait. Notre mère est tombée malade et son état s'est rapidement aggravé. Un soir, mon père a compris qu'il fallait appeler un médecin. Il m'a donné une adresse ainsi qu'une pièce d'or d'avant la Révolution et m'a supplié de me dépêcher. Bien entendu, il m'a répété mille fois de ne pas perdre la pièce qui représentait des centaines de taureaux car, sans paiement, le médecin ne se déplacerait pas. J'ai couru aussi vite que possible, j'étais très inquiet pour ma mère, je ne voulais pas qu'elle meure. Deux maisons avant celle du médecin, j'ai trébuché dans le noir et je suis tombé.

– Oh non, souffla la jeune fille.

– La pièce m'a échappé. Je la serrais de toutes mes forces mais elle m'a quand même glissé des doigts et elle est tombée dans les égouts. Le médecin a refusé de me suivre gratuitement. Il était tard, il avait déjà son bonnet de nuit vissé sur la tête. Se déplacer pour une pauvresse était hors de question. Aujourd'hui, il y a une loi qui les oblige à soigner un patient, payés ou pas. Cette année-là, elle n'existait pas. Quelques heures après mon retour sans le médecin, ma mère était morte.

– C'est affreux! gémit Liberté, horrifiée. Tu n'avais que cinq ans, pourquoi ton père n'est-il pas allé chercher de l'aide lui-même?

– Il a été blessé pendant la Seconde Révolution, il est pratiquement aveugle.

Cinabre épousseta son manteau et réajusta son chapeau avant d'ajouter:

– Depuis ce triste épisode, mon père m'en veut. Il ne me l'a jamais dit en face, mais il y fait allusion. Tout le temps. Et c'est pire les jours anniversaires.

– Je suis désolée pour toi, dit-elle d'un air sincère.

Cinabre hocha la tête et sourit, un sourire un peu forcé pour le peu que pouvait en juger Liberté dans le noir, puis il poussa un mur sur sa gauche qui se révéla être une porte. Un rectangle de lumière jaune s'imprima à leurs pieds et Cinabre l'invita à franchir la porte, jusqu'à une cave chichement éclairée.

– Après toi, citoyenne.

Il aida Liberté à descendre les degrés irréguliers.

– Où va-t-on, en fait ?

– Carmine t'a déjà parlé du Café Variable ?

Elle secoua la tête. Au fond de la cave, il y avait une seconde porte marquée d'une croix rouge et, juste à côté, un vieux tonneau où une main serviable avait disposé des luxomatons de poche. Cinabre en remonta un, le tendit à Liberté avant d'en prendre un pour lui-même, puis poussa la porte. Ils continuèrent leur progression dans une sorte de tunnel festonné de toiles d'araignée, les luxomatons cliquetant dans leurs mains.

– Carmine y a fait allusion une fois ou deux mais je ne sais pas ce que c'est.

– Une tradition louchébem. Tous les mois, on se retrouve au Café Variable qui, comme son nom l'indique, n'est jamais au même endroit. La dernière fois, c'était dans les catacombes du 14ᵉ arrondissement, ce soir, dans une grande cave sous la rue de la Roquette, pas loin de la prison. Le chemin est indiqué par les croix rouges peintes sur les murs.

Il désigna une marque à la peinture, tout près d'un passage étroit qui bifurquait légèrement.

– Et toi, Liberté, comment sont tes parents ?

Il avait posé la question sur le ton de la conversation, comme s'ils étaient assis dans un salon en train de siroter une limonade, et non de se frayer un passage sous terre. Liberté repensa aux paroles de Carmine. Elle se demanda s'il avait invité beaucoup de filles au Café Variable et si oui, combien avaient accepté de le suivre. Elle regarda derrière elle et ne vit que les ténèbres. Discrètement, elle s'accrocha au manteau de Cinabre et décida que parler était encore la meilleure méthode pour ne pas réfléchir à ce qu'elle était en train de faire et à l'endroit où elle se trouvait.

– Mon père est dentiste. Il s'est toujours bien occupé de moi et des jumeaux. C'est lui aussi qui m'a donné le goût des mécanismes parce qu'il aimait bien fabriquer des petits jouets en utilisant des vieux ressorts de montre à gousset ou d'horloge : des véhicules qui avançaient tout seuls, des oiseaux en carton qui battaient des ailes… Il nous laissait grimper aux arbres et nager dans les rivières. Nous avions même l'autorisation de conduire la voiture à chevaux. En fait, il n'était pas très prudent. Ma mère le lui reprochait toujours. Elle était toujours stricte, sérieuse, toujours à vouloir me donner une éducation correcte, à me protéger. Et puis d'un seul coup, elle a décidé que finalement je devais aller à Larispem. Je ne comprends toujours pas pourquoi.

– Il faut que j'envoie des fleurs à ta mère, dit Cinabre. Si tu n'étais pas venue ici, je serais en train de me faire grignoter par les poissons quelque part au fond de la Seine.

Liberté rougit et fut contente qu'il ne la regarde pas, trop occupé à les guider.

– C'est toujours ma mère qui m'écrit, reprit la jeune fille en donnant quelques tours de clé au luxomaton qui faiblissait. Elle me demande de mes nouvelles, s'inquiète. Dans les journaux, elle entend parler d'accidents de vapomobile, de maladies mortelles, d'assassinats, et elle est certaine que ça va m'arriver. Parfois, je voudrais que ce soit mon père qui prenne la plume. Les lettres seraient plus joyeuses.

Elle poussa un profond soupir.

– Je compatis, fit Cinabre. Carmine passe son temps à s'inquiéter pour moi.

– Elle a raison.

Le jeune homme fit volte-face dans le couloir étroit et elle entra presque en collision avec son gilet à carreaux.

– Raison ?

Liberté avait parlé sans réfléchir. Elle chercha quelque chose à dire pour atténuer ses mots mais avant qu'elle ait trouvé, Cinabre haussa les épaules.

– C'est vrai. J'ai souvent fait des choses stupides mais à présent, c'est fini. Tu sais pourquoi ? Parce que tu serais bien capable de me sauver la vie une troisième fois et je ne voudrais pas abuser de ta bienveillance.

Ils échangèrent un sourire qui dura un très long moment. Ce fut un instant de plénitude et de bonheur, une petite bulle de perfection à dix mètres sous les rues de Larispem. Puis Cinabre se retourna, regarda devant lui et annonça qu'ils étaient arrivés. En effet, ils n'étaient plus qu'à quelques mètres d'une énième porte, tout aussi abîmée que les précédentes, à la différence que celle-ci était intégralement peinte en rouge. La peinture était fraîche, Liberté pouvait sentir son odeur. De l'autre côté, on entendait des voix nombreuses et des cris.

– Nous y voici, annonça-t-il avec une courbette. Après toi.

Bondée, surchauffée, éclairée par des bougies et des ampoules électriques vacillantes, la cave était immense et emplie de bruits : rires, cris et claquement des chopes débordantes de bière sur des tonneaux vermoulus. Liberté posa son luxomaton et regarda autour d'elle. Il y avait au moins deux cents personnes sous les voûtes de brique. Presque que des louchébems, occupés à jouer aux osselets, aux dés, ou à engloutir des plats de viande fumants. Elle distingua aussi un stand de tatouage improvisé : une femme aux longs cheveux teints en rouge était en train de se faire dessiner un taureau à trois têtes sur l'avant-bras. Parfaitement détendue, elle plaisantait avec ses amies tandis que l'aiguille chargée d'encre s'enfonçait sous sa peau. Un phonographe tournait dans un coin juste à côté d'une dizaine de cages empilées. Elles contenaient chacune un coq qui s'agitait avec impatience. Les noms sur les cages (Tueur, Terreur, Fléau) et leurs ergots aiguisés firent comprendre à Liberté qu'ils attendaient de participer à des combats. En apparence indifférent à toute cette animation, Cinabre fendait la foule, saluant d'autres louchébems armés jusqu'aux dents. Certains étaient aussi jeunes que Liberté mais leur expression blasée semblait dire qu'ils avaient déjà tout vu de la vie. Elle écarquilla les yeux en voyant un apprenti, guère plus haut que les jumeaux, occupé à fumer un énorme brûle-gueule. Au milieu de la cave, une arène avait été construite en matériaux de bric et de broc. Deux coqs s'y affrontaient dans un tourbillon de plumes et de gouttes de sang. La foule applaudissait et criait des encouragements en argot des louchébems.

– Ne t'inquiète pas, assura Cinabre, je ne vais rien parier du tout. Regarde, je n'ai pas un seul porcelet, ce soir.

Il retourna ses poches pour bien lui montrer qu'elles ne contenaient rien.

– C'est bien, dit Liberté d'une petite voix.

Un louchébem tatoué jusqu'aux sourcils posa devant eux deux verres pleins d'une boisson rouge et épaisse avant d'assener une grande claque sur l'épaule de Cinabre.

– Hé, frérot. Ça faisait un moment. Je te note sur l'ardoise pour le prochain combat ?

Cinabre prit une gorgée de la mixture posée devant lui et secoua la tête.

– Pas ce soir, mon ami.

Le tatoué se frotta le nez, renifla et regarda Cinabre comme s'il le découvrait.

– Qu'est-ce qui t'arrive ? C'est bien la première fois que tu ne paries pas. T'es fauché à ce point ?

Dans l'arène, l'un des coqs était en train de prendre l'avantage. Liberté grimaça en voyant le plus faible se traîner sur le sol, les plumes arrachées et tachées de rouge. Son maître lui hurlait des insultes :

– Lerdemoc et lerdemoc ! Relève-toi ! Debout, sale bête !

L'arbitre siffla la fin du combat et les maîtres récupérèrent leurs volatiles. De la monnaie changea de main à toute vitesse.

– Allez quoi, Ci, reprit le louchébem tatoué. Tout à l'heure, les gars de la confrérie des ingénieurs viennent avec leur coq mécanique. Tu vas quand même pas rater ça, léfrérem ?

– Un coq mécanique ? s'étonna Liberté, intriguée malgré elle.

Elle essaya de boire la mixture rouge et manqua tout recracher. La texture était bourbeuse, le goût, indescriptible. Le tatoué sembla enfin remarquer sa présence. Liberté pensait qu'il ne répondrait pas à sa question mais il le fit tout de même, après l'avoir détaillée des pieds à la tête et avoir esquissé une grimace.

– La confrérie des ingénieurs prétend qu'il est possible d'imiter la vie avec une fichue lachinemuche. Ils travaillent depuis des mois sur un coq en ferraille et engrenages, et ce soir, ils jurent que leur bestiole est au point.

Il se tourna vers Cinabre avant d'ajouter :

– On attend ça depuis des lustres et toi, tu te défiles ?

Cinabre ôta son chapeau comme pour l'inspecter avec nonchalance, mais Liberté vit que son expression venait de changer d'une façon qui ne lui plut pas du tout.

– C'est vrai que c'est dommage, concéda-t-il en réajustant son haut-de-forme sur ses cheveux crépus.

Le tatoué eut un sourire qui découvrit une canine manquante.

– Viens au moins jeter un œil au champion qu'on leur prépare. Une lerveillemuche de coq. Quatre kilos au moins, des ergots longs comme ma main.

Cinabre se balança sur ses pieds. En avant, en arrière.

– Entendu, dit-il pour finir. Je vais regarder et c'est tout. Tu m'attends une petite seconde, Liberté ?

– Oui, bien sûr.

Le sourire de Cinabre ressemblait à celui d'un gamin à qui ses parents viennent de pardonner pour la centième fois et qui a bien l'intention de refaire la même bêtise. Il s'éloigna en compagnie du louchébem tatoué. Liberté le suivit des yeux, vit une jeune femme l'arrêter pour lui jeter les bras autour du cou. Elle était très jolie, mince et élancée comme un roseau. Quand elle chuchota quelque chose à l'oreille de Cinabre, il se mit à rire à gorge déployée.

C'était plus que ce que Liberté pouvait supporter. Elle fit demi-tour et se fraya un passage à coups de coude, cherchant des yeux une porte, un passage, n'importe quoi.

– Tu cherches quoi, sœurette ?

Un louchébem de son âge qui jouait négligemment avec un énorme fendoir la regardait avec curiosité.

– Je veux sortir, haleta-t-elle. Montre-moi la sortie.

Le jeune boucher haussa les sourcils.

– Hé, la grosse, tu ne sais pas qu'il faut parler un peu mieux que ça à un louchébem ? Tu fais quoi ici ? Qui t'a permis de venir au Café Variable ?

Liberté avait l'impression qu'un géant s'amusait à comprimer son cerveau entre ses mains. Il fallait qu'elle s'en aille. Tout de suite. Elle se redressa de toute sa taille, à peine un centimètre plus haut que le boucher, pourtant ce dernier recula et arrêta de jouer avec son fendoir. Lorsque Liberté reprit la parole, sa voix était un mélange de morgue et d'autorité digne de Carmine.

– Je suis une louchébem, stupide lânepuche ! Si tu ne vois pas mes couteaux, c'est que je viens de les laisser dans le lard du dernier crétin qui a osé me parler comme ça. Alors, tu me donnes un luxo et tu me montres la porte.

Le garçon hésita une seconde puis décida qu'il valait mieux être prudent. Il rengaina son couteau et lui tendit un luxomaton.

– Désolé, sœurette, s'excusa-t-il. La sortie est derrière cette arche. Il y a une dizaine de marches et tu arriveras dans un cellier. La porte donne sur le dehors.

Liberté lui arracha l'automate des mains et lui adressa un dernier regard noir avant de suivre le chemin qu'il avait indiqué. À peine avait-elle atteint le cellier que son masque d'assurance se fendilla. Quand elle émergea à l'air libre, elle avait envie de pleurer. Un liquide tiède gouttait sur ses lèvres et elle se rendit compte qu'elle saignait du nez. Quelque part, une horloge sonna douze coups. La jeune fille regarda autour d'elle et ne tarda pas à distinguer des maisons familières.

– Rue de la Folie-Regnault, marmonna-t-elle. Tout ça pour me retrouver à cinq cents mètres de la pension.

Elle se laissa tomber sur le bord du trottoir et posa le luxomaton sur les pavés. Un chat errant, attiré par la lumière, vint mendier quelques caresses.

– Toi aussi, tu te retrouves enfermée dehors après avoir passé une soirée affreuse ? Tu es tombée amoureuse d'un chat de gouttière alors qu'on t'avait mise en garde contre lui et tu viens de te rendre compte que son monde est si différent du tien qu'il pourrait aussi bien vivre sur la lune ?

Liberté se frotta les yeux et passa la main sur le dos du chat qui se mit à ronronner.

– Je ne sais pas comment j'ai pu être aussi bête, et le pire, c'est que ça ne change rien. S'il revient demain pour m'emmener faire un tour dans les égouts, je serai bien capable de dire oui.

La jeune fille renifla et fouilla dans ses poches pour trouver un mouchoir afin de s'essuyer. Elle frémit en voyant de grandes taches sombres s'élargir sur le tissu.

– Et depuis quand je saigne du nez, moi ?

La porte de la cave s'ouvrit et deux louchébems sortirent en bavardant amicalement. L'un d'eux l'aperçut et la héla. Liberté se leva et décida qu'il était temps de rentrer au foyer.

Quand Cinabre apparut, deux minutes plus tard, il eut beau crier son nom et fouiller les rues nocturnes, elle était déjà loin.

11

L'HÔTEL NOIR

> *Quand vous revenez de votre usine en ayant trimé la moitié de la journée et que, sur le chemin du retour, vous voyez tous ces palais, ces grosses maisons bourgeoises, ces fontaines de marbre décorées de statues à poil, ça ne vous donne pas envie d'y flanquer le feu ?*
>
> Gustave Fiori.

Le père de Carmine vivait au même endroit depuis plus de trente ans : dans l'ancienne demeure de ses maîtres, ou plutôt ce qu'il en restait. L'hôtel particulier de la famille de Vignac avait perdu une aile entière durant la Seconde Révolution. Le salon de musique, deux chambres et le fumoir avaient entièrement brûlé avant de s'effondrer, détruisant au passage le bel ordre des jardins impeccablement entretenus. Il n'en restait à présent qu'un tas de poutres et de débris brûlés recouverts de lierre et de ronces. Les couloirs étaient restés ouverts sur le vide. L'antichambre où le baron Pierre-Frédéric de Vignac avait perdu la vie, la gorge tranchée par le domestique noir dont il était si fier, était ouverte à tous les vents depuis que son mur ouest s'était effondré. Des hirondelles et des loirs y avaient élu domicile, les premières pour y nicher, les seconds pour se régaler des restes de la tapisserie. Dans la seconde partie de l'hôtel vivait Jean Noir. Depuis qu'il peinait à se déplacer, il avait établi sa chambre dans la salle à manger, juste à côté de la cuisine, et il vivait surtout dans ces deux pièces. Les lieux lui étaient si familiers qu'il s'y retrouvait de jour comme de nuit, sans même avoir besoin d'une canne ou de tâter les murs. Quand il faisait beau, il sortait dans le jardin et s'asseyait sur un banc pour profiter du soleil et sculpter de petites figurines de bois en forme d'animaux. À la fin de l'été, il aimait picorer les mûres qui poussaient à profusion sur les ruines. Mme de Vignac les détestait, elle jugeait ces baies trop vulgaires, juste bonnes à nourrir les paysans. Savoir qu'elles poussaient en abondance quelque part au-dessus des cendres de la baronne était une source de grande satisfaction pour Jean Noir. Outre les mûres et les légumes qu'il cultivait, il avait droit à un panier rempli de victuailles par semaine en tant que vétéran de la Seconde Révolution. Tout aurait été parfait si un sentiment de malaise ne l'avait pas envahi quelques mois plus tôt.

Au moment où Cinabre et Liberté arrivaient au Café Variable, Carmine parvenait en vue de l'hôtel de Vignac, que tout le monde appelait à présent l'hôtel Noir. Il était situé dans le 1er arrondissement, assez loin de sa chambre de bonne, qui était au dernier étage d'une chapellerie du 10e arrondissement. Antonin, son collègue du Cochon Volant, habitait dans le même secteur, et l'avait conduite jusque devant l'hôtel Noir au volant de sa vapomobile toute neuve.

— Tu devrais t'en acheter une, Larminceji, dit-il en freinant devant les grilles. Prendre le tram tous les matins, c'est quand même la plaie.

Carmine descendit sur le trottoir et flatta le bouchon de radiateur en forme de taureau.

— Non, merci, Antonin. C'est chic, une vapo, mais se garer dans Larispem, c'est pire que de vouloir saigner un porc avec une lime à ongles!

Le louchébem se mit à rire.

— T'as pas tort, allez. Lonneboc loirésem, ma belle.

– Bonne soirée à toi aussi, Antonin.

Et il repartit sur les chapeaux de roues, faisant crisser ses pneus sur les pavés. Carmine prit une grande inspiration pour se donner du courage et poussa l'imposante grille de fer forgé qui défendait l'accès au parc.

Son père était au salon. Il avait allumé un feu malgré la douceur du soir et était occupé à sculpter les derniers détails d'un oiseau dans ce qui avait autrefois été le pied d'un fauteuil. À côté de lui, un automaton domestique balayait le sol avec une régularité toute mécanique.

– Bonsoir, papa.

– Carmine, ma fille. Entre, viens près du feu, il fait froid ce soir.

L'adolescente prit un tabouret et s'installa près des flammes. Aussitôt, elle se sentit ruisseler de sueur : il faisait bien trop chaud. Son père tâtonna un peu pour trouver sa main et la serrer.

– J'ai cru que tu ne viendrais pas.

– Désolée pour le retard. On y va ?

Elle espérait expédier au plus vite la corvée qui consistait à se rendre au fond du jardin, là où sa mère était enterrée. À sa grande surprise, il secoua la tête.

– Non. Je dois te dire quelque chose d'abord.

– Quoi donc ? demanda Carmine d'un ton abrupt. Si tu veux encore parler de Cinabre…

– Il ne s'agit pas de ton frère. Carmine, je suis en danger.

La jeune fille fronça les sourcils. Ce n'était pas le genre de son père de se montrer alarmiste. C'était plutôt un dur à cuire. Arraché à son village par des marchands d'esclaves à l'âge de huit ans, il avait été expédié dans une plantation de coton des États-Unis, avant que Pierre-Frédéric de Vignac ne le rachète lors d'un voyage pour en faire son serviteur. C'était le baron qui, très inspiré, l'avait baptisé Jean Noir. L'esclavage étant aboli depuis 1848 en France, Jean avait quitté son ancienne condition d'esclave pour gagner celle, guère plus enviable, de curiosité. Il avait raconté à plusieurs reprises à ses enfants comment il était devenu le clou des soirées de son maître. Le gratin de Paris se pressait chez les Vignac, plein de curiosité à l'idée d'admirer un authentique sauvage. Ils posaient toutes sortes de questions : Savait-il parler ou s'exprimait-il par grognements ? Ne sentait-il pas un peu fort ? Était-il cannibale ? Le baron et sa femme, ravis de cet intérêt, organisaient des petits spectacles privés où Jean exécutait des « danses primitives traditionnelles » en brandissant une sagaie. À la fin des représentations, le fils du baron, alors âgé de quatre ans, venait placer sa main entre les mâchoires du sauvage. Année après année, la haine avait frappé, en vagues régulières, le cœur de Jean Noir, pour finalement le submerger un beau matin de l'année 1875.

Carmine connaissait toute l'histoire, ainsi que les détails de sa vengeance. Mais jamais elle n'aurait pensé son père capable de ressentir de l'inquiétude.

– Toi, en danger ? Qu'est-ce que tu racontes ?

– J'ai entendu ce qui est arrivé aujourd'hui. Les voxomatons. Je sais ce qui se passe.

La jeune fille eut un geste d'impatience.

– Oui, comme moi, comme tout Larispem. Les Frères du Sang préparent quelque chose. Papa, enfin ! Ils ont réussi à monter un ou deux attentats par le passé mais ils en sont réduits à détourner des automates publicitaires. Depuis quand ça t'inquiète ?

Jean Noir agrippa avec plus de fermeté la main de sa fille. Malgré ses cheveux blancs et ses yeux voilés, il avait toujours une poigne de fer.

– Écoute-moi attentivement. Il y a vingt-cinq ans, j'étais encore domestique dans cette maison, quand j'ai vu et entendu des choses étranges dont je n'ai parlé à personne. Les Vignac étaient l'une des plus vieilles familles de Larispem et ils étaient grands amis avec la famille d'Ombreville. Après la Seconde

Révolution, quand les choses ont commencé à se gâter pour tous ces aristos à grosse bedaine, l'hôtel est devenu l'un des quartiers généraux de Louis d'Ombreville. Ils se réunissaient dans le salon et fermaient hermétiquement les portes. Moi, j'étais chargé de remplir leurs verres et leurs assiettes tandis qu'ils réfléchissaient à la façon de renverser le Taureau. Ils devaient s'imaginer que j'étais trop arriéré pour les comprendre mais tu penses bien que je buvais chacune de leurs paroles. Ils avaient peur, pour leurs maisons, leur argent, leurs familles et leur rang. Ça me faisait plaisir de les voir paniquer et frissonner dans leurs gilets brodés. Louis d'Ombreville, lui, ne tremblait pas et il ne parlait pas beaucoup. Il n'en avait pas besoin. Il pouvait rester assis dans un fauteuil, le menton posé sur son poing, à ne rien faire d'autre qu'observer, et pourtant on ne voyait que lui. J'avais l'impression de pouvoir *toucher* sa présence, comme si l'air devenait plus opaque autour de lui. En 1872, Paris est devenu Larispem. Six mois plus tard, Gustave Fiori annonçait que les familles les plus riches de la ville devaient soit partir, soit renoncer à leur fortune et à leurs privilèges pour vivre sur un pied d'égalité avec les autres citoyens. Les amis des Vignac se firent moins nombreux. La plupart choisirent de s'exiler en France. D'autres, plus enragés ou plus bêtes, décidèrent de rester. C'est alors qu'ils créèrent la confrérie des Frères du Sang. Louis d'Ombreville leur demanda de bien réfléchir avant de prêter serment ; il précisa que ceux qui accepteraient de faire partie de l'organisation devraient lui obéir en tout et ne pas hésiter à verser le sang, qu'il s'agisse du leur ou de celui de leurs ennemis. Sept familles dont la sienne et celle des Vignac restèrent.

– Je n'avais jamais entendu dire qu'il y avait sept familles, l'interrompit Carmine, intriguée.

– Je suis sans doute le seul à le savoir. Même la Présidente l'ignore probablement. Ils consignèrent leurs noms dans un livre codé et signèrent avec de l'encre mêlée de leur sang. Il faut que tu saches que Louis d'Ombreville était obsédé par le sang. Il était persuadé que c'était la quintessence d'un être humain et qu'il serait un jour possible, à partir d'une simple goutte, de déterminer la race d'un homme, celle de ses ancêtres et peut-être même de prédire son destin. Il avait financé des scientifiques pour qu'ils fassent des recherches dans ce sens et, en graissant la patte à des gardiens de prison, mené des expériences sur des condamnés à mort.

Carmine fit la grimace et se rapprocha du feu. Elle n'avait plus aussi chaud, à présent.

– Des expériences ?

– Je n'en sais pas plus, et c'est tant mieux. Je dors assez mal comme ça. Maintenant, il y a autre chose que tu dois savoir sur Louis d'Ombreville : il pratiquait la magie. La magie noire.

– Ah non, papa, pas toi ! s'exclama Carmine en levant les yeux au plafond. Ce sont des légendes, tout ça. Tu ne vas quand même pas me dire qu'il prenait le thé avec le diable ou une autre de ces âneries ?

Jean Noir leva un index autoritaire.

– Carmine, tu es née à Larispem. Une ville de raison et de science où l'on ne croit que ce que l'on peut démontrer ou expliquer avec une ou deux équations. Moi, je viens d'un endroit où les esprits vivent dans les arbres et les animaux. Je suis vieux maintenant mais je n'ai rien oublié de mon enfance. Il y avait une sorcière dans mon village : une dévoreuse d'âmes. Ma mère me disait toujours de me méfier. Elle portait malheur, tu comprends ? Peut-être même que c'est à cause d'elle que les esclavagistes ont choisi notre village et pas celui d'à côté. Ma fille, Louis d'Ombreville était un véritable sorcier, il faut que tu me croies.

Carmine aurait voulu répliquer avec une phrase acerbe, se moquer de ses croyances absurdes, mais quelque chose dans le ton de son père l'en empêchait.

– J'ai vu d'Ombreville à l'œuvre une seule fois. C'était lors de la dernière réunion des sept familles. Ils étaient acculés, menacés de partout. Ils savaient que ce n'était qu'une question de temps avant qu'ils soient tous massacrés. Louis d'Ombreville a pris la parole, je me souviens qu'il était venu avec son fils et son petit-fils, un bébé d'un an qui dormait dans son couffin. « Nous avons perdu, a-t-il dit ; demain, je dois rencontrer les Trois. Ce sera la seule chance que j'aurai de mettre mon pouvoir à profit pour... »

« Votre pouvoir ? Pour l'amour de Dieu, Louis, ne soyez pas ridicule ! l'a interrompu l'un des hommes présents. Si vous voulez faire quelque chose d'utile, plantez plutôt une lame bien acérée dans le cœur de ces gueux. J'en ai pour ma part plus qu'assez de vos histoires abracadabrantes de magie, de grimoires et de sortilèges. » Louis d'Ombreville l'a écouté calmement et tu sais ce qu'il a fait ?

– Non.

– Il a tiré un petit couteau de sa poche et s'est entaillé le pouce avant de lever la main bien haut afin qu'on puisse tous voir le sang perler. Ensuite, il a marché vers celui qui le critiquait et il a juste posé son pouce comme ça, sur son front. « Taisez-vous, je vous prie », a-t-il dit. Et l'autre s'est tu. « Maintenant, mettez votre main dans le feu. » Et l'autre a marché jusqu'au feu qui brûlait dans la cheminée. Louis d'Ombreville a attendu que la peau de son adversaire commence à grésiller avant de lui ordonner de la retirer.

Jean Noir se tut, les yeux fixés sur la cheminée. Carmine se rendit compte qu'elle avait les mains moites.

– Tu veux dire qu'il... avait envoûté ce type ? Il l'a contraint à mettre sa main dans le feu ?

– Oui. Je pense qu'il aurait pu lui ordonner n'importe quoi et cet homme l'aurait fait. Quand Louis d'Ombreville a repris la parole, plus personne n'osait parler. « Ce pouvoir court dans mes veines, a-t-il dit, et je vais vous en faire cadeau. Demain soir, mes amis, je vais tenter de tuer les Trois. Il y a peu de chances que j'y parvienne et je vais sans doute le payer de ma vie, mais cela n'a pas d'importance du moment que mon sang vit en vous. »

Jean Noir se tut de nouveau.

– Et ensuite ? le pressa Carmine. Que s'est-il passé ?

– Louis d'Ombreville a fait entrer un homme en blouse blanche, un type tout rondouillard que je n'avais jamais vu. Il portait une énorme valise. Louis l'a présenté comme un médecin, spécialisé dans le sang. C'est tout ce que je sais, car il m'a ensuite fait sortir.

Carmine se leva et fit les cent pas devant la cheminée.

– Bon, dit-elle, les sourcils froncés. Mais dans ce cas, pourquoi les Frères du Sang n'auraient-ils pas utilisé ce pouvoir avant ?

– Je me suis posé la question et j'ai eu une idée. Et si le pouvoir n'avait pas fonctionné chez les adultes ? Si ça n'avait marché que pour les enfants qu'ils ont conçus par la suite ? Il n'y a que depuis six ou sept ans que les attentats ont repris. Des enfants qui seraient nés en 1876 auraient vingt-trois ans aujourd'hui. Ils ont peut-être attendu d'avoir retrouvé tous les leurs pour frapper un grand coup ! Les automatons sont un signe, je te dis.

Carmine se mit à rire.

– C'est n'importe quoi. Tu devrais écrire dans les illustrés à sensation, papa.

Jean Noir se leva et déplia sa carcasse sur toute sa hauteur. Il était maigre et ses vêtements flottaient autour de ses bras et de ses jambes, mais ça ne l'empêchait pas d'être impressionnant.

– Je savais que tu ne me croirais pas. Tu es têtue, comme ta mère. Peu importe, tu auras bien assez tôt la preuve que je dis la vérité.

Il lui tendit une lettre cachetée et timbrée, adressée au gouvernement de Larispem.

– La seule chose que je te demande, c'est de faire parvenir ceci à la Présidente ou au chef de la Garde. Le ferais-tu pour moi ? Pour ton père ?

Carmine prit l'enveloppe et la fourra dans une poche de sa veste.

– Ouais, répondit-elle. Mais ne compte pas sur moi pour appuyer tes théories bizarres. Je veux bien admettre ton histoire de familles et de complot mais pas la partie sur le pouvoir dans le sang. Désolée, mais il faudra t'adresser à quelqu'un de plus crédule.

Jean Noir poussa un bref soupir et s'inclina pour ramasser sa canne posée contre le mur.

– Au moins, j'aurai essayé. À présent, allons voir ta mère.

Le reste de la soirée se passa exactement comme Carmine l'avait redouté. Jean ne fit plus d'allusion à Louis d'Ombreville. Il proposa à sa fille de rester dormir mais elle refusa, préférant traverser Larispem à pied de nuit. À quelques rues de chez son père, elle tomba sur une bande d'amis qui avaient prévu d'aller danser dans un cabaret de Montmartre. La jeune fille se joignit à eux avec plaisir, pas fâchée de se débarrasser de l'impression funèbre laissée par sa visite. Un apprenti charcutier l'invita à danser et elle accepta de bon cœur. Pour être plus à l'aise, elle posa sa veste sur le dos d'un fauteuil. Plus tard, l'apprenti charcutier les invita à boire un verre dans un second cabaret qui servait, d'après lui, la meilleure absinthe de tout Larispem. Tandis que la petite bande quittait le cabaret de fort bonne humeur, Carmine oublia sa veste et, avec elle, la lettre de son père.

12
LE CLUB DE CHIMIE

*– Il ne fait aucun doute qu'au sein même de Larispem, des groupuscules haineux et nostalgiques du passé attendent le bon moment pour se faire connaître et remettre en question les fondements de notre Cité.
– Comment les reconnaître ? À quoi ressemblent-ils ?
– Hélas, il n'y a rien qui ressemble plus à un terroriste qu'un honnête citoyen.*

Maxime Sévère,
dans une interview au *Petit Larispemois*.

– Elle ne m'a pas recontacté. Pourquoi elle ne me recontacte pas ?

– Tu vas te taire, oui ? C'est encore pire que si tu étais amoureux !

Avachi sur sa table, Nathanaël était censé terminer une rédaction (« Imaginez votre avenir en tant que citoyen de Larispem ») mais tout ce qu'il faisait depuis deux heures, c'était dessiner des formes abstraites dans les marges de son cahier et attendre qu'Isabella se manifeste. Jérôme, de son côté, avait déjà noirci deux pages d'aventures rocambolesques dans lesquelles il bravait mille dangers pour rapporter des trésors de contrées aussi lointaines que sauvages.

– Ça fait une semaine, gémit Nathanaël. Qu'est-ce qu'elle

attend ? Si ça continue, je quitterai cet endroit sans rien savoir de plus ! On est déjà le 14 juillet et la foire est dans deux semaines !

Il se prit la tête entre les mains et se frappa le front contre la table. Autrefois, il pensait que rien ne pouvait être pire que d'attendre la foire aux orphelins, à présent il savait que c'était possible.

– À ton avis, demanda-t-il pour la centième fois, pourquoi Isabella n'a-t-elle pas encore pris contact avec moi ?

Jérôme cessa de gratter le papier pour mimer un étranglement particulièrement violent.

– Si tu me poses encore une fois cette question, je te jure sur les têtes du Taureau que je demande à Germain de te faire la peau !

– Si ce n'est pas ça, Armand me fera écorcher vif en découvrant que l'avenir qui s'ouvre devant lui est plein de détritus et d'eaux usées.

Le surveillant asséna un coup de règle sur la table.

– Janvier ! Avril ! Taisez-vous et travaillez ! Il n'est pas encore trop tard pour que vous soyez exclus de la foire !

Les deux amis cessèrent leurs bavardages pour se concentrer sur leurs rédactions. Nathanaël relut l'énoncé et songea que sa vie avait bien changé en quinze jours. Armand avait décidé de le trouver sympathique et ils étaient retournés deux fois dans le grenier. Placé sous la protection officielle de Gueule-de-Passoire, Nathanaël avait subitement grimpé dans l'échelle sociale de l'orphelinat. D'un seul coup, il n'était plus transparent. Certains de ses camarades lui avaient même demandé s'il voulait servir de remplaçant dans leur équipe de jeu de paume. Un honneur qui l'aurait rempli de bonheur deux semaines plus tôt.

Nathanaël trempa sa plume dans l'encrier et se mit à écrire :
Devenir boucher a toujours été le plus grand but que je puisse me fixer.

Il poussa un soupir.

– Tu parles, marmonna-t-il.

LE CLUB DE CHIMIE

La porte de la salle d'étude s'ouvrit et un surveillant remonta les rangs d'un pas pressé pour s'arrêter devant leur table.

– Une convocation pour toi, Janvier.

Il posa un pli cacheté devant l'adolescent avant de tourner les talons. L'estomac de Nathanaël fit un bond en voyant les initiales imprimées dans la cire : AV.

– C'est le prof fou, Jérôme ! C'est Valentine ! Pourquoi il m'écrit ?

– Ouvre donc au lieu de poser des questions auxquelles je ne peux pas répondre !

Avec appréhension, Nathanaël rompit la cire et déplia la lettre. Elle était brève :

« J'ai l'honneur de t'annoncer que ta candidature au club de chimie a été acceptée. Sois dans le laboratoire (second étage, bâtiment B, salle 13) tous les jours à 13 heures. – Pr. A. Valentine. »

Les deux amis échangèrent un regard éberlué.

– Jérôme, il y a un club de chimie à l'orphelinat ?

– Eh bien… oui, enfin, j'en ai entendu parler une fois ou deux mais qui ça peut bien intéresser, un club de chimie ? Je veux dire, ce serait comme faire des heures de cours en plus pour le plaisir, non ?

– Je ne le sens pas du tout, souffla Nathanaël.

Il replia la lettre. Le cachet de cire rouge formait une sinistre tache écarlate contre le papier crème.

– Tu dois y aller, dit Jérôme, c'est ça, le signe que tu attendais. Ce prof et Isabella sont liés, et tu vas peut-être enfin comprendre pourquoi.

Un peu avant l'heure dite, Nathanaël avait donc monté l'escalier du second étage et cherché la salle 13. Le cœur battant, la lettre serrée dans sa main moite, il attendit d'entendre l'unique coup de l'horloge du hall pour frapper à la porte. Qui s'ouvrit presque aussitôt sur Isabella.

– Entre, ordonna-t-elle d'une voix plate où l'on aurait cherché en vain une trace de connivence.

Avant que Nathanaël ait pu la saluer, elle avait tourné les talons et s'était installée devant une table encombrée d'éprouvettes, de fioles et de flacons remplis de substances difficilement identifiables. Il s'avança d'un pas timide tandis que des visages se tournaient vers lui. Il y avait là plusieurs garçons à peine plus jeunes que lui et – l'adolescent n'en crut pas ses yeux – deux autres filles. Tous le regardèrent avec une intensité gênante. Le professeur Valentine était installé sur son estrade, à l'autre bout de la classe. Il se leva, un sourire radieux aux lèvres.

– Mes chers enfants, aujourd'hui est un grand jour. Notre fraternité vient de retrouver l'un de ses frères perdus ! Je vous présente Nathanaël.

– Bonjour, Nathanaël, murmurèrent les orphelins à l'unisson, les yeux toujours rivés sur lui.

Valentine descendit de son estrade et marcha vers son nouvel élève : il était trop tard pour fuir.

– Tu ne comprends pas, et c'est normal, dit le professeur de sa voix douce. Viens avec moi, nous allons clarifier cette situation. Vous autres, retournez à votre travail. Je vous promets que vous aurez tout le loisir de faire connaissance dans les jours à venir.

Dociles, les autres membres du club retournèrent à leurs éprouvettes tandis qu'Alcide Valentine entraînait Nathanaël vers une porte au fond de la salle. Il l'introduisit dans un bureau confortable aux murs couverts de livres et l'invita à s'installer dans un vaste fauteuil de cuir. Ses yeux pétillaient d'excitation, comme un collectionneur d'insectes qui vient de dénicher un spécimen inconnu.

– Mon Dieu, mon Dieu, dit-il, je suis toujours si heureux de trouver l'un d'entre nous... Peux-tu me regarder, je te prie ? Ton implantation de cheveux en « V » est tout à fait remarquable et tu as les yeux bleus, non, gris... Il faut que je consulte mes notes. Ah, je ne sais jamais par où commencer !

Il s'interrompit et claqua des doigts.

– Si ! Il faut que je te demande pardon. Si j'avais su que tu étais des nôtres, jamais je n'aurais essayé de te marquer avec le sang de Valère. Me pardonnes-tu ?

Nathanaël avait l'impression d'avoir reçu un coup violent sur la tête. Aucun des mots que prononçait le professeur n'avait de sens. Le décor, les figurants, tout lui semblait appartenir à une mauvaise pièce dont il aurait par mégarde obtenu le premier rôle.

– Je… je suis désolé, professeur, je ne comprends pas…

– Oui, oui. C'est évident. Bon. Je vais essayer de commencer par le commencement. Que sais-tu de tes origines ?

L'adolescent avala péniblement sa salive. Valentine s'en rendit compte et utilisa un broc de porcelaine posé sur son bureau pour lui servir un verre d'eau. Après un moment d'hésitation, il but une gorgée.

– Je ne sais pas grand-chose, professeur. Je veux dire, pas plus que ce qu'on a écrit dans mon dossier. On m'a trouvé un premier janvier à la porte de l'orphelinat. J'avais un an et demi ou deux ans. Mon prénom était écrit sur un bout de papier et solidement épinglé sur mes langes. J'étais enroulé dans un châle de laine épaisse de couleur bleue. Voilà, c'est tout.

Le papier, les langes et le châle se trouvaient dans la salle des archives où, comme chaque orphelin, Nathanaël avait le droit de se rendre à sa convenance pour les interroger du regard et du toucher. Ils les lui seraient restitués lorsqu'il quitterait l'orphelinat. Il y avait au moins cinq ans qu'il n'était plus allé dans cette salle. On en perdait souvent l'envie quand on cessait de rêver à sa famille.

Alcide Valentine hocha la tête.

– T'es-tu déjà demandé qui pouvaient être tes parents ?

Nathanaël n'avait pas du tout envie de répondre. Il aurait aimé se lever et crier à ce professeur de passer directement aux explications plutôt que de lui poser les questions les plus intimes qu'on puisse poser à un orphelin.

— Non, grommela-t-il en croisant les bras.

Valentine eut un petit rire.

— Je comprends très bien ton silence. En tout cas, tu dois savoir que tu viens d'une grande lignée. Si, un jour, tu as cru avoir pour mère une pauvresse incapable de t'élever, détrompe-toi. Sache que, dans un monde différent, tu aurais grandi dans une famille heureuse et prestigieuse. Bientôt, j'espère, je serai en mesure de te dire qui sont tes parents. Ne serais-tu pas heureux de pouvoir mettre un nom et un visage sur ces deux mots : « père » et « mère » ?

Nathanaël avala une nouvelle gorgée d'eau.

— Si tu le souhaites, reprit le professeur d'un ton plein de sollicitude, nous pouvons arrêter là pour le moment. Je suis conscient que ça fait beaucoup d'informations…

Le jeune garçon fut tenté d'accepter l'offre et de s'enfuir sans attendre. La voix d'Alcide Valentine avait beau être douce, son visage franc et ouvert, il y avait quelque chose au fond de ses yeux qui ressemblait à de la folie et qui faisait aussi peur que les paroles qu'il prononçait. Pourtant, Nathanaël ne bougea pas et répondit :

— Je t'écoute, professeur.

— Bien. Tu es un garçon courageux, digne de ton lignage. Sache que tes racines plongent dans une terre noble et ancienne, ce qui te donne à la fois des devoirs et des privilèges. Tu es né avec une mission, et un don afin de l'accomplir. Cela fait de toi un jeune homme exceptionnel. Les autres orphelins que tu as vus en entrant sont comme toi. Ils ont la même histoire et le même don.

— Isabella aussi ?

— Oui, bien entendu. En ce qui la concerne, nous avons de la chance puisque je connais déjà son véritable nom. C'est l'un de nos alliés qui l'a retrouvé en Espagne, là où sa famille s'était enfuie.

Valentine s'interrompit et tendit un mouchoir à son élève. Nathanaël ne s'était pas rendu compte qu'il saignait du nez.

– Cela va t'arriver souvent, jusqu'à ce que ton don se stabilise. As-tu mal à la tête?

C'était peu de le dire. Des paillettes de lumière dansaient devant ses yeux, entourant le professeur Valentine d'un halo cuivré. Il ne parvint pas à répondre et hocha la tête, ce qui fit naître de nouvelles étincelles dans son champ de vision. Le professeur lui glissa un petit cachet brun.

– Avale ça, tu devrais te sentir mieux.

Prenant une grande inspiration, Nathanaël glissa le comprimé entre ses dents et l'avala avec une gorgée d'eau, les yeux clos.

– Ça va aller, assura Valentine de sa voix caressante. Je suis là pour t'aider, pour te guider sur le chemin de ton destin. Si tu me fais confiance, si tu *nous* fais confiance, tout ira bien.

Il devait avoir raison puisque la douleur se dilua, se transformant en un faible martèlement dans ses tempes.

– Pourquoi… pourquoi j'ai mal comme ça?

– Ton sang est en train de transmuter. Tu te souviens de cette nuit à l'infirmerie?

– Le sang de Valère, souffla Nathanaël. Il n'était… pas normal.

– La marque du pouvoir. Pauvre Valère, il n'a pas supporté la transmutation. Le pouvoir s'était éveillé trop tôt chez lui, et j'ai eu beau lui injecter le sang d'Isabella dans l'espoir de le sauver, il est mort. Ces cachets que je t'ai donnés, nous les fabriquons au club de chimie. Ils contiennent, entre autres, un peu de sang transmuté. Nous avons remarqué que cela aide l'organisme des Héritiers à accepter la transmutation. Tu verras, ça va aller vite maintenant que nous nous occupons de toi.

– Alors, je ne suis pas malade, professeur ? demanda Nathanaël d'une toute petite voix.

– Non, le pouvoir du sang n'est pas une maladie, mais une arme. Tu vas vivre, et réaliser ton destin.

L'adolescent avala sa salive.

– Je suppose que ce destin, c'est d'aider les Frères du Sang ?

– En as-tu un autre ?

On en revenait donc là.

– Et si je refuse ?

Alcide ne se départit pas de son sourire et lorsqu'il reprit la parole, sa voix était toujours aussi douce, de la douceur du cordon de soie que l'on serre autour de votre cou pour vous étrangler.

– Il serait vain de vouloir échapper à ton destin. Aussi vain que si tu décidais de te vider de ton sang pour te soustraire au pouvoir. Je ne te conseille pas d'essayer.

Nathanaël ne sortit du « club de chimie » que deux heures plus tard. Le professeur Valentine lui avait rédigé un mot d'excuse pour qu'il puisse rater les heures de cours suivantes. L'adolescent avait filé directement dans le dortoir des garçons, et de là, sur le faîte du toit. Armand lui avait montré un endroit où les tuiles s'aplanissaient, créant une petite terrasse qui offrait une vue privilégiée sur la place de la Colonne-Abattue. Le ciel était bas et orageux, la pluie menaçait et le vent soufflait assez fort pour courber les cimes des rares arbres plantés à proximité. Un petit aérostat aux couleurs de la Garde passa au-dessus de sa tête. Nathanaël avait remonté les manches de sa chemise et contemplait le tracé mauve et bleu des veines sur ses poignets. Les révélations de Valentine avaient changé ce tracé familier en hiéroglyphes chargés de menaces.

– Mes parents sont nobles, chuchota-t-il.

Une phrase qui n'avait aucun sens en 1899 à Larispem.

– Par un simple contact avec une goutte de mon sang, je peux forcer n'importe qui à faire ce que je veux. Je peux également tuer.

Il avait fini par poser la question à Valentine, qui lui avait demandé de faire un effort de mémoire : était-il possible que Devernois ait été en contact avec son sang, même une simple goutte ? Nathanaël avait réfléchi. Il s'était souvenu des coups de règle féroces que le professeur de mathématiques lui avait administrés sur les mains (il en portait encore la marque). Il se rappelait que la fine blessure avait saigné et que son professeur avait essuyé une tache de sang sur son pouce.

– Alors je l'ai tué ? C'est vraiment moi ?

– Oui. Tu as souhaité sa mort et le pouvoir du sang a répondu a ton appel.

– Mais… mais je ne voulais pas ! J'étais juste tellement en colère !

Valentine s'était penché en avant et avait posé une main légère sur celle de Nathanaël. Il était redevenu tout à fait amical mais l'adolescent avait entrevu ce qui pouvait se cacher sous son sourire.

– Et ta colère était justifiée. Par ton sang, tu as le pouvoir de commander et de rendre justice, tout comme les seigneurs d'antan. Devernois prenait plaisir à frapper ses élèves. Il croyait avoir perdu sa journée s'il n'avait pas imprimé un ou deux hématomes sur les orphelins qui suivaient ses cours. Tu n'as pas fait exprès de vouloir sa mort mais, crois-moi, il l'avait méritée.

Perché sur le toit, Nathanaël repensait à ces paroles. Jamais il n'arriverait à se convaincre que tout ça était juste. Personne, pensa-t-il, ne méritait de mourir à cause du caprice d'un adolescent. Il avait beau se répéter qu'il ne l'avait pas fait exprès, il ne pouvait pas s'empêcher d'être rongé par la culpabilité.

Un éclair zébra le ciel, quelque part du côté de la tour Verne, suivi de peu par un roulement de tonnerre. La pluie se mit à tomber d'un seul coup, avec une violence incroyable. L'adolescent ne bougea pas tandis que la pluie roulait sur ses joues et le long de ses mâchoires serrées.

– Nathanaël ! s'écria Jérôme lorsque son ami revint au dortoir. Est-ce que tu pourrais arrêter de disparaître comme…

Il s'interrompit en se rendant compte que son ami était blême et ruisselant. Ses vêtements dégoulinaient sur le sol du dortoir. Les autres garçons le regardaient avec étonnement tandis qu'il entreprenait de se déshabiller et de s'enrouler dans sa couverture.

– Qu'est-ce qui s'est passé ? chuchota-t-il en se rapprochant.

Nathanaël se mordit la lèvre. Valentine lui avait vivement conseillé de ne rien dire : « Tu n'es plus comme les autres, il vaut mieux t'y habituer dès à présent. Même si tu leur parlais de tout ceci, ils n'auraient pas les moyens de comprendre. Je m'en remets à ton jugement, mais il vaut mieux que tu considères ton statut comme un secret. »

– Nathan, tu m'inquiètes. Dis-moi quelque chose. Tu as revu Isabella ? Qu'est-ce qui se passe au club ?

L'adolescent s'assit sur son lit.

– Jérôme, est-ce que tu as un couteau ou une épingle ? Je voudrais vérifier quelque chose.

– Ouais, bien sûr.

Nathanaël prit le petit couteau de poche que lui tendait discrètement son ami et appuya la lame contre son index. Une goutte de sang perla, qu'il éleva à la lumière.

– Ben… ben ça alors, bredouilla Jérôme. Il a quoi, ton sang ? T'as vu ça, il est… il est presque violet.

Nathanaël serra les dents. Il aurait donné n'importe quoi pour pouvoir se confier à son meilleur ami mais au lieu de ça, il fut obligé de répondre :

– J'ai attrapé une maladie, un truc rare. Ne t'inquiète pas, ce n'est pas contagieux. Le club de chimie est une couverture pour ne pas effrayer les autres : c'est là que se retrouvent les élèves contaminés. Valentine essaie de nous rassurer. De nous guérir.

Jérôme était tellement pâle qu'il en devenait verdâtre.

– Pas contagieux ? Mais Devernois ? Et Valère ?

Sa voix montait dangereusement dans les aigus.

– Ils avaient la forme la plus grave, contrairement à moi. Valentine essayait de sauver Valère. C'est pour ça que je l'ai croisé à l'infirmerie.

– C'est pas possible, couina Jérôme. Comment tu as pu attraper ça ?

Nathanaël avait anticipé la curiosité de son ami.

– Le professeur Valentine pense que c'est à cause du fortifiant qu'on nous a donné, il y a deux mois. Tu t'en souviens ? Tous les orphelins et les profs devaient passer à l'infirmerie boire ce sirop dégoûtant.

– J'en ai bu aussi !

– Oui, mais pas le même que moi. Il y avait une bouteille défectueuse dans le lot. Le sirop avait… tourné, voilà. Et on a été empoisonnés. Mais ne t'inquiète pas, Valentine m'a promis qu'il ne m'arriverait rien.

Jérôme ne semblait pas convaincu et Nathanaël ne pouvait guère lui en vouloir : son histoire était cousue de fil blanc. Il contempla son sang. Même s'il n'était pas aussi épais ni aussi sombre que celui de Valère, il ne pouvait plus nier l'évidence. Après avoir hésité, il porta son pouce à sa bouche. Le goût avait changé aussi. Il était plus fort, presque minéral.

Les deux adolescents finirent par aller se coucher. Nathanaël resta éveillé, les yeux fixés sur le plafond obscur où les fissures dessinaient des lignes irrégulières. Vers minuit, alors que son ami le croyait endormi depuis longtemps, Jérôme se tourna vers lui et chuchota :

– Hé, Janvier, tu me jures que c'est vrai, ton histoire ? Que t'es pas un danger ambulant ?

– Je te le jure, mentit Nathanaël. Croix de bois, croix de fer.

Et même s'il n'était pas censé y croire, il ajouta en son for intérieur : «Si je mens, je vais en enfer.»

13

LA MAUVAISE JOURNÉE DE LIBERTÉ

> *C'est dans la boue des événements les plus dramatiques que se trouvent les graines fertiles de l'amélioration de la société et du monde.*
>
> Jacques Vilain parlant de la Commune en 1871.

Après son épouvantable soirée au Café Variable, Liberté n'avait eu d'autre choix que de rentrer à la pension des jeunes travailleurs. La grande grille était hermétiquement fermée : il fallait donc sonner pour appeler le concierge. Résignée, Liberté dut attendre que l'homme vienne la chercher pour l'escorter jusqu'à la porte du bâtiment en déversant un flot ininterrompu de reproches et de menaces.

– … vu l'heure qu'il est ? Les honnêtes gens sont dans leur lit à minuit passé, ils n'errent pas dans la rue, au retour de je ne sais quel lieu de débauche. De mon temps, une jeune fille bien comme il faut n'aurait jamais osé sortir en pleine nuit. M'étonne pas que la société soit en pleine déchéance…

– Je suis désolée, citoyen, dit Liberté pour la quatrième fois.

– … tiens, tous ces louchébems, des fripouilles, oui ! Avec leur galimatias incompréhensible. On peut dire ce qu'on veut mais avant, il y avait de l'ordre, il y avait une morale ! Une femme au pouvoir et tout fiche le camp. Jeune fille, tu es consciente que je vais devoir signaler ton nom ?

– Oui, marmonna Liberté.

Elle était trop fatiguée, trop abattue pour se sentir coupable. Pour le moment, elle rêvait juste que le concierge arrête enfin de parler.

– Si ça se reproduit, tu seras expulsée de la pension. Ici, c'est un établissement sérieux et les personnes qui refusent de le comprendre ne peuvent s'en prendre qu'à elles-mêmes si elles se retrouvent le nez dans le ruisseau…

Ils arrivèrent enfin devant la porte que le concierge déverrouilla avec une lenteur désespérante. Sans cesser de maugréer, il laissa passer Liberté qui accéléra le pas et traversa le dortoir silencieux pour se laisser tomber sur son lit.

« Au moins, songea-t-elle avant de s'endormir tout habillée, ça ne pourra pas être pire. »

Lorsqu'elle se réveilla à l'aube le lendemain, Liberté se sentait aussi fatiguée que la veille. Elle avait fait un cauchemar confus où étaient apparus Cinabre et l'homme blond de la maison aux trois croissants. Déjà lasse, elle se frotta les yeux et fixa la couchette au-dessus de la sienne où une autre fille continuait de ronfler. On était samedi. Elle commençait le travail plus tard qu'en semaine, aussi la jeune fille prit-elle tout son temps pour se lever et avaler son petit déjeuner. Mais ni le pain sec ni le café aqueux de la cantine ne réussirent à la réveiller. Pire, vers neuf heures, un début de mal de tête commença à se faire sentir et, comme la veille, son nez se mit à saigner. Liberté partit au travail en pressant un mouchoir sous ses narines.

À peine avait-elle rangé son vélo que son patron la convoqua dans son bureau. Le visage de Guillaume Clément était grave derrière ses lunettes. Il entortillait sa moustache autour de son index, le regard dans le vague, lorsque l'adolescente arriva.

– Assieds-toi.

Au ton de sa voix, Liberté cessa d'être maussade pour devenir inquiète.

– Patron ?

– Voilà… ce que j'ai à dire n'est pas facile. Depuis six mois que tu travailles pour moi, je n'ai eu que des compliments à te faire.

Il se racla la gorge, posa ses lunettes, les remit sur le bout de son nez et reprit :

– Tu as lu les nouvelles comme moi. Gustave Fiori et Maxime Sévère sont inquiets. Ils ont décidé de renforcer la sécurité, ce qui implique de limiter le fonctionnement des automatons de réclame pour ne pas risquer d'autres piratages. Je vais devoir réduire de moitié le nombre des machines en activité. Je ne peux garder que celles qui sont situées dans des endroits faciles à surveiller : les grands boulevards, les places. Ceci s'ajoute au fait que trois de mes aérostats de réclame ont été détruits…

Il écarta les bras dans un geste découragé :

– Je ne peux plus payer tous mes employés.

Liberté avait compris. Elle se demanda ce qu'elle avait bien pu faire pour que le sort s'acharne ainsi sur elle. Elle se frotta le front et ferma brièvement les yeux.

– Comme je suis l'apprentie, c'est moi qui pars en premier, c'est ça ? demanda-t-elle d'un air sombre.

Elle se prit à espérer qu'elle vivait un autre cauchemar.

– Je suis vraiment navré.

Guillaume Clément ouvrit un tiroir et en tira une enveloppe qu'il posa devant Liberté.

– Voici un dédommagement, pris dans ma réserve personnelle. Je me rends bien compte que ça ne remplacera pas un salaire mais en attendant… Tu verras que dans l'enveloppe il y a aussi une lettre de recommandation. La seule chose qui me console un peu de devoir me séparer de toi, c'est que je sais que la tour Verne cherche des employés et qu'ils t'embaucheront sans problème là-bas. Après quelques années de maintenance, tu pourrais même passer ingénieur, qui sait ?

La jeune fille eut un petit rire sans joie. Elle ramassa l'enveloppe et demanda :

– As-tu tout de même besoin de moi aujourd'hui, patron ?

Il secoua la tête, sincèrement désolé. Liberté se leva et sortit sans un mot de plus. Gagnée par le vertige, elle fut obligée de s'appuyer un instant contre le mur. Lorsque le couloir cessa de tanguer sous ses pieds, elle s'assit sur un banc au soleil pour réfléchir.

Ironie du sort, l'avertissement pour être rentrée trop tard au pensionnat n'avait plus aucune importance par rapport à la perte de son travail. Le pensionnat n'acceptait que des apprentis. Ils lui laisseraient une semaine de délai pour quitter l'établissement.

Un coup d'œil à l'intérieur de l'enveloppe lui apprit que son patron lui avait donné cent taureaux et cinquante moutons. La lettre de recommandation qu'elle parcourut était élogieuse et bienveillante. Il ne restait plus qu'à espérer que ce serait suffisant pour trouver un nouveau travail. Pour la première fois depuis qu'elle se trouvait à Larispem, elle était désœuvrée. Triste et désemparée, Liberté remonta sur son vélo pour rentrer à la pension, indifférente à la douceur de ce samedi de juillet et à l'animation des rues. Tout en pédalant, elle passa en revue la situation et en vint à la conclusion qu'elle était sans doute la fille la plus stupide de tout Larispem : stupide d'avoir cru qu'une provinciale comme elle aurait une place dans la Cité ; stupide d'être tombée amoureuse d'un garçon qui ne l'aimerait jamais. Le moral en berne, elle regagna la pension qui était presque vide à cette heure. Elle ôta son uniforme, repliant avec des gestes lents la veste grise à boutons dorés et la robe assortie qu'elle portait en dessous, pour enfiler ses vêtements civils. Elle passa une longue jupe bleue et une blouse, entoura ses épaules du fichu avec lequel elle avait épongé le sang de Cinabre, avant de se raviser et de le ranger.

Il valait mieux l'oublier, celui-là.

Ensuite, elle se laissa tomber sur son lit et déverrouilla sa boîte pour y ranger l'argent de Guillaume Clément. Son regard tomba sur le carnet de la maison aux trois croissants. Il était toujours là, son secret bien gardé entre ses pages manuscrites. Liberté n'avait même pas eu le loisir de l'examiner de plus près. Avec un pauvre sourire, elle le feuilleta.

– Au moins, j'ai le temps, maintenant, soupira-t-elle.

Devant les mots et les signes incompréhensibles, sa curiosité se ranima un peu, chassant le brouillard qui lui emplissait le crâne. Liberté se leva, fourra le carnet dans sa sacoche et décida de se rendre à la bibliothèque. Elle prit également la lettre de sa mère avec l'adresse de ce docteur dont elle lui avait parlé. Peut-être aurait-il un remède contre les maux de tête et les saignements de nez ?

Tout comme la cathédrale Notre-Dame avait été recyclée en aérogare, l'Hôtel de Ville était maintenant une bibliothèque. Lors de la Seconde Révolution, le bâtiment avait été incendié par le gouvernement de la Commune dans sa fuite devant les soldats de Versailles, juste avant que Michelle Lancien et ses compagnons ne retournent la situation *in extremis*. Il n'en était resté que des ruines encadrées par des murs calcinés de l'intérieur. Le Taureau avait fait reconstruire l'édifice sur des plans complètement différents et y avait installé la Bibliothèque centrale de Larispem. Il était de notoriété publique que la quasi-totalité des livres qui s'y trouvaient provenaient des collections privées confisquées aux aristocrates et on murmurait que, malgré la loi, on y conservait des œuvres qui n'avaient pas grand-chose à voir avec l'esprit de Larispem : ouvrages religieux, livres vantant la monarchie, traités ésotériques.

Liberté gara son vélo et leva les yeux vers l'édifice, circulaire et coiffé d'un dôme. Comme l'aérogare, la bibliothèque avait un aspect hybride : le premier étage était en pierre avec des colonnes et des statues classiques ; le second, en verre et en acier, était surmonté d'un dôme de zinc ornementé, soutenu par des cariatides aux formes sinueuses. D'en bas, on voyait lecteurs et bibliothécaires s'affairer entre des étagères pleines de livres. Le parvis était colonisé par des étudiants qui profitaient du soleil pour compulser leurs ouvrages, rédiger de copieuses dissertations ou piquer un petit somme, la tête posée sur leur besace. Un jeune homme en costume de velours râpé lisait à haute voix ce qui devait être un poème de sa composition devant un parterre d'auditeurs charmés. Plus loin, deux autres étaient en train de se disputer, apparemment à propos de poésie.

« Le poème en prose n'a pas plus d'avenir qu'un poussin dans un hachoir à viande ! » vociféra l'un des étudiants au moment où Liberté se frayait prudemment un passage devant eux en évitant de piétiner livres, notes et encriers. Elle entendit l'autre rétorquer : « C'est toi qui n'as pas d'avenir, espèce de fossile ! », puis elle passa les portes et le vacarme de la rue s'évanouit d'un coup. La bibliothèque était si silencieuse que l'adolescente palpa machinalement ses oreilles pour vérifier qu'elles n'étaient pas bouchées. Il y avait pourtant de nombreux lecteurs, mais ils étaient tous d'un calme exemplaire. Comme sur le parvis, la plupart étaient des étudiants. Beaucoup arboraient un petit rouage épinglé au revers de leur veste pour indiquer leur appartenance à la confrérie des ingénieurs. Ils feuilletaient des volumes couverts de schémas d'une incroyable complexité et couvraient des carnets entiers d'une écriture appliquée. Liberté les regarda avec amertume. Si elle avait eu un poste à la tour Verne, si elle avait terminé son apprentissage chez Clément, elle aurait pu prendre des cours et rejoindre leur confrérie. Maintenant, c'était sans espoir.

– Je peux t'aider, citoyenne ?

Le bibliothécaire était un apprenti de l'âge de Liberté. Avec ses cheveux bruns bouclés et ses taches de rousseur, il était plutôt mignon derrière ses binocles de verre épais mais Liberté ne le remarqua même pas. Elle venait de repérer une mince silhouette familière vêtue d'un costume vert sapin et coiffée d'un haut-de-forme. Mais quand l'homme se retourna, elle vit que ce n'était pas Cinabre.

– Citoyenne ?

Liberté reporta à regret son attention sur le bibliothécaire.

– Je cherche un livre sur les textes cryptés ou les codes secrets.

Le garçon la scruta avec curiosité.

– Quel genre ? Tu peux me montrer ?

Liberté serra plus étroitement sa sacoche contre elle.

– Je ne l'ai pas sur moi. Tout ce que je peux te dire, c'est que ce serait un système qui n'utiliserait que des lettres de l'alphabet traditionnel.

Le garçon se leva et l'entraîna jusqu'à un meuble autour duquel s'activaient d'autres bibliothécaires. Il dut grimper sur un escabeau pour accéder au tiroir étiqueté « COAGULATION-COUVRE-LIT ». Le tiroir mesurait au moins un mètre et demi de long et était rempli de fiches cartonnées, soigneusement séparées par des intercalaires de couleur.

– Cocher… cocon… cocotte… code ! Eh bien, tu vois, il n'y a pas grand-chose.

Il descendit de son perchoir et lui montra une fiche de couleur rouge où ne figuraient que trois titres.

– *Le Chiffre du sang,* lut Liberté à voix basse, *Codes, secrets et énigmes : les voiles du mystère. Trithème, Vigenère, César et autres cryptages fameux.* Je peux les consulter ?

L'apprenti bibliothécaire eut l'air embêté. Il passa la main dans ses cheveux.

– C'est-à-dire… c'est une fiche rouge. Tu es étudiante, c'est ça ?

– Non, technicienne, répondit machinalement Liberté en se rappelant trop tard que ce n'était plus le cas.

– Ah oui ? C'est rare. Et tu t'appelles comment ?

– Liberté, répondit-elle, un peu surprise de susciter autant d'intérêt.

– C'est un beau prénom. Moi, je m'appelle Justin et je suis apprenti depuis deux mois. Je m'ennuie un peu pour tout dire et… écoute, t'as l'air sympathique mais je ne peux pas te donner ces livres. Il me faut une autorisation officielle pour accéder aux documents du secteur rouge.

– Mais… pourquoi ?

Justin baissa encore la voix ; il parlait si doucement que Liberté dut se pencher tout près de lui.

– C'est là-bas qu'on classe des ouvrages sensibles. Des livres ayant appartenu à des familles aristocratiques avant la Seconde Révolution, des traités sur la religion. Il paraît qu'il y a même des livres de magie.

Liberté réfléchit rapidement.

– Sans aller dans le secteur rouge, tu crois que tu pourrais me dire qui étaient les propriétaires des livres dont tu m'as parlé ?

– C'est possible. Je crois qu'on a un genre de gros registre indiquant la provenance de chaque livre. Ne bouge pas, Liberté. Je vais voir ce que je peux faire pour toi.

Et Justin disparut derrière une porte, pour en ressortir quelques minutes plus tard. Ses yeux pétillaient sous ses lunettes épaisses. Il entraîna la jeune fille derrière une étagère et jeta un regard circulaire autour de lui.

– Ce n'est pas étonnant que ce soit une fiche rouge, murmura-t-il. Tu vois, les trois livres de la liste rouge ont appartenu à Louis d'Ombreville lui-même !

Liberté essaya de conserver un visage neutre.

– Tu en es certain ?

– Sûr et certain.

– Merci, Justin.

Le garçon sourit.

LA MAUVAISE JOURNÉE DE LIBERTÉ

– Mais de rien, Liberté. Et reviens me voir dès que tu auras ton autorisation !

– D'accord. Merci encore, je dois y aller.

– Attends un instant, l'interrompit-il en ajustant ses lunettes, il y a une conférence ce soir sur les catacombes de Larispem. Tu veux venir ? Les places sont gratuites.

– Je ne vais pas pouvoir, répondit-elle, sans s'apercevoir de la déception qui se peignait sur le visage de l'apprenti. Merci encore pour le renseignement !

Liberté sortit de la bibliothèque et le vacarme des boulevards lui vrilla les oreilles. Les deux étudiants en littérature étaient toujours en train de s'écharper, ils étaient passés sur le sujet du théâtre à présent. La jeune fille coinça sa sacoche sous son bras et traversa le parvis avec l'impression que toute la rue avait les yeux fixés dessus. Tout en essayant d'adopter l'air le plus naturel possible, Liberté se félicita de ne pas avoir donné le carnet à Paolino Venve. Elle était certaine qu'il aurait réussi à remettre les lettres dans le bon ordre ou à… Liberté se figea sur place et ouvrit fébrilement son sac pour en tirer un crayon et la lettre de sa mère. Elle s'appuya contre un réverbère pour écrire PAOLINO VENVE. Son mal de tête l'assaillit de nouveau, floutant les lettres. Malgré cela, elle y voyait bien plus clair à présent. Sous les premiers mots qu'elle avait tracés, elle écrivit : VIVE NAPOLÉON.

– Une anagramme, souffla-t-elle. Ce n'est pas seulement un revendeur, c'est un partisan des aristocrates.

Elle fourra le papier dans sa sacoche et se promit de ne plus jamais laisser le carnet sans surveillance. Paolino ne connaissait d'elle que son prénom mais si jamais il l'avait fait suivre, elle n'était plus en sécurité à la pension. Un garde faisait tranquillement sa ronde au coin de la rue. Liberté faillit courir vers lui pour tout lui raconter, avant de se rappeler qu'elle était elle-même coupable de vol et de trafic. Elle renifla et se rendit compte que son nez saignait de nouveau.

La rue du docteur mentionné par sa mère n'était qu'à deux pas, il n'y avait pas à hésiter plus longtemps.

Le cabinet du docteur Delisle était situé au premier étage d'un immeuble haussmannien à la façade d'une éclatante blancheur. Une secrétaire aux allures de gentille grand-maman l'accueillit et la fit patienter dans une petite pièce fleurant bon l'essence de lavande. Liberté attendit à peine cinq minutes avant que le docteur Delisle passe la tête par la porte.

– Citoyenne Chardon ?

Liberté le suivit dans son bureau et s'installa au bord d'une chaise. Elle se sentait un peu mal à l'aise, pourtant le docteur avait l'air particulièrement débonnaire. Rondouillard, le crâne orné d'une poignée de cheveux peignés en travers de sa calvitie, il arborait un large sourire.

– J'ai bien connu une Marthe Chardon, dit le médecin en s'installant dans son fauteuil. Serais-tu de la famille ?

– Oui ! s'écria Liberté, soulagée. C'est ma mère.

Delisle jeta les bras au ciel dans un geste de ravissement théâtral.

– Que le monde est donc petit ! Comment va cette chère Marthe ?

– Elle va bien, elle vit toujours au même endroit et…

– J'en suis ravi ! Tout à fait ravi. Mais je ne vais pas pouvoir papoter plus longtemps. Après tout, tu es sûrement ici pour une excellente raison, Liberté. Allons, qu'est-ce qui t'amène ?

– C'est-à-dire… pas grand-chose en fait.

Elle lui expliqua la teneur de la lettre envoyée par sa mère. Elle avait craint qu'il ne lui reproche de lui avoir fait perdre son temps mais le docteur se montra au contraire charmant et lui posa des questions : avait-elle du mal à cicatriser ? Des maux de tête, surtout lorsqu'elle était contrariée ou en colère ? Des saignements de nez ?

Liberté répondit positivement aux deux dernières questions. Le docteur consigna avec soin ses réponses à la plume.

– Est-ce que ton sang a changé de couleur ?

Liberté crut avoir mal entendu.

– Changé de couleur ?

– Oui. Il n'est pas plus sombre ou plus clair ?

– Non... non, pas du tout.

– Très bien. Et, dernière question : est-ce que tu fais des rêves étranges ? Prémonitoires ? Entends-tu des voix dans ta tête ?

– Je...

Liberté resta silencieuse quelques secondes. Le docteur releva les yeux vers elle, la considérant avec bienveillance.

– Il y a des gens qui ont des prémonitions ?

Delisle joignit ses doigts devant sa poitrine comme s'il voulait mimer un pic particulièrement pointu.

– Larispem est une cité merveilleuse qui encourage – à raison – la science et la technologie. Les nouvelles usines du mont Valérien ou celles qui sont à côté de la tour Verne rejettent dans le ciel des substances chimiques complexes et mal connues.

Il posa la main sur une tête en porcelaine dont le crâne était divisé en plusieurs zones par des lignes bien nettes dessinées en noir.

– Chez certaines personnes, ces substances peuvent affecter des zones sensibles du cerveau. On connaît encore mal ces phénomènes mais ils peuvent donner des impressions étranges. Alors ? As-tu ce genre de sensations ?

Liberté secoua la tête.

– Non, rien du tout.

– Tant mieux ! Pour moi, tu n'as rien de plus qu'un peu de fatigue.

Il attrapa un tube métallique dans un tiroir de son bureau et l'ouvrit pour montrer à sa patiente des petits cachets bruns et poudreux.

– Prends ces pilules faites de plantes apaisantes pilées et de sucre. Dans une ou deux semaines, tes désagréments devraient disparaître comme par enchantement. Par précaution, je vais toutefois te prélever un peu de sang et l'envoyer à un laboratoire hématologique. Ils l'examineront afin d'être sûrs que tout est aussi normal qu'en apparence.

Liberté accepta. Avec des gestes rapides et professionnels, Delisle lui posa un garrot au-dessus du coude et planta une aiguille dans une veine pour récolter quelques millilitres de sang. Il admira ensuite à la lumière du soleil le contenu de la fiole en verre, comme s'il s'agissait d'un bon verre de vin. Il parut satisfait et nota sur une étiquette le nom, le prénom et la date de naissance de Liberté : 1883. Enfin, il prit congé et raccompagna sa patiente à la sortie en refusant l'argent qu'elle lui tendait d'un geste timide.

– Non, non, je ne veux rien de tout ça. Ta mère est une amie chère, oh oui, très chère. Allez, porte-toi bien et je te ferai prévenir s'il y a quoi que ce soit d'anormal dans les analyses. Quant à toi, n'hésite pas à revenir si quelque chose change !

Liberté s'en alla, pas aussi rassurée qu'elle l'aurait pensé malgré la gentillesse du médecin. Comme sa tête continuait à la faire souffrir, elle fit glisser dans sa paume l'un des cachets bruns. Il était amer, avec un arrière-goût de fer qui lui rappela la fumée produite par l'homme blond. Elle déglutit péniblement et prit le chemin du retour.

14

LE JEU DE L'OIE

> *Le jeu de l'oie comprend traditionnellement soixante-trois cases en spirale comportant un certain nombre de pièges. Le but est d'arriver le premier à la dernière case.*
>
> Règle du jeu de l'oie.

En sortant du Cochon Volant après sa journée de travail, Carmine eut la surprise de trouver Liberté assise sur un banc. Frileusement enroulée sur elle-même, malgré le soleil de juillet, elle serrait sa sacoche contre sa poitrine.

– Lib ? T'es déjà là ? T'as une drôle de tête.

Liberté eut une grimace douloureuse tandis que Carmine s'installait à côté d'elle.

– J'ai été licenciée, lâcha Liberté.

Elle expliqua en quelques mots ce qui s'était passé, ainsi que sa visite à la tour Verne qu'elle n'avait pas eu le loisir de lui raconter.

– Lerdemuche, jura Carmine. Tu vas faire quoi ?

– J'ai une semaine pour retrouver un travail. Après ça, je n'aurai pas d'autre solution que de rentrer chez moi.

– En France ? Dans ta campagne ? Autant t'allonger sur les Champs-Élysées et attendre qu'une vapomobile te transforme en chair à saucisse.

Liberté poussa un long soupir, complètement démoralisée.

Elle avait passé la journée à arpenter les avenues de Larispem en retournant le problème dans sa tête avant d'arriver à cette conclusion. Mais Carmine avait raison. Il n'y avait pas d'automatons en France et personne n'aurait besoin de ses compétences. À la rigueur, elle pourrait peut-être intéresser un horloger, mais dans le vieux pays, on n'avait pas les idées féministes de Larispem. Jamais une femme ne serait embauchée à ce genre de poste. Dès lors, elle avait le choix entre se mettre à la couture ou attendre et se marier.

– Que veux-tu que je fasse, Carmine ? Je n'ai pas d'autre choix.

– Ne sois pas stupide, enfin. Tu vas loger chez moi jusqu'à ce que tu retrouves quelque chose. Tu peux dire ce que tu veux sur notre corporation mais les louchébems n'abandonnent pas leurs amis. Et ils payent toujours leurs dettes.

– Tu n'as pas de dette envers moi.

– Pas moi, mais Cinabre, si. Mon frère est l'exception à la règle que je viens de citer. Au fait, c'était comment le Café Variable ?

– Je ne me sentais pas bien, j'ai dû rentrer, marmonna Liberté.

Carmine l'observa un moment mais ne fit pas de remarque.

– Il y a autre chose, ajouta la jeune fille. Tu te souviens du carnet que nous avons trouvé dans cette maison aux trois croissants ? Celui de l'homme blond ?

La louchébem rejeta ses tresses en arrière. Les perles argentées s'entrechoquèrent avec un petit bruit sec.

Elle n'aimait pas se rappeler cette soirée. Cet homme blond dont lui parlait parfois Liberté, elle ne s'en souvenait pas. La mécanicienne était persuadé que quelque chose dans la fumée avait provoqué cette étrange amnésie. Liberté elle-même n'en avait qu'un souvenir confus.

– L'espèce de fantôme ? marmonna Carmine. Le type que tu as vu et moi pas ?

– Celui que tu as oublié, plutôt.

– Si tu veux. Et alors ?

– Je suis certaine qu'il a un lien avec Louis d'Ombreville. À la bibliothèque, les trois livres qui parlent de codes lui ont appartenu. Ce n'est pas une coïncidence, je le sens.

Carmine frissonna. Ces mots faisaient un écho déplaisant au récit de son père.

– D'accord, admit Carmine. Le carnet appartenait à un loufoque d'illuminé. Qu'est-ce que ça nous apporte ?

Liberté se pencha vers son amie.

– Je suis certaine qu'il renferme des informations importantes… Paolino m'a posé des questions dessus, alors que je ne lui en avais pas parlé. J'ai nié, bien sûr, mais je pense qu'il le cherche car il est un Frère du Sang. Son nom est l'anagramme de « Vive Napoléon ».

Carmine fronça les sourcils.

– Lib, ça fait une raison de plus pour que tu partages ma piaule. Il est où, ce carnet ?

Celle-ci désigna sa sacoche.

– Bien. On le lâchera pas des yeux en attendant de trouver une planque.

Elle se leva souplement et tendit la main à son amie.

– Allez, debout. J'avais prévu de t'emmener place de l'Indépendance, ce soir. La Présidente, Fiori et tout le gratin font un discours. Ils vont parler des jeux du siècle. Faut qu'on se dépêche si on veut trouver une place avant que tout Larispem ne débarque !

Autrefois appelée place des Vosges, la place était de forme carrée, entourée par une enfilade de trente-six pavillons luxueux où se mêlaient briques rouges, pierre couleur sable et hauts toits d'ardoise bleu-gris. Avant la Seconde Révolution, les pavillons avaient logé bon nombre de célébrités, notamment des écrivains en vue. À présent, c'étaient des ingénieurs, des instituteurs et des artisans qui profitaient des lieux. Entre les murs, la place était divisée en quatre carrés de pelouse comportant chacun une fontaine qui glougloutait joyeusement dans l'air du soir. Au centre, une grande statue représentant un taureau furieux. Des tilleuls apportaient une agréable touche de verdure.

Carmine avait vu juste : elles eurent beau arriver avec deux heures d'avance, la place était déjà noire de monde. Des gens se penchaient aux fenêtres des pavillons, d'autres avaient grimpé sur les fontaines et les arbres. À la surprise des deux amies, les couteaux de Carmine ne servirent à rien cette fois-ci. Un groupe de jeunes gens peu impressionnés repoussèrent la louchébem lorsqu'elle essaya de se frayer un passage au pied de l'estrade.

– On en a marre de se faire marcher sur les pieds par des égorgeurs de porc ! s'exclama l'un d'entre eux, ce qui mit Carmine dans une rage folle. Liberté dut même la retenir.

– Arrête, s'il te plaît ! Ce n'est pas le moment de nous faire remarquer. La Garde est partout.

Elle avait raison. Les uniformes bleus aux boutons dorés donnaient l'impression d'être presque aussi nombreux que les badauds. Un aérostat flottait au-dessus de la place, son ombre dessinant un ovale net sur l'estrade, et Liberté crut même apercevoir des gardes installés sur les toits des maisons aux alentours. Carmine renonça à obtenir une place aux premières loges mais repéra un arbre aux branches accueillantes et entreprit d'y grimper. Son amie protesta mais la louchébem l'aida à se hisser jusqu'à une fourche confortable.

– Je te jure que si je les attrape…, grommela Carmine, en foudroyant du regard le groupe d'étudiants. Profitant du rassemblement pour arrondir leurs fins de mois, des vendeurs ambulants proposaient des friandises et des chaussons à la viande. En échange de quelques porcelets, des marchands de chansons chantaient des ritournelles à la mode. L'air sentait la friture et les pralines.

Sur une grande estrade de bois dressée pour l'occasion, on

procédait aux derniers ajustements. Liberté oublia un instant qu'elle broyait du noir et se mit à observer les techniciens qui installaient de grands pavillons reliés à un microphone. Un homme monta sur l'estrade, tapota le microphone qui produisit un horrible crachotement et se mit à parler. Le brouhaha de la foule baissa d'un cran.

– Citoyens, citoyennes, bonsoir à vous. Veuillez, s'il vous plaît, accueillir ce soir la Présidente Lancien, le Conseiller Fiori et le citoyen Jules Verne.

Il leva un poing vers le ciel.

– Larispem! Mieux seule que mal accompagnée!

Plusieurs centaines de poumons reprirent en chœur la devise de Larispem.

– Mieux seule que mal accompagnée!

Une nacelle se mit à descendre de l'aérostat toujours stationné une dizaine de mètres au-dessus de la place. La foule applaudit tandis qu'on distinguait petit à petit les contours des trois fameuses silhouettes.

La Présidente descendit la première et Liberté ressentit une étrange émotion à la voir de nouveau en chair et en os. Comme le jour de leur rencontre à la tour Verne, elle portait une stricte robe noire qui s'accordait à son visage sévère. À l'inverse, Gustave Fiori était l'image même du bon vivant : immense, il dominait la Présidente de deux têtes. Il sourit et salua la foule en agitant une patte digne d'un ours. Malgré les fils gris qui se mêlaient aux poils roux de sa barbe, le Conseiller paraissait encore capable d'assommer un bœuf avec ses poings. Liberté aperçut sous les pans de sa veste noire les manches scintillants de trois énormes couteaux.

– Wahou! Il est encore plus grand que ce que j'imaginais! s'exclama Carmine, les yeux écarquillés.

Elle se tourna vers Liberté.

– On raconte que pendant la Seconde Révolution, alors qu'ils se frayaient un passage sous terre pour prendre les Versaillais à revers, ils sont tombés sur un mur de brique et que c'est lui qui l'a démoli à coups d'épaule pour passer de l'autre côté. J'ai toujours pensé que c'étaient des salades mais maintenant que je le vois, je me dis que c'est peut-être bien la vérité !

Liberté acquiesça. Elle avait rarement vu Carmine aussi enthousiaste. Un frisson d'excitation la parcourut lorsqu'elle vit Jules Verne descendre de la nacelle, sous les applaudissements nourris de la foule. Elle aurait reconnu ce visage entre mille – le grand front, la barbe et les yeux pétillants de malice de l'écrivain. Elle applaudit avec les autres, à s'en faire rougir les paumes.

– Verne ! Verne ! Verne ! scanda la foule.

L'écrivain fit un petit salut, un sourire espiègle sur les lèvres. Il semblait sincèrement ravi de se trouver ainsi acclamé. La Présidente s'avança jusqu'au micro et leva la main pour réclamer le silence qui se fit presque aussitôt. Elle prononça quelques mots mais les pavillons amplificateurs ne semblaient pas fonctionner. Il y eut un mouvement à côté de l'estrade tandis qu'un technicien se précipitait pour réparer la panne. Michelle Lancien le gratifia d'un regard assassin et attendit en tapotant avec impatience le microphone tandis qu'il fouillait à grand bruit dans ses outils. Même de là où se trouvait Liberté, elle pouvait voir que le visage du technicien était rouge vif. La foule, ravie, lançait des commentaires et des sifflets qui ne devaient pas l'aider à se concentrer. Enfin, au bout de quelques interminables minutes, il fit signe que c'était réparé et se hâta de disparaître. La Présidente recommença et, cette fois-ci, les pavillons de cuivre amplifièrent sa voix afin que même les Larispemois situés trop loin pour l'apercevoir puissent l'entendre clairement.

– Mes amis, à en croire les récents événements, vous devriez être terrés dans vos maisons, et non présents ici, sur les pelouses de la place de l'Indépendance. J'en déduis que vous n'avez pas peur.

LE JEU DE L'OIE

La foule hurla de joie, les gens se mirent à agiter avec frénésie des drapeaux frappés des symboles de Larispem – chaîne rompue sur fond rouge et Taureau tricéphale. La Présidente attendit patiemment que le calme revienne avant de continuer :

– Je ne suis pas surprise. La France puis les Frères du Sang en 1872 ont eu maintes fois la preuve de la combativité des Larispemois. Si je ne me suis pas exprimée publiquement sur le récent piratage des voxomatons, c'est qu'il n'y a pas grand-chose à en dire, à part « mais quand comprendront-ils ? ».

Nouveaux hurlements. Liberté et Carmine applaudirent en rythme.

– Citoyens, citoyennes ! Vous n'êtes pas des enfants et je ne vais pas gaspiller votre temps à vous assurer que tout va bien et qu'il ne faut pas avoir peur. Ce soir, je ne vous parlerai donc plus des Frères du Sang et de leurs pitoyables tentatives d'intimidation. Non. Ce soir, je vais vous parler du futur. Dans cinq mois et demi, nous entrons dans l'an 1900. Nous voulons que ce siècle qui nous ouvre ses portes permette à Larispem de poursuivre sur la voie qu'elle s'est fixée : l'égalité pour tous les citoyens, le progrès, la foi en l'avenir ; bref, ce qui fait de notre Cité la ville la plus moderne du monde. Pour fêter ce grand changement, je vais à présent laisser la parole au plus visionnaire de nos concitoyens, Jules Verne.

La foule applaudit à tout rompre, scandant « Larispem ! Larispem ! ». Michelle Lancien salua d'un bref signe de tête et s'effaça. Jules Verne se racla la gorge et leva les sourcils comme s'il était impressionné par la foule devant lui.

– Eh bien, bonsoir, citoyens et citoyennes… Je remercie notre Présidente pour ses paroles et je tiens à saluer une fois de plus cet esprit indomptable que j'admire et qui fait de Larispem la ville où auraient pu naître tous les héros de mes romans.

Un tonnerre d'applaudissements l'empêcha de poursuivre dans la foulée. Patient, il attendit que la foule se calme avant de reprendre.

— Je vais vous parler tout de suite de ce qui nous intéresse en cette belle soirée. Ceux d'entre vous qui lisent *Le Petit Larispemois* ont découvert cette année, sous forme de feuilleton, mon nouveau roman intitulé *Le Testament d'un excentrique*. Pour ceux qui auraient eu le tort de passer à côté de cet excellent moment de lecture (la foule se mit à rire), l'intrigue va vous être résumée.

Il fit un geste et deux techniciens poussèrent sur scène un grand théâtre automatique. Jules Verne les remercia d'un signe de tête avant d'actionner un levier sur le côté de la machine. Dans un cliquetis d'engrenages bien huilés, des milliers de rouages, de poulies et de filins qui commandaient les décors de toile peinte et les personnages de fer-blanc se mirent en marche. Le cylindre enregistré joua une version instrumentale de « Larispem, libre et sans chaînes » tandis que le décor tournait pour figurer une ville. Une banderole de papier indiqua que l'on se trouvait à Chicago. Le cylindre fut remplacé par l'un des techniciens, et une voix nasillarde s'éleva dans les pavillons :

« William J. Hypperbone, membre du club des excentriques et grand amateur de jeux, établit à sa mort un testament bien singulier. Pour hériter de sa fortune, six équipes tirées au sort devront participer à un jeu de l'oie géant se déroulant dans les États de l'Union en Amérique. Durant plusieurs mois, les six équipes s'affrontent ! Qui triomphera ? L'astucieux Max Real, un boucher de Larispem ? Tom Crabbe, la brute ? Ou la douce Lissy Wag ? À moins qu'il ne s'agisse de l'énigmatique XKZ dont nul ne connaît le visage… »

Les décors changèrent, montrant des paysages immenses : grandes plaines herbeuses, chutes du Niagara, montagnes sauvages. Les personnages apparurent, chacun surmonté d'un carton indiquant ses nom et prénom. Les spectateurs poussèrent des « Oh » et des « Ah » enthousiastes en voyant un troupeau de bisons de fer-blanc traverser l'écran, suivi par une horde d'Indiens à cheval. Un train traversa un désert de carton avant que des immeubles immenses se dressent contre un ciel tourmenté. Finalement, un panneau tomba du ciel avec deux mots : « LA FIN ? ».

Jules Verne attendit la fin des applaudissements pour reprendre la parole.

— Merci beaucoup, merci. Lorsque j'ai réfléchi à ce roman, j'ai pensé le situer ici même, à Larispem. Notre belle ville n'est-elle pas aussi étonnante que celles du Nouveau Monde ? Ne peut-on pas y trouver l'aventure et le péril ? À regret, j'avais renoncé à cette idée car mes éditeurs souhaitaient une nouvelle aventure se déroulant sur les terres américaines.

La foule hua vigoureusement et Liberté espéra que les éditeurs en question ne se trouvaient pas sur place. Jules Verne étendit les mains en signe d'apaisement.

— Aussi, poursuivit-il, quelle ne fut pas ma joie lorsque la Présidente et le Premier Conseiller me firent l'immense honneur de donner vie au *Testament d'un excentrique* tel que je l'avais envisagé au début !

Le théâtre mécanique ronronna une fois de plus, et le décor tourna pour figurer le plan de Larispem découpé en vingt arrondissements.

— Regardez ! s'exclama-t-il avec emphase, ne dirait-on pas un grand jeu de l'oie ? Citoyens, citoyennes, voici le Jeu de Larispem. Tout comme dans *Le Testament d'un excentrique,* nous tirerons au sort six équipes, et tout comme dans le roman, ces équipes avanceront d'arrondissement en arrondissement au gré des dés, qui seront jetés par le citoyen Fiori en personne. À chaque étape, une épreuve les attendra. La force, l'intelligence, le courage, l'esprit d'équipe, voilà ce dont vous aurez besoin pour parvenir à la dernière case, celle du Louvre. Les heureux gagnants auront l'honneur d'embarquer le 1er janvier 1900 à bord de *L'Esprit de la Commune* pour rallier Lyon en compagnie de la Présidente, du Conseiller et de moi-même.

Liberté et Carmine échangèrent un sourire.

– T'en penses quoi ? demanda Carmine.

– J'aimerais bien mais je ne sais pas si…

Liberté pensa furtivement à sa mère.

– Allez, insista Carmine, tu seras le cerveau et moi tout le reste. Tope là !

– Entendu.

Les deux amies firent claquer leurs paumes.

Jules Verne continuait à expliquer les règles en montrant l'écran du théâtre mécanique.

– Bien entendu, et comme dans le véritable jeu de l'oie, il y aura des cases piégées. Ne vous attendez pas à ce que le jeu soit de tout repos. Le coup d'envoi aura lieu dans un mois, le 15 août, devant les grilles du cimetière Lachaise. C'est notre Présidente elle-même qui lancera le dé. La progression de chaque équipe sera retransmise dans les colonnes du *Petit Larispemois* et sur les écrans des théâtres mécaniques publics. Citoyens, citoyennes, les bulletins d'inscription arrivent, veillez à ne pas les laisser vous filer entre les doigts !

Sur un signe invisible, des gardes larguèrent depuis l'aérostat des milliers de petits billets de papier jaune qui voletèrent un moment dans l'air du soir avant de retomber en pluie sur la foule surexcitée. Liberté en oublia son vertige et se mit debout sur sa branche pour essayer d'attraper l'un des feuillets. Elle allait réussir lorsqu'un visage attira son attention dans la foule. Le ciel commençait à s'obscurcir mais elle le reconnut aussitôt : l'homme blond de la maison aux croissants de lune. Il se tenait à côté de l'une des fontaines, les bras croisés, une canne dans la main droite. Plus que de la colère, c'était du dégoût qui se lisait sur son visage : une émotion si violente que Liberté s'étonna que personne d'autre ne l'ait remarquée. À ses côtés, une fille de douze ou treize ans avec de longues tresses brunes se tenait assise, complètement inexpressive. L'homme blond secoua la tête comme s'il ne pouvait en supporter plus, murmura un mot à l'oreille de la fille, puis ils tentèrent de se frayer un chemin pour sortir de la place.

– Carmine, il est là !

Liberté dut s'y reprendre à plusieurs fois pour attirer l'attention de son amie qui écoutait Jules Verne expliquer les modalités d'inscription au Jeu de l'oie.

– Regarde ! Regarde cet homme ! C'est celui dont je te parlais tout à l'heure !

– Le blondinet ? C'est lui, ton fantôme ?

– On doit le rattraper.

– Liberté… Attends !

Mais la jeune fille avait entrepris de descendre de l'arbre, centimètre après centimètre, ignorant les signaux d'alerte que lui envoyait son cerveau terrifié à l'idée qu'elle tombe. À peine avait-elle mis pied à terre qu'elle se faufila pour suivre la direction prise par les deux étranges personnages. Toujours dans son arbre, Carmine poussa un juron et, après une brève analyse du terrain, opta pour la voie aérienne, passant souplement de son arbre au suivant, sans se soucier des protestations de ceux qui s'y tenaient accrochés. La louchébem se suspendit à une branche et sauta à terre, atterrissant tout près de son amie.

– Ton bonhomme est en train de prendre la direction de la rue de la Poule-au-Pot, il va passer sous les arcades. Vite, suis-moi.

Elle saisit Liberté par la manche et les deux amies foncèrent aussi vite que possible vers le nord. Sur leur passage, les gens protestaient à haute voix mais l'homme blond ne se retourna pas. La tête haute, il marchait en frappant le sol de sa canne avec la régularité d'un métronome. Il quitta la place de l'Indépendance, la fille marchant toujours à ses côtés. Liberté et Carmine suivaient, à pas de loup dans le crépuscule.

Soudain, deux hommes sortirent d'un immeuble sur la droite et se dirigèrent tout droit vers l'homme et la fille. À leurs vêtements usés et leurs casquettes enfoncées jusqu'aux yeux, Carmine comprit que ces deux-là étaient des coupe-jarrets, spécialisés dans les vols rapides et violents. Elle aurait parié qu'ils avaient longuement guetté la rue depuis un étage et choisi leurs proies avec soin. Rapidement, elle poussa Liberté dans l'embrasure d'une porte tandis que le premier voleur coupait la route de l'homme blond et que son complice se glissait derrière la fille.

– Deux fichus barboteurs. Si ton fantôme résiste, il est mort, chuchota Carmine.

– On doit les aider !

– Ah ouais ? Tu crois vraiment que le blond sera content de nous revoir ? Nous aussi, on lui a piqué un truc, d'après ce que tu m'as dit.

Liberté dut bien admettre qu'elle avait raison. Elle risqua un œil : l'un des truands tenait la fille, l'autre avait acculé le blond contre un mur et faisait miroiter son couteau.

– Alors voilà, dit-il d'une voix rauque, c'est très simple. Tu m'files tes taureaux et tout le bétail qui s'trouve dans tes fouilles jusqu'au dernier porcelet. Ta canne aussi me plaît, et ta veste de rupin. Et en échange, mon copain coupera pas les oreilles de ta fifille.

L'homme demeura impassible. Bien droit, les mains jointes sur sa canne, il regardait son agresseur avec un sourire affable.

– La vache, il a du courage, commenta Carmine.

– Il me semble, dit l'homme blond d'une voix onctueuse, que vous avez bien mal choisi vos victimes.

Le voleur s'esclaffa et rapprocha dangereusement sa lame.

– Ah ouais ? On devrait avoir peur de toi, blondinet ?

– De moi, je l'ignore. Vous devriez plutôt craindre celle qui m'accompagne.

Il y eut une seconde de flottement, puis la fille aux tresses fit un mouvement, murmura quelque chose et celui qui la tenait la lâcha d'un seul coup. L'homme au couteau regarda son complice sans comprendre.

– Qu'est-ce que tu…, commença-t-il.

La fille pointa l'index dans sa direction.

– Assomme-le, ordonna-t-elle d'une petite voix pointue.

Et à l'immense stupéfaction de Liberté et de Carmine, le voleur se jeta sur son camarade. Il l'empoigna et, sans tenir compte de ses cris, lui asséna un violent coup de poing sur l'oreille. Le vaurien s'écroula au pied du mur. Liberté plaqua ses mains sur sa bouche. Le voleur restant se retourna vers la fille, les mains ballantes. Son visage était flasque et sans expression.

– Bravo, Isabella, la félicita l'homme blond en souriant.

Il leva sa canne, la fit tournoyer entre ses mains, et d'un ample mouvement élégant l'abattit sèchement sur la nuque du malfaiteur qui tomba à son tour sur le pavé.

– Rentrons, à présent.

Il posa une main paternelle sur l'épaule frêle de la jeune fille nommée Isabella et ils s'en allèrent d'un pas rapide avant de disparaître à gauche dans la rue du Foin.

– Lerdemuche, souffla Carmine.

Liberté secoua la tête, choquée.

Son amie la tira par la manche. Elle ne tenait pas à se trouver au même endroit que les deux hommes lorsqu'ils émergeraient.

– Partons, Lib.

– Non, attends.

Liberté dégagea son bras.

– Je veux comprendre. D'abord cette fumée blanche et ton amnésie, puis cette gamine… Comment elle a pu… prendre le contrôle de cet homme ? On aurait dit de la sorcellerie !

Sorcellerie. De nouveau, Carmine se rappela les paroles de son père : « Je pense qu'il aurait pu lui ordonner n'importe quoi et cet homme l'aurait fait. »

La louchébem se mordit les lèvres. Si seulement elle n'avait pas bêtement perdu cette lettre…

– D'accord, mais vite.

Elle fit le guet tandis que Liberté s'agenouillait près du voleur assommé pour l'observer de plus près.

– Je ne sais pas ce que tu espères trouver, Lib. Mais dépêche-toi sinon la Garde va nous tomber dessus.

– De toute façon, il n'y a rien d'intéressant à voir. Il a juste une grosse bosse, ses mains sont pleines de taches : de la crasse, du sang et va savoir quoi d'autre. Et puis il pue l'ail et la transpiration. Partons.

Carmine ne se le fit pas dire deux fois et elles déguerpirent encore plus vite que durant leurs nuits de maraude. Elles montèrent dans le premier tram venu et se blottirent sur une banquette au fond du wagon. Liberté jetait des coups d'œil nerveux autour d'elle, espérant de toutes ses forces que ni l'homme blond ni la fille aux tresses ne les avaient repérées.

– Écoute, dit soudain la louchébem, on va tout de suite aller chercher tes affaires à la pension. Tu déménages ce soir.

Liberté regarda son amie avec des yeux ronds.

– Carmine… tu as *peur* ?

– Bien sûr que non, protesta-t-elle d'un ton guindé, ne sois pas ridicule. Je fais attention à toi, c'est tout. Tu serais incapable de te défendre contre un ours en peluche.

Mais malgré ses paroles, Liberté décelait sur le visage de son amie une expression qu'elle n'avait jamais vue avant : de l'inquiétude.

15
LA PISTE DU LIVRE

> *Vous pouvez toujours arracher les fleurs et les feuilles, couper la tige, jamais vous ne saurez creuser assez profond pour extirper les racines.*
> Phrase prononcée par Louis d'Ombreville,
> le soir de sa mort.

Un secret. Le mot était faible pour décrire le club de chimie et ce qui s'y passait réellement. Les soirées clandestines d'Armand et même la modification des dossiers dans le bureau du directeur n'étaient que des broutilles en comparaison. Le club était devenu le centre de la vie de Nathanaël, un changement aussi radical que si la planète avait basculé sur son axe et échangé le nord avec le sud. Ce bouleversement dont il ne pouvait rien dire le hantait du lever au coucher. Jérôme ne cessait de lui poser des questions et Nathanaël brodait sur son histoire d'empoisonnement au sirop périmé, en redoutant le moment où son ami ne le croirait plus. En attendant, chaque moment passé au club de chimie lui apportait davantage d'informations sur cette étrange confrérie.

Les orphelins du club de chimie étaient au nombre de cinq. Trois garçons, dont Nathanaël était l'aîné, et deux filles en comptant Isabella. Lors de la deuxième réunion, Nathanaël s'était retrouvé cerné de visages juvéniles et les enfants s'étaient mis à lui parler, et à lui poser des questions, tous en même temps.

– Je m'appelle Victoire.

– Et moi, Alfred.

– J'ai douze ans, et toi ?

– On est contents d'avoir retrouvé un de nos Frères.

– Comment monsieur Valentine a-t-il su que tu avais le don ?

– Moi, c'est quand j'ai été malade et que ma tante m'a envoyé chez le médecin.

– C'est qui, tes parents ? Nous, on ne sait pas encore mais monsieur Valentine m'a promis que dès qu'il aurait le Livre, il me le dirait.

Nathanaël avait reculé avec prudence, butant au passage contre une Isabella imperturbable.

– Laissez-le respirer, avait-elle dit.

Ils lui avaient obéi à regret. Une semaine avait passé depuis et Nathanaël les trouvait de plus en plus étranges. Ils ne ressemblaient pas à de véritables enfants : ils étaient extrêmement sérieux, ne riaient pas, ne chahutaient pas. Tous fixaient Valentine avec avidité, buvaient la moindre de ses paroles et lui obéissaient avec un zèle que Nathanaël trouva cocasse la première fois, et glaçant toutes les fois suivantes. On avait l'impression que si le professeur leur avait ordonné de remplir leurs poches de cailloux et de se jeter dans la Seine, ils l'auraient fait dans l'ordre et le calme après s'être mis en rang. Nathanaël finit par demander à Isabella, la seule du lot à présenter un semblant d'indépendance :

– Pourquoi ils sont comme ça ?

Isabella était penchée sur un mortier où elle préparait le mélange servant à confectionner les cachets bruns qui aidaient à supporter la transmutation, ses tresses pendillant de chaque côté de son visage.

– Ils ont peur, répondit Isabella de sa voix plate. Peur de leur pouvoir, peur de ne jamais revoir leurs parents, comme l'a promis Alcide. Peur d'Alcide, aussi.

– Leurs parents ?

LA PISTE DU LIVRE

Isabella avait arrêté son travail un instant pour le regarder.

– Nous sommes officiellement des orphelins mais le terme exact serait : « enfants trouvés ». Certains d'entre nous ont sans doute encore leurs parents, même si on ne sait pas où ils sont.

Nathanaël en eut un choc.

– Mais alors, si ça se trouve, les miens sont vivants ?

– En tout cas, les miens le sont. Je les ai déjà revus plusieurs fois.

Second choc. Nathanaël se rendit compte qu'il était presque fâché contre Isabella. Avoir des parents alors qu'on était dans un orphelinat, c'était presque une trahison.

– Ce n'est pas aussi bien que ça en a l'air, ajouta-t-elle comme si elle avait senti l'indignation de son camarade. On parle de gens qui ont accepté de m'abandonner à l'âge de quatre ans, lorsqu'un homme est venu les trouver en leur expliquant que j'avais un don tout à fait particulier.

Nathanaël allait poser une question supplémentaire lorsque la voix de velours d'Alcide le fit sursauter. Le professeur était arrivé en silence dans leur dos.

– Isabella, tu sais très bien que c'était une preuve d'amour. Tes parents croient en toi, en ton potentiel. À la promesse de Louis d'Ombreville.

La jeune fille haussa les épaules et retourna à sa préparation.

– D'Ombreville ? L'homme qui a tué Jacques Vilain ?

– Celui qui a été massacré en essayant de sauver Paris, tu veux dire, rectifia Alcide. Oui, c'est lui.

Nathanaël ouvrit et ferma la bouche. Ce n'était pas la version qu'il connaissait.

Le professeur tapota le cahier qu'il portait sous le bras.

– J'ai une bonne nouvelle, annonça-t-il d'une voix forte. J'ai une piste pour le Livre.

Tous les enfants le regardèrent.

– Une vraie piste ? demanda timidement Alfred.

Alcide Valentine hocha la tête.

Une fois de plus, Nathanaël nageait en pleine incompréhension. Il leva la main.

– Professeur, est-ce que tu pourrais m'expliquer ce qui se passe exactement ?

Celui-ci remonta la salle vers son estrade et se saisit d'une craie.

– Nous allons faire un peu de révision pour Nathanaël.

Il traça une flèche sur le tableau et inscrivit trois dates :

1875   1880   1899

– En 1875, le Taureau prend la décision de jeter hors de Larispem les familles trop riches ou trop nobles à son goût. Un homme se dresse devant les Trois : Louis d'Ombreville. Six autres familles viennent rejoindre la sienne dans son combat contre le nouveau gouvernement de Paris.

Le professeur attrapa une longue règle, pointa 1875, et demanda à la ronde :

– Que s'est-il passé au printemps de cette année-là ?

La main du frère jumeau d'Alfred, Désiré, se leva et il récita d'une seule traite :

– Monsieur-d'Ombreville-décide,-dans-un-acte-de-pur-héroïsme,-d'aller-affronter-seul-le-Taureau !

Alcide eut un sourire indulgent.

– Bien, Désiré, mais qu'a-t-il fait juste avant ? Oui, Alfred ?

– En transfusant son sang aux membres de sept familles, il leur a transmis son pouvoir.

– Transfusant ?

Nathanaël se tourna vers Isabella qui pesait avec soin de la poudre d'argile au moyen d'une balance. Elle lui répondit sans cesser d'ajouter des poids minuscules dans le plateau.

– En plus des sciences occultes, d'Ombreville a étudié les

travaux d'un Anglais qui avait inventé une machine pour faire passer le sang de quelqu'un directement dans les veines d'une autre personne. C'est ce que Louis d'Ombreville a fait juste avant sa mort : il a transfusé un peu de son sang dans les veines des membres de ces sept familles.

Nathanaël essaya d'imaginer une aiguille plantée dans une veine de son bras et une énorme machine occupée à le vider de son hémoglobine. Son estomac fit la cabriole et il se dépêcha de reporter son attention sur le tableau et sur Valentine qui continuait son cours.

– Hélas, tout ne se passa pas comme prévu. Louis fut assassiné par le Taureau, emportant Jacques Vilain dans la mort. Quant au pouvoir du sang, il se révéla inopérant. La transfusion semblait avoir échoué. Il fallait fuir. Les sept familles se dispersèrent, en France ou en Europe. Certaines choisirent de rester à Larispem dans le plus grand secret. C'est ici qu'intervient notre Livre. Isabella, je te laisse expliquer ?

La jeune fille poussa un imperceptible soupir et renonça à son travail avant de répondre :

– Les noms de ces familles ne sont écrits nulle part sauf dans un carnet crypté. Avant de se séparer, l'une des familles se chargea du Livre. Sa mission était de maintenir le contact avec tous les membres des sept et de tenir à jour leurs arbres généalogiques.

– Très bien, approuva le professeur. Tu comprends mieux, Nathanaël ?

– À peu près. Mais si les familles étaient cachées, ou à l'étranger, comment se fait-il que nous, leurs descendants, nous soyons retrouvés ici ?

Valentine tapota la seconde date : 1880.

– Il y a dix-neuf ans, le médecin qui avait réalisé la transfusion eut une idée. En consultant les notes de Louis d'Ombreville, il s'est demandé s'il était possible que le pouvoir du sang ait été transmis non pas aux membres des familles transfusées mais à leur progéniture à naître. Ce fut un travail colossal, puisqu'il s'agissait de contacter au moins une trentaine de personnes dispersées un peu partout. Certains étaient morts juste après la transfusion parce qu'ils n'avaient pas supporté le pouvoir. D'autres avaient été tués durant les mois qui suivirent le printemps 1875, quelques-uns enfin avaient disparu à l'étranger, changeant si bien d'identité que le médecin ne put jamais les retrouver.

– C'est pour ça que vous cherchez le Livre, comprit soudain Nathanaël, pour trouver plus facilement les Héritiers restants.

– Oui. Regarde Isabella, ses parents étaient réfugiés en Espagne. Victoire vient d'Angleterre. Les jumeaux reçoivent à chaque fête du solstice d'hiver un paquet rempli des cadeaux d'un généreux donateur. Pourquoi ? Parce que, quelque part à Larispem, ils ont encore de la famille. Une famille qui vit cachée et qui a préféré les envoyer à l'orphelinat sans rien savoir de leur don.

– Et moi, alors ? demanda Nathanaël.

Alcide eut un sourire compatissant.

– Étant donné qu'on t'a déposé devant l'orphelinat, je pense que tes parents font partie de ceux qui avaient choisi de rester à Larispem. Y sont-ils toujours ? Sont-ils hélas décédés ? Je l'ignore, mais si ma piste aboutit, nous l'apprendrons très vite.

La sonnerie retentit, mettant fin à la conversation.

– Retournez en cours, mes enfants, et gardez espoir, nous touchons au but. Isabella, Nathanaël, restez avec moi.

Alcide attendit que les jumeaux et la petite Victoire soient sortis pour se tourner vers les deux adolescents. Il resta un moment silencieux en se frottant le menton comme s'il hésitait, puis il posa une main sur l'épaule de Nathanaël, le regard grave.

– Écoute-moi bien, Nathanaël. À part Isabella, tu es le seul à avoir transmuté dans mon groupe. Cela veut dire que tu peux utiliser le pouvoir du sang, mon garçon. Mais rappelle-toi que tu ne dois pas t'en servir pour épater tes amis, ce n'est pas un pouvoir amusant. Il n'a que deux finalités : contrôler et détruire. Comprends-tu ?

– Je crois, répondit Nathanaël. Il prit une grande inspiration et ajouta : Mais je n'ai jamais demandé à avoir ce pouvoir. Je ne veux pas contrôler ni détruire qui que ce soit.

Alcide hocha la tête, compréhensif.

– C'est ce qui prouve ta valeur, il n'y a que les fous et les tyrans pour aimer cela. Par malheur, il se trouve justement que les personnes contre qui nous luttons *sont* des tyrans. Ils nous contraignent à nous battre avec leurs propres armes. Louis d'Ombreville l'avait compris.

– Alors qu'attends-tu de moi, professeur ? demanda Nathanaël. Que j'aide les Frères du Sang à renverser le gouvernement ?

Alcide sourit et tapota l'épaule de son élève.

– Moi, je ne veux qu'une chose : que tu sois conscient de qui tu es et que tu empruntes sans crainte la route que le ciel a tracée pour toi.

Nathanaël cligna des yeux. Le ciel ? Il n'était pas sûr de comprendre.

Le professeur enleva sa toque. Il la plia soigneusement et la rangea dans sa poche.

– Bien, dit-il. Venez avec moi, nous sortons.

– Professeur, j'ai cours cet après-midi, protesta Nathanaël.

– Plus maintenant. J'ai signifié à ton professeur de français que tu avais de l'avenir dans la chimie et que je souhaitais te donner quelques cours particuliers.

Un fiacre aux rideaux tirés attendait à l'arrière de l'orphelinat. Le cocher salua Alcide avec un respect marqué, très excessif pour un simple professeur. Nathanaël s'engouffra dans la voiture à la suite de Valentine et d'Isabella. Il n'arrivait pas à croire qu'il se trouvait dehors. Il n'avait dû emprunter que cinq ou six fois les rues de Larispem, et toujours pour des sorties pédagogiques : musée de la Monarchie, tour Verne, mémorial de la Seconde Révolution, mémorial du cimetière Lachaise. Une vague de joie le fit frissonner tandis que le fiacre s'ébranlait et il sourit en imaginant le visage de Jérôme lorsqu'il lui raconterait sa sortie. Puis son sourire disparut quand il se souvint qu'il ne pourrait rien lui dire de tout cela. Il fixa Isabella, espérant un soutien quelconque, mais elle avait appuyé sa tête contre la vitre du fiacre et jouait avec les cartes qui ne la quittaient jamais. Nathanaël écarta légèrement l'un des rideaux et reporta son attention sur l'extérieur. Bouche bée, il contempla les façades des maisons, les vitrines des grands magasins, les affiches multicolores vantant avec un pareil enthousiasme les mérites du gouvernement et ceux des automatons domestiques. Partout, il y avait des gens : des hommes, des femmes, qui donnaient la main à leurs enfants ; des bébés qui n'étaient pas orphelins. Un jeune homme à moustache les doubla, pédalant à vive allure sur son grand bi, puis une vapomobile arracha à l'adolescent une exclamation admirative. Les odeurs étaient multipliées par le soleil d'été : Nathanaël respira à pleines narines le parfum des fruits sur la devanture des épiceries, les odeurs métalliques des machines lancées à toute allure, le fumet mêlé du parfum des élégantes, des viandes rôtissant dans les restaurants, du crottin, des égouts, des détritus tombés sur la chaussée. Le fiacre descendit vers la Seine et ses émanations de vase, puis rejoignit une grande artère.

– Rue de la Nouvelle-Cité, grommela Alcide d'un ton dégoûté ; autrefois, c'était la rue de Rivoli, baptisée ainsi en l'honneur d'une victoire de l'empereur Napoléon. Tu vois, Nathanaël, ce que je hais le plus chez les Larispemois, c'est cette façon de faire comme si Larispem était une cité entièrement neuve, née de leurs rêveries d'anarchistes. Voilà presque trente ans qu'ils changent le nom des rues, transforment les églises en clubs de discussion, en gares et en entrepôts. Pourquoi ? Pour que l'on oublie que Larispem n'est rien d'autre que Paris caché sous d'autres noms.

– Où va-t-on, professeur ? demanda Isabella en battant ses cartes.

Elle retourna celle du dessus et observa le dessin : un homme debout devant une sorte d'étal. Nathanaël lut à l'envers « le bateleur ».

– Cela m'a pris du temps, mais nous avons trouvé la piste du revendeur qui brade au plus offrant des objets précieux ayant appartenu aux nobles familles de Larispem. Nous savions depuis longtemps qu'il y avait un trafic : des bijoux, des livres resurgissaient de temps à autre entre les mains de collectionneurs, et de sympathisants des Frères du Sang. Jusque-là, nous n'avions pas réussi à le localiser, les transactions se faisaient par des petites annonces publiées dans les journaux et les objets étaient envoyés par la poste ou en pneumatique.

Une secousse du fiacre manqua faire tomber Nathanaël qui s'accrocha au rebord de la fenêtre. Il jeta un nouveau coup d'œil à l'extérieur : ils avaient quitté les grands axes et s'enfonçaient dans des rues plus étroites et moins bien entretenues. Les murs étaient noircis par la fumée et les éclaboussures ; les pavés, disjoints. Les troquets devant lesquels ils passaient avaient des façades couvertes d'affiches qui pelaient, révélant celles collées dessous. Le peu qu'on apercevait de l'intérieur à travers des vitres grisâtres ne donnait guère envie de pousser la porte pour venir boire un café. Entre un négociant en vins et un vendeur de luxomatons d'occasion, la vitrine d'une boucherie peinte en rouge vif faisait une tache de couleur dans toute cette grisaille. Alors que le fiacre s'arrêtait pour laisser manœuvrer une charrette chargée de tonneaux, Nathanaël, impressionné, eut tout le loisir d'en contempler la devanture. Une carcasse de bœuf sans tête et fendue dans le sens de la longueur exposait à l'air libre le tracé de ses côtes et de ses vertèbres. Elle était si grande qu'un enfant aurait pu s'allonger dans le thorax vidé de ses entrailles. Au-dessous étaient exposés des gigots, des rôtis savamment ficelés et des chapelets de saucisses. Une tête de porc fixée à un crochet considérait d'un air dubitatif l'apprenti louchébem qui agitait un torchon devant la viande pour en chasser de grosses mouches bleues. En voyant que la circulation était stoppée, le boucher sortit de sa boutique et vint toquer sans vergogne aux vitres du fiacre, essayant de distinguer qui s'y trouvait.

– Lonjourbèm, citoyens ! Un peu de saucisson à l'ail en attendant que le passage se débouche ? Dix porcelets le demi-saucisson, c'est donné, non ?

Alcide se pencha et tira le rideau, l'air dégoûté. Vexé, le boucher flanqua un coup de pied dans la portière et l'insulta en argot. Heureusement, la charrette parvint enfin à entrer dans la cour du négociant en vins et le fiacre put repartir.

– Les bouchers…, marmonna Alcide. Cette engeance du diable.

– Au fait, professeur, dit soudain Isabella, tu ne nous as pas dit comment tu as retrouvé le revendeur.

Alcide, ravi de la question, retrouva sa bonne humeur.

– Il y a des années que nous essayons de faire employer l'un des nôtres à la poste de Larispem. C'est chose faite. Grâce à notre Frère, nous avons piégé l'homme en passant plusieurs commandes pour des objets. À partir de là, il ne fut pas très compliqué de savoir de quel bureau de poste les paquets étaient envoyés, puis d'identifier et de faire suivre l'expéditeur. Ah ! Nous y voici.

En effet, le fiacre s'était arrêté devant deux maisons couvertes d'affiches représentant les Trois de Larispem. Alcide ramassa sa canne à pommeau d'argent et descendit en chantonnant. Nathanaël retint Isabella par la manche au moment où elle se levait pour descendre.

– Qu'est-ce qu'on fait là ? chuchota-t-il.

– Il vient de nous l'expliquer.

– Je veux dire, nous. Pourquoi il a besoin de deux adolescents ? Pourquoi pas un gros costaud ?

– Mais parce que nous sommes bien plus efficaces, répondit Isabella avec sérieux. Et beaucoup moins idiots.

Elle pouffa derrière sa main, et pour la première fois depuis qu'il la connaissait, elle ressembla vraiment à une petite fille de douze ans.

Lorsqu'ils furent sortis du fiacre, Alcide montra du bout de sa canne l'immeuble crasseux.

– Voilà. C'est ici, au troisième étage de ce taudis. L'homme se fait appeler Paolino Venve. Il ne manque pas de culot, son pseudonyme est une anagramme de « Vive Napoléon » et pourtant, il s'est bien gardé d'entrer en contact avec les Frères. Je suppose qu'il a préféré s'enrichir plutôt que de servir notre cause. Il vit ici avec sa femme et ses trois enfants. Ces derniers sont en promenade et, à cette heure-ci, Paolino est seul. C'est là que vous intervenez.

– Nous ? dit Nathanaël.

– La méfiance est une seconde nature chez notre cible, expliqua Alcide en faisant tourner sa canne entre ses doigts. À moi, il n'ouvrira jamais. En revanche, il se méfiera moins de deux membres des Jeunes Citoyens Engagés.

Comme un prestidigitateur, le professeur produisit deux écussons qu'il épingla sur les uniformes de Nathanaël et d'Isabella. Cette dernière regarda le sien d'un air sceptique, puis demanda :

– Qu'est-ce qu'on doit faire, professeur ?

– Le faire parler. Je n'arrive pas à retrouver la piste des voleuses qui m'ont dérobé le Livre. Elles étaient deux, dont une fille à la peau noire qui m'a blessé d'un coup de couteau. On aurait pu penser que localiser une louchébem noire serait facile mais il s'est avéré que non. Larispem est vaste et les bouchers taciturnes. En revanche, je suis certain qu'elles étaient là pour trouver des objets à revendre, et à notre connaissance, Paolino est le seul qui se livre à ce trafic. Je veux un nom et, si le ciel est avec nous, une adresse.

Alcide posa ses mains sur les épaules des deux adolescents.

– C'est une mission difficile, j'en suis conscient. Cependant, lorsque je vous regarde, ce ne sont pas des enfants que je vois mais des êtres exceptionnels. Vous avez le pouvoir du sang. J'ai foi en vous.

– Professeur, tu ne restes pas avec nous ? demanda Nathanaël en le voyant repartir vers le fiacre.

– Je dois rentrer à l'orphelinat mais…

Il s'interrompit et leur glissa quelques veaux d'argent.

– Voilà. Vous trouverez bien un tram ou un fiacre. Venez me trouver dès que vous avez l'information.

Sans plus de cérémonie, il s'engouffra dans le fiacre. Le cocher secoua ses rênes et le cheval se remit paresseusement en route. Nathanaël le regarda disparaître, l'estomac changé en une petite boule glacée et compacte. Une fenêtre s'ouvrit au premier étage d'une maison voisine et quelqu'un jeta un seau plein d'eau de vaisselle dans la rue.

– Tu viens ?

Isabella marchait déjà vers la ruelle qui s'ouvrait entre les deux maisons tapissées d'affiches.

Je dois me reprendre, je dois me reprendre.

Nathanaël ferma les yeux et essaya de respirer profondément pour chasser la peur tapie dans ses tripes. Ce n'était pas le moment de flancher alors qu'il avait si longtemps rêvé d'impressionner les orphelines, même si celle qui l'accompagnait n'était pas tout à fait la fille de ses rêves. L'adolescent prit une grande inspiration, bomba le torse et essaya d'imaginer qu'il courait retrouver Rosie tandis qu'il se précipitait à la suite d'Isabella.

– Tu as un plan ? demanda-t-il tandis qu'il la rejoignait sur le second palier.

Elle haussa les épaules.

– On n'a pas vraiment besoin de plan. L'essentiel, c'est qu'il ouvre assez longtemps pour que l'un d'entre nous ait le temps de le marquer.

– Vas-y, toi, tu as plus l'habitude.

– Comme tu veux.

Soulagé, Nathanaël regarda Isabella s'arrêter un instant et tirer sur une chaînette suspendue à son cou. Au bout, il y avait une petite médaille en fer-blanc décorée d'un « I » majuscule. La jeune fille pressa son pouce contre l'envers de la médaille et fit une légère grimace. Lorsqu'elle lâcha la breloque, Nathanaël put voir une goutte de sang enfler sur la pulpe de son pouce. Comme celui de Valère, il avait un aspect visqueux et sa couleur tirait sur le violet.

– Une aiguille cachée ? souffla Nathanaël.

Isabella hocha la tête. Elle ôta la chaînette et, en se hissant sur la pointe des pieds, passa le médaillon au cou de Nathanaël.

– Au cas où je n'y arrive pas toute seule, il te suffit d'appuyer fort avec le pouce. C'est le moyen le plus facile qu'ait trouvé le professeur Valentine.

Le garçon hocha la tête, la gorge desséchée. Il observa le petit médaillon en espérant ne pas avoir à s'en servir.

– Prêt ?

Nathanaël ne l'était pas du tout ; néanmoins, il hocha la tête.

Imagine que c'est Rosie.

– On entre, on le… euh… force à parler et on s'en va. Facile. Les doigts dans le nez.

Isabella eut un bref sourire et le précéda en haut de la dernière volée de marches. Elle se dirigea vers la seule porte de l'étage et frappa quelques coups.

– C'est qui ?

La voix derrière la porte n'était ni aimable ni mélodieuse, pourtant c'était sans aucun doute une voix de femme. Nathanaël jeta un regard débordant d'angoisse à sa partenaire.

– Il n'avait pas dit que sa femme et ses enfants étaient sortis ?

Isabella posa un index sur ses lèvres.

– Bonjour, citoyenne ! claironna-t-elle d'un ton guilleret. Nous sommes des Jeunes Citoyens Engagés du 11ᵉ arrondissement et nous venons inscrire votre logis sur la liste des bâtiments prioritaires pour les rénovations.

La porte s'entrouvrit de dix centimètres et la moitié du visage d'une grosse femme à l'air revêche s'encadra dans l'ouverture.

– On n'a b'soin de rien.

Le visage d'Isabella, souriant, ouvert, était celui de l'enfant parfaite que toutes les mères rêvent de mettre au monde.

– Très bien, citoyenne, dans ce cas, nous aurons juste besoin de ta signature afin de prouver que tu renonces à toute modification de ton logement, ainsi qu'aux cent taureaux-or qui sont versés à cette occasion.

C'était tellement rusé que Nathanaël en eut des frissons. Il se rendit compte qu'il s'était gravement trompé en considérant Gueule-de-Passoire et ses séides comme les pensionnaires les plus dangereux de l'orphelinat. Cette fille de douze ans, avec ses tresses et ses chaussures vernies, l'était bien plus. La matrone, intriguée, ouvrit la porte de quinze centimètres supplémentaires, ce qui suffit à Isabella pour se glisser dans l'appartement.

– Qu'esse-vous faites ? protesta la femme tandis que Nathanaël retrouvait l'usage de son corps et suivait Isabella dans l'appartement crasseux.

Tout se passa très vite. À peine entrée, Isabella avait repéré le second locataire de l'appartement, un homme massif installé à une table, et s'était dirigée vers lui d'un pas vif. Paolino la vit approcher et comprit tout de suite. Il bondit sur ses pieds, sa chaise tombant avec fracas derrière lui, et attrapa un couteau posé sur la table.

– Ils viennent pour moi, Jeanne ! Sauve-toi !

Isabella se jeta sur lui : un chaton dans les pattes d'un ours. Pourtant, elle avait dû réussir à le marquer du premier coup car Nathanaël, pétrifié dans l'entrée, vit Paolino devenir tout flasque. Son couteau tomba au sol avec un tintement cristallin. Isabella tourna la tête et ses yeux s'agrandirent.

– La femme, Nathanaël ! Elle va prévenir la Garde !

Nathanaël cligna stupidement des yeux, se retourna et constata que la matrone avait en effet disparu. L'escalier vibrait sous ses pas tandis qu'elle le dévalait à toute allure.

– Cours, idiot !

Il fit demi-tour et se précipita dans l'escalier. Il sauta quatre marches d'un coup et se réceptionna sur les pavés tandis que la femme disparaissait entre deux maisons. Elle avait un embonpoint prononcé et peinait, malgré sa connaissance du terrain. Nathanaël l'entendait haleter tandis qu'elle bifurquait entre les maisons délabrées, s'engouffrant dans des couloirs encombrés de déchets. Le jeune garçon ne tarda pas à la rejoindre et la poussa contre un mur, la faisant trébucher. Elle lui décocha une claque, puis un coup de pied qu'il esquiva de justesse. Il recula et saisit la seule chose qui ressemblait à une arme dans la courette abandonnée où ils avaient abouti : un morceau de bois hérissé d'échardes.

– Bouge pas ! haleta-t-il en levant son gourdin improvisé. Et crie pas non plus.

La femme leva les mains. Nathanaël se rendit compte à quel point elle était terrifiée. Son visage rouge et sans grâce était plissé de terreur et elle s'appuyait contre le mur comme si elle espérait qu'il l'engloutisse. L'adolescent pensa fugacement qu'il n'avait pas vu ses enfants et il en fut soulagé. C'était assez difficile comme ça.

– Qu'esse vous nous voulez ? gémit la femme. On a rin fait !

Nathanaël ouvrit la bouche et mit quelques secondes à se rappeler la raison pour laquelle il courait après une parfaite inconnue.

– Vous vendez des objets anciens, dit-il enfin. Des choses qui appartiennent à d'autres.

Il avait espéré qu'elle l'insulte, ou essaye de le frapper, ou n'importe quoi qui aurait pu l'aider à se sentir dans son bon droit. Au lieu de ça, elle se mit à pleurer.

– On a rin fait d'aut' que d'nourrir nos p'tits ! cria-t-elle, les joues humides de larmes de colère et de frayeur. Mes bébés y z'ont plus besoin de manger qu'les aristos qu'avaient toutes ces babioles et qui sont clamsés d'puis trente ans !

Nathanaël ne savait plus quoi faire. Il se sentit soudain ridicule et cruel avec son bout de bois. Il le laissa tomber à ses pieds et se saisit du médaillon d'Isabella. C'était ce qu'il aurait dû faire tout de suite. Un simple contact et la matrone oublierait jusqu'à sa peur. Il appuya d'un doigt ferme sur le bijou et sursauta lorsque l'épingle cachée lui perfora le pouce. Son sang se mit à sourdre paresseusement, tout aussi violet et épais que celui d'Isabella. Les yeux de la matrone s'agrandirent et elle tomba à genoux.

– Un Frère du Sang ! M'tue pas, j't'en prie ! J'te jure que je dirai rin, je f'rai tout ce que tu voudras.

Comment savait-elle ? Nathanaël regarda autour de lui, paniqué à l'idée que quelqu'un l'ait entendue. Il essaya de la rassurer :

– Je ne vais pas te faire de mal, citoyenne, assura-t-il. Je veux juste…

Il s'interrompit. Il avait « juste » voulu que Devernois ne soit pas en mesure de le recaler pour la foire et il était mort. Le pouce absurdement levé en l'air, Nathanaël essaya de se convaincre que tout allait bien se passer : il allait la marquer et elle oublierait jusqu'à son souvenir. Pas de douleur, pas de séquelles.

Pas de mort violente.

À ses pieds, la femme de Paolino était recroquevillée sur elle-même.

– Relève-toi, ordonna Nathanaël d'un ton sec.

La femme leva les yeux et le regarda sans comprendre. Nathanaël essuya son pouce sur sa veste et le sang laissa une traînée sombre sur le tissu bleu marine.

– Je vais te laisser partir, dit l'adolescent d'une voix qu'il espérait menaçante. Je ne vais pas utiliser mon pouvoir sur toi, mais tu dois me promettre de ne rien dire, sinon, euh, je te retrouverai et... et cette fois-ci, je ne t'épargnerai pas.

La femme repoussa une mèche crasseuse sur son front et se redressa avec précaution. Le soulagement se lisait sur son visage.

– Merci, murmura-t-elle, merci...

Elle se pencha en avant, comme pour s'appuyer au sol, et se releva. Ce n'est que lorsqu'elle fut debout que Nathanaël se rendit compte qu'elle avait ramassé le bout de bois avec lequel il l'avait menacée un instant plus tôt. L'adolescent leva les mains dans un réflexe de défense mais c'était trop tard. Une douleur insupportable explosa dans son crâne et tout devint noir.

16

UNE OFFRE D'EMPLOI

> *J'ai toujours pensé que savoir reconnaître la chance quand elle passe, et la saisir au vol, est un signe d'intelligence très fiable.*
>
> Michelle Lancien

Liberté et Carmine descendirent du tram quelques arrêts plus tard et remontèrent la rue à pas rapides jusqu'à la pension. La nuit tombait sur Larispem et elles croisèrent en chemin plusieurs équipes d'allumeurs de réverbères occupés à illuminer les rues de la Cité.

– Hé, regarde un peu cette merveille !

Carmine désignait une immense vapomobile bleu nuit stationnée devant les grilles de la pension, sa carrosserie lustrée reflétant la lune voilée par le smog. Le véhicule était si long et si large qu'il donnait l'impression de pouvoir transporter au moins six ou sept personnes. Au-dessus d'une monumentale calandre d'acier ouvragé, un taureau tricéphale s'élançait vers l'avant, comme la figure de proue d'une frégate. Le moteur ronronnait au ralenti, laissant échapper un épais nuage de vapeur d'eau. Un homme, le chauffeur peut-être, fumait une cigarette quelques pas plus loin. Il regarda avec intérêt les deux adolescentes et les suivit des yeux tandis qu'elles franchissaient les portes.

– Je me demande..., commença Liberté, alarmée.
Le concierge jaillit de sa loge, la faisant sursauter.
– Citoyenne Chardon !
– Bonsoir, dit très vite Liberté, je sais qu'il est un peu tard et que je ne suis pas censée accueillir des amies mais...
– Tu es attendue, citoyenne, la coupa le concierge, l'air complètement paniqué. Presse-toi un peu, il y a presque une demi-heure qu'ils sont là !
– « Ils » ?
– Moi, je ne suis pas un bureau de renseignements, s'écria le concierge. J'ai donné l'heure à laquelle tu rentres habituellement, mais je ne pouvais pas imaginer qu'une fois de plus...
– Mais qui...
Le concierge ne répondit pas et lui fit signe de se dépêcher. Comprenant qu'elle n'en tirerait rien de plus, Liberté remonta l'allée au pas de course.
– Tu n'attendais personne, je suppose, murmura Carmine à ses côtés.
Liberté secoua la tête et la louchébem posa une main sur ses couteaux tandis qu'elles pénétraient dans le grand hall, prête à affronter un éventuel ennemi.
– Ah, la voilà. Mieux vaut tard que jamais, n'est-ce pas ?
Liberté s'arrêta net et cligna des yeux en voyant les quatre personnes qui l'attendaient au milieu du hall. Pendant un bref instant, elle crut être victime d'une hallucination. C'était certainement le trop-plein des émotions de la soirée qui la poussait à imaginer que la Présidente, Maxime Sévère et deux gardes armés jusqu'aux dents se tenaient là, deux heures à peine après qu'elle avait assisté au discours de la place de l'Indépendance.
– Dis-moi, jeune fille, demanda la Présidente en s'avançant vers elle, nous avons cruellement besoin de techniciens efficaces et qualifiés capables, par exemple, de préparer un microphone pour un discours. Cherches-tu toujours un emploi ?

Liberté chercha de l'air, n'en trouva pas autant qu'elle l'aurait souhaité et croassa :

– Comment… ?

– Enregistrée à l'entrée de la tour Verne, bougonna Maxime Sévère.

Il avait l'air aussi renfrogné que la dernière fois et jetait des regards assassins aux autres pensionnaires qui chuchotaient fiévreusement en essayant de comprendre ce qui se passait.

– Y a rien à voir ! aboya-t-il à un groupe de filles qui sortaient du réfectoire et y rentrèrent aussitôt.

– Alors ? Es-tu intéressée ? s'impatienta la Présidente.

Carmine flanqua un grand coup de coude à son amie.

– Réponds, siffla-t-elle entre ses dents.

– Je… oui, bien sûr mais…

– C'est entendu. Nous allons faire un petit tour pendant lequel Maxime et moi t'expliquerons en quoi consistera ton travail.

Avant d'avoir eu le temps de dire ouf, Liberté se retrouva sur la banquette de la vapomobile présidentielle, sa sacoche sur les genoux. Carmine avait été invitée à monter aussi : « Nous allons raccompagner ton amie chez elle », avait dit Michelle Lancien. Les yeux brillants de convoitise à l'idée de pouvoir s'asseoir dans le superbe véhicule, la jeune louchébem s'était empressée d'accepter. À présent, installée à côté de Carmine sur la colossale banquette, elle tâtait le moelleux des sièges de cuir, appréciait du doigt le lustre des garnitures en bois de rose et étalait ses jambes sans la moindre gêne. Installé en face d'elle, le chef de la Garde ne la lâchait pas du regard. La Présidente était indifférente à cette confrontation muette, tout comme au spectacle des rues enténébrées où les flammes jaunes des réverbères, les fanaux rouges des fiacres, les phares des vapomobiles et les fenêtres des cafés formaient des constellations de lumières mouvantes qui défilaient par les fenêtres.

— Jeune fille, dit la Présidente à Carmine, c'est une supposition facile vu ta couleur de peau, mais tu dois être la fille de Jean Noir.

— Oui, citoyenne Présidente. Je suis Carmine Noir.

Liberté n'arrivait pas à croire que son amie soit si désinvolte. Pour sa part, chacun de ses nerfs était tendu à se rompre. Elle ne cessait de jeter des coups d'œil inquiets à Maxime Sévère et aux deux gardes du corps dont on apercevait le sommet des crânes sur la banquette avant.

— Je crois que tu connais mon père, Présidente ? demanda Carmine.

Liberté tiqua de nouveau. Elle s'était à peu près habituée au tutoiement permanent, elle arrivait à donner du « citoyen » et du « citoyenne » sans trop hésiter, mais entendre Carmine s'adresser ainsi à la représentante de tout un État… La Présidente, elle, n'avait pas l'air outrée.

— De réputation surtout. Je ne suis pas surprise que sa fille soit venue grossir les rangs des bouchers.

Y avait-il une très légère nuance critique dans la voix de Michelle Lancien ? Liberté essayait de deviner si Carmine l'avait décelée, lorsqu'elle la vit se redresser sur son siège.

— À ce propos, Présidente, la dernière fois que j'ai vu mon père, il voulait te faire passer un message…

— Ce sera pour une autre occasion, trancha Maxime Sévère. On arrive.

En effet, la voiture venait de tourner dans la petite rue où vivait Carmine, non loin de la place Pigalle. Le véhicule occupait à lui seul toute la voie et le chauffeur usait du Klaxon pour obliger les fiacres qui venaient en sens inverse à reculer ou à monter sur les trottoirs. Les noctambules en promenade se plaquaient contre les murs pour ne pas finir écrasés. Enfin, la vapomobile se gara devant une chapellerie. L'enseigne peinte annonçait qu'au Chapeau d'Or on trouvait de quoi habiller les têtes des messieurs,

UNE OFFRE D'EMPLOI

dames et bambins à tous les prix, mais pour le moment elle était fermée, les rideaux de fer soigneusement baissés.

– Eh bien, à la prochaine, jeune fille, dit la Présidente tandis que l'un des gorilles se précipitait pour ouvrir la portière.

Carmine sembla hésiter. Elle repensa à l'enveloppe que lui avait confiée son père et qu'elle avait perdue. La chance de parler à la Présidente ne se présenterait peut-être pas de sitôt. Devait-elle évoquer cette histoire de sept familles au risque de passer pour une folle ? Mais il lui faudrait reconnaître qu'elle avait commis une erreur par négligence, et ça, c'était au-dessus de ses forces. Alors, elle se contenta de dire au revoir et d'embrasser Liberté avant de descendre sur le trottoir, sous les regards curieux des passants. Le garde du corps claqua la porte, reprit sa place, et la vapomobile démarra en trombe, enveloppant la rue de brouillard. Lorsque la vapeur d'eau retomba, elle avait déjà tourné au coin de la rue.

– Bon. Parlons affaires, jeune fille.

À peine la portière close, la Présidente avait reporté toute son attention sur Liberté.

– J'ai besoin d'une personne débrouillarde et fiable qui soit disponible à toute heure, du lundi au dimanche. Je dors peu et il m'arrive de travailler au milieu de la nuit. Si c'est le moment que choisit mon téléphone pour ne plus fonctionner ou ma machine à écrire pour épuiser l'encre de son ruban, ce serait à toi de le réparer dans les délais les plus brefs. Il faudra également que tu te tiennes prête à voyager. Ma fonction nécessite des déplacements, notamment en France, et nous avons constaté, Max et moi, que les machines sont enclines à tomber en panne au moment où on en a le plus besoin. Crois-tu pouvoir faire tout ceci ?

– Je..., bredouilla Liberté, oui, je pense. Mais mada... je veux dire, citoyenne Présidente, puis-je v... te demander pourquoi moi ? Je ne suis technicienne que depuis six mois.

Une ombre de sourire passa sur les lèvres pâles de la Présidente.

– Lorsque nous nous sommes rencontrées la première fois, tu étais sans doute dans le pire état d'esprit que l'on puisse imaginer et pourtant tu t'es acquittée de ta tâche avec efficacité et sans paniquer. Alors que tu es âgée de quoi... quinze ans ? Quant aux connaissances pures, l'avantage de travailler pour le Taureau, c'est aussi de pouvoir étudier auprès des plus doués. Tu progresseras vite. Alors ?

Liberté mit du temps à répondre. Elle se sentait à la fois flattée et paniquée. Travailler pour le gouvernement de Larispem ? C'était fou, c'était insensé, et surtout c'était une occasion qui ne se représenterait jamais !

Oui, rétorqua dans sa tête une voix sévère qui ressemblait beaucoup à celle de sa mère, *mais tu n'es qu'une provinciale mal dégrossie. Tu n'as aucune expérience. Accepter, c'est prendre des risques inconsidérés : celui de te couvrir de honte, celui de décevoir une personne qui aura cru en toi.* Désespérée, elle regarda par la fenêtre, comme si la décision à prendre allait s'inscrire dans le ciel nocturne où patrouillait un aérostat de la Garde, son faisceau lumineux balayant les murs des immeubles.

La Présidente la considéra avec impatience.

– Jeune fille ?

Liberté ouvrit la bouche, résolue à dire que non, qu'elle ne serait pas à la hauteur, mais quand elle se décida enfin à parler, ce fut pour s'entendre dire :

– C'est d'accord.

La Présidente sourit, franchement cette fois-ci, et se tourna vers Maxime Sévère.

– Ne vous avais-je pas dit qu'elle accepterait ? Vous me devez un sachet de chocolats de chez Clepp & Paton, mon ami.

– Humpf, répondit le chef de la sécurité en haussant les épaules.

Michelle Lancien se retourna vers la vitre qui les séparait du chauffeur et souleva un petit volet.

– On ramène la jeune fille chez elle. Et vous passerez chez le chocolatier avant de rentrer.

La vapomobile tourna pour rejoindre le boulevard le plus proche et, comme si l'arrondissement risquait de disparaître dans les minutes à venir, se mit à foncer en direction du 11ᵉ.

– Nous discuterons des détails dans les prochains jours. Je te donne rendez-vous dans une semaine à la tour Verne pour signer ton contrat. En attendant, tu resteras à la pension mais nous tâcherons ensuite de te trouver un logement de fonction au plus près de mon bureau.

La Présidente se pencha en avant, la main tendue. Émue, Liberté la serra.

– À bientôt, jeune fille.

La vapomobile se gara devant la grille qu'elle avait quittée à peine une heure auparavant en faisant gicler les graviers sous ses roues.

– Je vais l'aider à porter son bagage, déclara le chef de la Garde en attrapant la sacoche de Liberté.

– Dépêchez-vous, Maxime, nous n'avons pas que cela à faire.

Clac ! Liberté, étourdie, se retrouva à l'extérieur du véhicule. Maxime Sévère marchait déjà à grandes enjambées vers la grille. D'un seul regard, il imposa silence au concierge qui vint lui ouvrir, puis remonta l'allée du parc de la pension, les graviers crissant sous ses pas rapides. La jeune fille dut courir pour le rattraper. Au milieu du chemin, Sévère quitta brusquement l'allée, l'attirant à l'ombre d'un grand arbre. L'allée était déjà sombre à cette heure avancée de la soirée et Liberté distinguait à peine le chef de la Garde. Seuls les boutons dorés de son uniforme accrochaient quelques éclats de lumière provenant des réverbères ou des fenêtres éclairées de la pension. Maxime Sévère laissa tomber la sacoche et plaqua l'adolescente contre le tronc de l'arbre. Il y eut un déclic, un reflet sur un long objet argenté et le contact froid du métal contre sa poitrine. Elle comprit qu'une nouvelle fois, il était en train de braquer une arme à feu sur elle et sa respiration s'accéléra d'un coup. Le chef de la Garde se pencha si près qu'elle pouvait sentir son haleine sur son front.

– Écoute-moi bien, chuchota Maxime Sévère d'un ton qui n'autorisait aucune interruption. Je respecte les méthodes de la Présidente et je ne soulèverai aucune objection aux clauses du contrat qu'elle te fera signer. Son rôle est de présider. Le mien de veiller à la sécurité. Tu vas travailler au plus près du gouvernement. Tu verras et entendras des choses qui ne devront pas sortir de la pièce. Cette Cité, je l'aime de tout mon être. Je me suis battu pour elle et je la protégerai jusqu'à mon dernier souffle. Par conséquent, si tu es trop bavarde, si tu racontes à qui que ce soit ce qui se passe dans le bureau de Mme Lancien, je n'hésiterai pas à te tuer. As-tu compris ?

Peut-être était-ce parce qu'elle s'endurcissait, mais Liberté se sentait assez peu intimidée.

– J'ai compris, monsieur, répondit-elle, et d'ailleurs je n'ai parlé à personne de l'Allemagne.

Maxime parut surpris qu'elle soit capable d'aligner une phrase complète et retira son pistolet.

– Bien, dit-il sèchement. Que cela continue.

Sans un mot de plus, il tourna les talons et repartit vers la vapomobile, laissant Liberté dans l'ombre. L'adolescente se laissa tomber dans l'herbe et tâtonna pour retrouver sa sacoche avec l'impression d'avoir traversé Larispem au galop. Le souffle court, elle respira de grandes goulées d'air jusqu'à ce que son cœur cesse de battre la chamade et qu'un grand sourire s'épanouisse sur ses lèvres. Maxime Sévère pouvait bien la menacer, elle venait de vivre la plus fabuleuse soirée de toute sa vie. Elle avait perdu son travail le matin pour en retrouver un le soir même, elle tutoyait la Présidente et son avenir lui semblait soudain aussi brillant que le quartier de lune suspendu dans le ciel. Liberté resta là un moment, le visage radieux, sans sentir l'humidité de l'herbe ni se douter que le sang qui courait dans ses veines était à présent d'une sombre, d'une inquiétante couleur violette.

17
LA COMTESSE VÉRITÉ

> *Les représentants de nos familles les plus anciennes et les plus fameuses ne se reconnaissent pas qu'à leurs noms. Nul doute que l'élégance de leur mise et le raffinement de leurs paroles sont une carte de visite bien plus éloquente que toutes celles que l'on peut imprimer sur papier.*
> Préface du *Guide mondain* en 1860.

Le monde était noir. Noir et atrocement douloureux. Nathanaël avait l'impression qu'un menuisier fou égalisait ses nerfs au rabot, des pieds à la racine des cheveux. Puis la douleur se fit moins générale pour se concentrer dans sa tête. Il ouvrit les yeux avec peine et put contempler un plafond qui semblait recouvert d'une étoffe sombre et luxueuse. Du velours peut-être, sur lequel jouait la lueur d'une bougie. Au prix d'un effort qui lui donna la nausée, Nathanaël tourna légèrement la tête. Il était allongé sur un lit, dans une petite chambre. La décoration était d'un luxe étourdissant : un feu brûlait dans une cheminée en marbre surmontée d'un miroir au cadre très travaillé. Les murs étaient couverts de riches tentures ; quant au parquet, il disparaissait sous les tapis. Il y avait même une peau de tigre, la tête empaillée du fauve montrant les crocs à des étagères chargées de livres. Un tableau qui avait l'air d'être un portrait de famille était suspendu au mur. Au crépitement du feu répondait celui de la pluie sur une lucarne. Le ciel était d'un noir d'encre. Nathanaël se redressa avec précaution et s'assit. Il porta délicatement une main à sa tête et découvrit un gros bandage. Après un moment, il se sentit d'attaque pour se lever. Il se mit debout sans trop de difficulté et se retrouva face au miroir.

– Tu ne m'as pas raté…, murmura-t-il, comme si la femme de Paolino Venve pouvait l'entendre.

Il n'osa pas défaire son bandage pour constater l'étendue des dégâts. Où était-il ? Et quand ? Le lieu était silencieux et c'était la nuit. Il avait pu se passer quelques heures comme plusieurs jours depuis que la matrone avait mis à profit sa clémence pour l'estourbir. L'unique porte de la pièce était fermée à clé et il eut beau secouer la poignée, rien n'y fit. « Très bien, songea Nathanaël, on ne me veut pas de mal puisqu'on s'est donné la peine de me soigner, mais on veut me garder sous la main. »

Faute de mieux, il alla examiner le tableau. Nathanaël compta trois personnes qui posaient dans un jardin verdoyant. Au premier rang, il y avait un jeune couple en habits démodés qui se tenait la main. La femme portait une robe qui semblait avoir été taillée dans un kilomètre de soie bleu clair. Ses boucles blondes étaient surmontées du plus extravagant chapeau qu'il ait jamais vu. Elle adressait un sourire mutin au spectateur. Tout aussi blond, le regard tourné vers sa femme, l'homme était habillé plus sobrement. Assis au pied du couple, deux lévriers semblaient aux aguets. Un troisième personnage se tenait debout, vêtu de noir, et bien qu'il soit en retrait, il attirait toute l'attention. Nathanaël reconnut avec stupéfaction le visage émacié, les yeux perçants et le profil de faucon de Louis d'Ombreville. Sidéré, il se rapprocha si près de la toile qu'il sentit l'odeur de la peinture. Le chef des Frères du Sang avait le visage tourné vers une sorte de château gothique à moitié dissimulé par la végétation. Nathanaël scruta les trois clochetons flanqués de statues d'anges armés de glaives, mais il ne reconnut pas l'édifice.

Le bruit d'une clé tournant dans la serrure le fit sursauter et il recula pour s'asseoir sur le lit. La porte s'ouvrit sur Isabella, le visage aussi pâle et inexpressif que d'habitude. Elle portait un plateau chargé d'une théière fumante et d'un bol.

– Tu es réveillé, constata-t-elle. Ça va ?

– J'ai mal, répondit Nathanaël d'une voix rauque.

Il voulut demander des explications mais la jeune fille lui fit signe de se taire et lui tendit le bol avant d'y verser une sorte de tisane qui sentait les herbes médicinales. Elle vérifia avec délicatesse la bonne tenue de ses bandages.

– Tu as une grosse bosse sur le côté du front. Elle t'a frappé vraiment fort.

Le souvenir de la grosse femme fit grimacer Nathanaël.

– Il s'est passé quoi ? On est où ?

– J'ai interrogé Paolino et je sais comment il s'est procuré les objets. On a deux noms : Liberté Chardon et Carmine Noir. J'ai envoyé le trafiquant hors de Larispem, on ne le reverra pas. Quant à toi, tu t'es fait assommer.

– J'avais remarqué, merci !

L'ironie sembla blesser Isabella.

– À cause de toi, la femme s'est enfuie, dit-elle d'un ton froid. Pourquoi tu ne l'as pas marquée ?

Nathanaël regarda ailleurs.

– Pas pu, mentit-il. On est où ?

– À l'orphelinat. Dans la chambre du professeur Valentine.

– Quoi !

– C'est joli, non ? Tout ça sans que les autres professeurs se doutent de quoi que ce soit.

Nathanaël désigna le tableau.

– Cette toile, c'est bien ce que je pense ?

Isabella lui adressa un regard oblique.

– Tu devrais te reposer, dit-elle d'un ton raisonnable, et arrêter de te poser des questions.

Nathanaël sentit que sa douleur, l'attitude de l'adolescente et l'irritation qu'il ressentait contre lui-même étaient en train de s'agglutiner pour former une boule de colère brûlante au creux de son ventre. Il serra les poings.

– J'en ai assez, murmura-t-il d'une voix sourde qui enfla et se transforma presque en cri. Je veux des explications ! Sur Alcide, sur toi, sur les Frères, sur ce Louis d'Ombreville et son foutu sang que je n'ai jamais demandé à avoir dans les veines ! Je préférais encore quand je n'étais personne et que la seule chose qu'on attendait de moi, c'était d'être normal !

Isabella leva les mains comme pour se protéger.

– Calme-toi, je vais tout t'expliquer. Mais recouche-toi avant de t'évanouir.

Elle essaya de l'aider à s'allonger mais il la repoussa d'un geste plus brusque qu'il ne l'avait lui-même prévu. Isabella recula, les joues pâles, et se replia sur un tabouret.

– Pose tes questions.

Nathanaël lui jeta un regard en coin, un peu gêné de s'être mis en colère. Vêtue de son uniforme sévère, ses tresses cernant son visage morose, Isabella avait plus que jamais l'air d'une orpheline.

– Bon. Premièrement, qui est Alcide ? Un simple professeur ne peut avoir une chambre pareille ! Sans parler de ça.

Il désignait le tableau. Isabella s'en approcha.

– Voici le baron Louis d'Ombreville, dit-elle en tapotant la poitrine peinte de l'homme que Nathanaël avait déjà reconnu. Le jeune homme est son fils, Alcide d'Ombreville, et elle, c'est Valentine Beaumont d'Azy, sa femme.

Le cerveau de Nathanaël peinait à se mettre en route. Il avait l'impression d'avoir la tête pleine de cailloux.

– Et quel est le lien avec le professeur Valentine ?

– Figure-toi qu'il est lui-même sur le tableau.

– Comment ça ?

Isabella sourit et montra les genoux de la baronne. Ce que

Nathanaël avait tout d'abord pris pour un bouillonnement de dentelle était en fait, il s'en rendait compte maintenant, la forme indistincte d'un nouveau-né au visage à peine esquissé, enveloppé dans des langes de dentelle.

– C'est le dernier survivant de sa famille. Une servante l'a sauvé des révolutionnaires et lui a donné un nouveau nom composé à partir de ceux de ses parents. Alcide m'a lui-même raconté toute l'histoire.

– Mais alors, il doit avoir un pouvoir exceptionnel ! Je veux dire, c'est le propre petit-fils de Louis d'Ombreville !

Isabella secoua la tête.

– À mon avis, Alcide est né trop tôt pour que ses parents lui transmettent le pouvoir. Je ne l'ai jamais vu marquer qui que ce soit avec son propre sang, il se sert toujours de celui qu'il nous prélève.

– Tu as raison, c'est avec celui de Valère qu'il m'a endormi à l'infirmerie.

– Il ne pourrait plus le faire à présent que tu as transmuté.

– Alors ça veut dire que si on voulait, on pourrait le marquer ?

– C'est ce que je pense. Méfie-toi quand même, il sait se défendre. Je l'ai déjà vu se battre à l'épée. Et en plus de ça, c'est un bon chimiste. Regarde…

Isabella tira d'une bourse glissée dans sa ceinture une petite bille de verre transparente. À l'intérieur, on distinguait deux parties divisées par une fine paroi : d'un côté, des paillettes brunes évoquant des morceaux de feuille séchés, de l'autre, un liquide incolore.

– Une de ses inventions : du sang séché et une substance chimique spéciale. Si on brise la bille, le produit réagit avec l'air et crée une fumée qui répand le sang dans un rayon de quelques mètres. Il peut ainsi marquer plusieurs personnes d'un coup. Tiens, prends-en une. On ne sait jamais…

Nathanaël hésita, puis accepta la bille. Elle était froide contre sa paume.

– Il faut que tu fasses attention à toi, tu sais. Maintenant que tu es des nôtres, il y a beaucoup de personnes qui voudraient te voir mort…

– Merci, Isabella, tu n'imagines pas à quel point ce que tu me dis me remonte le moral.

L'orpheline ne releva pas le sarcasme. Elle semblait préoccupée et regardait la porte comme si elle craignait l'arrivée de quelqu'un.

– Il y a autre chose qu'il faut que tu saches, dit-elle. Alcide a beau être le petit-fils de Louis d'Ombreville, il n'est pas le chef des Frères du Sang.

– C'est qui, alors ?

– Tu risques de la rencontrer très vite. Montre-toi prudent quand ce sera le cas.

Un bruit de pas l'interrompit et, quelques secondes plus tard, la porte s'ouvrit sur un petit homme d'une cinquantaine d'années dont la silhouette évoquait deux boules de pâte à pain empilées, avec deux yeux sombres enfoncés, comme des raisins secs.

– Ah, je vois que notre patient est réveillé, déclara-t-il en posant son plateau au pied du lit.

Il sourit et s'inclina profondément. Stupéfait, Nathanaël le regarda se redresser et déclarer :

– C'est un grand honneur pour moi de vous connaître, monsieur. Alcide m'a parlé de vous. En bien, c'est évident. Je suis le docteur Claude Delisle. L'Hermès des Frères, en quelque sorte : je sillonne le monde pour retrouver les membres de notre famille. Par exemple, c'est moi, voyez-vous, qui suis allé chercher notre prodigieuse Isabella aux confins de la péninsule espagnole.

– Je… bonjour…, bafouilla Nathanaël.

Il était très impressionné – jamais on ne l'avait vouvoyé et encore moins appelé monsieur.

– Permettez que je regarde votre blessure. Ne soyez pas inquiet, je ne vous ferai aucun mal, vous êtes ici en territoire ami.

Nathanaël, figé, resta assis tandis que Delisle ôtait son bandage. Du coin de l'œil, il constata que sa camarade ignorait le médecin et s'appliquait à tisonner le feu.

– Bien, bien. Il faudra compter deux semaines avant que ce soit complètement remis. Le ciel soit loué, Isabella était là. Savez-vous qu'elle a marqué un homme afin qu'il vous porte jusqu'ici ? Je ne cesse d'admirer sa présence d'esprit et je ne doute pas qu'il en soit de même pour vous, pas vrai ?

– Euh…

– Je parle du sang, reprit Delisle, grandiloquent. De ce sang prodigieux qui coule dans les veines des Héritiers ! Le pouvoir n'est que la partie la plus visible de votre nature supérieure, si je puis m'exprimer ainsi. La haute intelligence, le charisme, la clairvoyance sont pour moi les véritables attributs des enfants de Louis d'Ombreville.

La tirade du médecin relança le mal de tête de Nathanaël. Il eut envie de le marquer juste pour le faire taire. Delisle refit le bandage et se frotta les mains.

– Très bien. À présent que je suis rassuré sur l'état de votre crâne, il faut que je vous conduise à la salle de musique. On vous y attend.

La porte s'ouvrit de nouveau à la volée : Alcide, drapé dans sa toge de professeur, entra, essoufflé comme s'il avait grimpé les marches quatre à quatre. Il se précipita vers Nathanaël.

– Que s'est-il passé ? Isabella m'a dit que tu n'avais pas marqué cette femme !

Sa voix, habituellement calme et douce, était cette fois-ci tendue. Sans son sourire habituel et vêtu de noir, l'adolescent lui trouva une certaine ressemblance avec son grand-père. Il s'apprêtait à répondre mais Isabella le prit de vitesse.

– Nathanaël n'a pas eu le temps…, commença-t-elle, aussitôt interrompue par une main autoritaire.

– Isabella, c'est très noble de ta part de vouloir défendre ton camarade mais je vais te demander de nous laisser.

Il y eut un moment de flottement où les quatre personnes dans la pièce s'observèrent en silence. Isabella, plantée devant le professeur, paraissait prête à tout.

– Vas-y, dit Nathanaël en se tournant vers elle. Ne t'inquiète pas.

La jeune fille hésita et, de façon inattendue, effleura la main de l'adolescent.

– N'oublie pas ce que je t'ai expliqué, lâcha-t-elle avant de s'en aller.

Alcide vérifia qu'elle était bien sortie avant de porter une main à son front. Il était tout pâle.

– Mon ami, dit le docteur, vous avez l'air bien ennuyé.

– Mademoiselle veut le voir. Je n'imaginais pas que ce serait si tôt.

La pâte dont semblait constitué le visage de Delisle se fendit en un large sourire.

– Quittez donc cette mine attristée. C'est un honneur pour lui! s'exclama-t-il.

Alcide ne semblait pas de cet avis. Il attrapa l'adolescent par les épaules.

– Écoute-moi. Mademoiselle est une de nos Sœurs les plus illustres. Tu devras lui obéir comme nous lui obéissons tous, d'accord?

Nathanaël soutint son regard. Il avait mal à la tête et ne se sentait pas d'humeur à obéir à qui que ce fût.

– C'est votre chef, c'est ça? Pourquoi elle et pas toi, professeur?

Alcide le lâcha et ajusta sa cape autour de ses épaules, cherchant comment formuler sa réponse.

– Sa maîtrise du pouvoir est exceptionnelle, finit-il par répondre. Personne ne songerait à contester son autorité. Allez, viens maintenant.

Ils sortirent de la chambre et descendirent un escalier étroit et mal éclairé avant de se retrouver dans une partie de l'orphelinat que Nathanaël ne connaissait pas (sans doute celle réservée aux professeurs). Ils marchèrent le long des couloirs obscurs, le professeur devant, sa cape serpentant sur le parquet avec un froissement léger et Delisle fermant la marche. Aucun des deux ne parlait et Nathanaël ne put s'empêcher d'avoir l'impression qu'on le conduisait à l'abattoir. Il toucha la bille en verre que lui avait donnée Isabella et se demanda s'il serait obligé de s'en servir.

En arrivant dans le couloir qui menait à la salle de musique, ils entendirent des notes étouffées s'élever dans le silence de l'orphelinat endormi. Quelqu'un jouait du piano au milieu de la nuit. Alcide poussa la porte de la salle et la mélodie les enveloppa de toute sa puissance. À la lueur d'un chandelier, une petite fille en chemise de nuit se tenait devant l'instrument. Ses cheveux blonds et bouclés formaient un halo de lumière autour de son visage. Nathanaël estima qu'elle ne devait pas avoir plus de quatre ans. Le morceau était rapide, très rapide même – un exercice de virtuose. Les doigts de la petite galopaient d'une extrémité du clavier à l'autre, voletaient de touche en touche. La musique sembla accélérer encore puis la fillette plaqua deux ultimes accords et sauta de son banc pour s'incliner bien bas devant son auditoire. Lorsqu'elle se releva, Nathanaël eut un choc. Elle regardait dans le vide, ses traits dénués de toute expression. Une traînée sombre barrait son front : le sang presque violet d'un Héritier.

– La *Sonate au clair de lune*. N'est-ce pas approprié pour une rencontre nocturne ?

L'un des grands rideaux noirs derrière le piano sembla frémir et prendre vie pour se changer en une femme que Nathanaël n'avait jamais vue. Grande, les cheveux noirs coupés sous les épaules, elle portait une longue redingote ajustée qui soulignait sa taille fine. *Aristocratique,* pensa Nathanaël malgré lui, *elle a un air aristocratique.* C'était quelque chose dans le maintien, dans le soin apporté à une tenue plutôt sobre, dans la façon de garder le menton levé un peu plus haut que nécessaire. Son parfum, une suave odeur de fleurs blanches, flottait dans l'atmosphère. Quand elle souleva ses paupières et qu'elle le fixa de ses yeux verts, il sut aussitôt qu'il allait la détester.

– Est-ce le garçon ?

Sa voix était claire et pure.

– Oui, Mademoiselle, voici Nathanaël.

Le professeur était sur la défensive. Il se rapprocha de l'adolescent, tandis que le docteur Delisle faisait le tour de la salle, parfaitement détendu.

La femme caressait distraitement les boucles de la fillette d'une main gantée. Elle n'ouvrit pas la bouche mais la petite, le visage toujours aussi vide, se remit au piano et se mit à jouer un air mélancolique.

– Je suis la comtesse Vérité de Maugardin. Connaît-on le lignage de celui-ci ?

Son ton était suprêmement méprisant.

– Non, Mademoiselle, répondit Alcide. Le Livre est censé répondre à cette question.

– Ce fameux Livre dont vous venez à peine de retrouver la trace.

Elle ponctua sa phrase d'un soupir bref, irrité.

– J'étais venue pour rencontrer un nouvel Héritier et voilà qu'on m'annonce qu'il ne s'est distingué que par sa lâcheté et sa capacité à se faire assommer par une mégère obèse. Puis-je avoir une explication… Nathanaël ?

L'adolescent essaya de soutenir son regard, tant bien que mal.

– Je n'ai pas eu le temps de la marquer.

Un sourire glacial arqua les lèvres de la comtesse Vérité.

— Je sais bien qu'on t'a élevé dans le mépris complet des règles de la politesse mais tu es prié, d'une part, de m'appeler Mademoiselle ou comtesse lorsque tu t'adresses à moi, d'autre part, de ne pas me mentir.

— Je ne mens pas, se défendit l'adolescent en sentant une goutte de sueur rouler dans son dos.

— Et voici un autre mensonge.

Elle tourna la tête vers Alcide, le cou élégamment ployé comme pour mettre en valeur sa chevelure aux boucles impeccables. Une nouvelle bouffée de son parfum atteignit les narines de Nathanaël.

— Alcide, vous m'avez habituée à un meilleur contrôle chez nos jeunes Frères et Sœurs.

Le professeur Valentine pâlit. Il s'inclina et murmura :

— Mademoiselle Vérité, je suis contrit.

Celle-ci soupira de nouveau.

— Une dernière fois, Nathanaël. Pourquoi as-tu laissé filer cette femme ?

— Je vous l'ai déjà dit.

Vérité pinça l'extrémité du gant de sa main gauche entre ses incisives et le laissa tomber dans sa paume. C'était une curieuse façon de procéder et Nathanaël se rendit compte que son bras droit pendait, inerte, dans les plis de son vêtement. Il ne l'avait pas vue faire un seul geste avec depuis le début. La comtesse fit mine d'examiner ses ongles. Elle portait à son majeur une lourde chevalière ornée d'un diamant. Nathanaël se demanda comment elle s'y prenait pour passer inaperçue au quotidien, tant elle avait l'air d'une aristocrate. La petite s'arrêta au beau milieu de son morceau et se leva.

Comment elle fait ?

Nathanaël avait toujours cru que les ordres devaient être formulés à voix haute pour contrôler les marqués mais la femme manipulait la fillette sans même la regarder. Il se rappela la phrase qu'avait prononcée Alcide : « Sa maîtrise du pouvoir est exceptionnelle. Personne ne songerait à contester son autorité. »

– Alcide ne veut pas qu'on abîme ses protégés. Je ne suis pas d'accord mais soit. J'ai d'autres ressources pour mater les garçons désobéissants.

La petite fille avait repoussé le rideau qui masquait une haute fenêtre donnant sur la place de la Colonne-Abattue. Elle se haussa sur la pointe de ses pieds nus pour l'ouvrir et une bourrasque mêlée de pluie entra dans la pièce, accompagnée de l'odeur des pavés mouillés. Horrifié, Nathanaël la vit grimper sur la balustrade de fer forgé et rester là en équilibre précaire, se tenant d'une main au rebord de la fenêtre tandis que sa chemise de nuit se trempait de pluie.

– Donc ?

Vérité ne regardait toujours pas ce qui se passait dans son dos mais Nathanaël savait qu'il suffirait d'une pensée de sa part pour que la fillette fasse un pas en avant et s'écrase sur le trottoir, plusieurs mètres plus bas. Il n'avait guère le choix.

– Faites-la descendre, dit-il en s'avançant. Vous avez raison, je ne l'ai pas marquée.

– Tiens. Et pourquoi ?

– J'ai eu pitié d'elle, avoua Nathanaël d'une voix sourde.

Sur la balustrade, la petite n'avait pas bougé, figée en équilibre par la simple volonté de la femme. Il se demanda si elle avait conscience de quelque chose. Se croyait-elle prisonnière d'un cauchemar ? Sentait-elle le froid de la nuit ? Le sourire de Vérité était encore plus glacé.

– Pitié ? Mais mon garçon, c'est un sentiment qui n'a pas sa place ici. Est-ce que les révolutionnaires ont eu pitié de mes parents ? De ma grande sœur qui, à l'époque, n'était qu'une enfant ? À cause d'eux, je n'ai jamais connu ma famille, j'ai dû vivre cachée. Sans compter tout le reste…

Elle toucha son bras inerte.

– Notre pouvoir, reprit-elle d'une voix impérieuse, est une arme que le ciel nous envoie pour réparer cette injustice. *Tu* es une arme au service des Héritiers. Mais si tu fais preuve d'apitoiement, tu ne vaux guère mieux qu'une épée de carton. La prochaine fois que tu seras aussi indulgent, Nathanaël, une petite fille mourra.

– Vous êtes un monstre !

Il avait crié sans même réfléchir. En deux pas rapides, la comtesse fut devant lui. Elle le gifla du revers de sa main nue. Le diamant de la chevalière traça un sillon sanglant sur la joue de l'adolescent. Vérité le contempla de toute sa hauteur et montra le sang violet qui coulait de la blessure. Son parfum de fleurs était plus fort que jamais, presque oppressant.

– Si je suis un monstre, alors tu en es un autre.

La comtesse jeta un regard derrière son épaule. La fillette descendit de la balustrade. Elle était trempée et frissonnante, le visage toujours inexpressif. Alcide avait contemplé la scène en serrant les mâchoires, sans intervenir. Le docteur, assis sur le banc d'un pupitre, était aussi à l'aise que devant une pièce de théâtre.

– Ramène cette enfant à son dortoir, Nathanaël, ordonna Vérité. Et n'oublie pas d'ôter la marque sur son front.

Celui-ci serra les dents, regrettant que son pouvoir ne lui permette pas d'envoyer par la pensée la comtesse au tapis. Il souleva la fillette apathique dans ses bras et tourna les talons, sentant le poids du regard vert sur sa nuque.

– Nous nous reverrons, lança Vérité. Et ce jour-là, il faudra bien que tu sois à la hauteur.

Une fois que Nathanaël eut quitté la pièce, le silence tomba sur le trio.

– N'est-ce pas une délicieuse soirée ? demanda Delisle comme s'il ne s'était rien passé.

Personne ne se donna la peine de lui répondre. L'attitude de Vérité évoquait un oiseau de proie qui n'a pas encore décidé du bon moment pour fondre sur sa victime.

– Vous me décevez, Valentine, laissa-t-elle enfin tomber. Ce que nous attendions de vous était simple : vous occuper des jeunes Héritiers, leur transmettre notre histoire et nos valeurs et les préparer à leur destin. Vous êtes dans cet orphelinat depuis plusieurs années et pour quels résultats ? Notre fraternité n'est pas nombreuse. Trente personnes à peine, la moitié seulement détenant le pouvoir du sang et moins encore ayant transmuté.

– Nous en aurons une de plus très vite, signala le docteur Delisle en levant la main. Une jeune fille que sa mère a essayé de nous cacher en l'élevant en France. J'ai dû me montrer très… persuasif pour qu'elle l'envoie à Larispem. J'ai analysé son sang et je lui ai donné les pastilles d'Alcide. Je parie qu'à l'heure qu'il est, sa transmutation est achevée. Figurez-vous, comtesse, que cette jeune fille s'appelle Liberté et que c'est elle qui a dérobé le carnet à la barbe de notre cher Alcide. Incroyable, non ? C'est un signe du ciel ou je ne m'y connais pas !

Vérité sembla remarquer la présence du médecin pour la première fois de la soirée.

– Votre signe du ciel me semble peu coopératif pour le moment. Où se cache-t-elle ?

– Elle vit dans une pension de jeunes travailleurs et ignore tout de son pouvoir. Alcide et moi, nous ne tarderons pas à la retrouver. N'en doutez pas, comtesse, elle ralliera notre cause. Après tout, elle a ça dans le sang !

Il rit à son propre trait d'esprit mais Vérité se contenta d'une moue dédaigneuse avant de reporter son attention sur Alcide.

– Écoutez-moi bien, *professeur*, reprit-elle d'une voix pleine de menaces, je vais vous faire réviser votre leçon et gare à vous si vous me rendez une fois de plus une mauvaise copie. Vous n'avez hérité ni du pouvoir ni de la prestance de votre grand-père. Si vous ne servez à rien, je n'hésiterai pas à vous retirer de l'équation. Je vous laisse une dernière chance de récupérer le Livre. Vous savez qu'il contient non seulement le nom des familles, mais surtout les notes de Louis d'Ombreville. Le docteur Delisle, qui l'a aidé dans ses travaux, pense être capable de corriger l'erreur de votre grand-père. Nous pourrions ainsi transmettre notre pouvoir sans attendre une génération et former une véritable armée de Frères.

— Absolument, renchérit Delisle en soufflant un rond de fumée. Mes propres notes ont brûlé avec mon laboratoire lors de la Seconde Révolution. Mais je sais que Louis en tenait un résumé dans son carnet. Quelle tristesse qu'il nous ait quittés, c'était le plus grand génie de ce siècle. Pensez un peu ! Combiner hématologie moderne et arts de l'obscurité ! N'était-ce pas brillant ? Je…

Vérité ne l'écoutait pas et elle se remit à parler en jouant avec les touches du piano.

— Dans deux semaines, c'est la foire. Votre Nathanaël veut être boucher ? Parfait. Nous avons besoin d'un Frère dans leur caste. Je vous laisse deux semaines de plus pour transmuter tous les enfants. Dans l'état actuel des choses, ils ne sont pas plus utiles que vous ; j'ai besoin qu'ils aient le pouvoir.

— Ces enfants l'ont déjà, Mademoiselle. C'est seulement qu'ils sont incapables de le contrôler. Nathanaël a tué son professeur de mathématiques uniquement parce qu'il l'avait contrarié mais…

— Et vous êtes là pour le leur apprendre. Ces enfants sont notre meilleure chance de réussir : personne ne se méfiera d'eux.

Alcide avança d'un pas, alarmé.

— Vous n'y pensez pas ! Ils ne sont pas prêts et le plus vieux n'a que quinze ans !

La comtesse eut un rictus de mépris. De sa main valide, elle lissa une boucle de ses cheveux noirs.

– Si d'Ombreville avait fait les choses correctement, nous n'en serions pas là. Les attentats, le piratage des voxomatons n'étaient que des avant-goûts de ce que nous préparons. Le nouveau siècle arrive et je veux que ce soit celui qui verra tomber Larispem. Je veux que cette ville redevienne Paris, que la Présidente, son molosse Fiori et tous ces révolutionnaires pouilleux paient au centuple pour les massacres qu'ils ont commis. Je veux être celle qui aura rendu sa capitale à la France et fondé un nouvel Empire.

Les derniers mots de Vérité retentirent dans la salle de musique. Delisle applaudit.

– Ah, comtesse, ma chère comtesse ! Quelle oratrice ! À n'en pas douter, vous êtes le phénix qui renaîtra des cendres de la Commune !

C'est tout juste s'il n'effectua pas un pas de danse en allant ouvrir la porte du poêle éteint pour y vider le tabac consumé de sa pipe. Un étage plus haut, l'oreille collée contre le tuyau, Nathanaël n'osait même plus respirer.

Il lui fallut du temps pour réussir à faire fonctionner ses poumons et encore plus pour comprendre tout ce que les mots de Vérité impliquaient. La première impulsion qui lui vint fut de fuir. Quitter l'orphelinat, tout de suite, prendre un train clandestinement, partir le plus loin possible de Larispem.

Sauf que fuir voulait dire les laisser faire, et il ne pouvait pas s'y résigner.

Pour la première fois de sa vie, Nathanaël était en train de prendre une décision déterminante : il allait rester et combattre les Frères du Sang de l'intérieur. Comment ? Il n'en savait rien. C'était peut-être stupide, sans doute suicidaire, mais il ne reculerait pas. Cette fois-ci, il ne laisserait personne décider de son destin et du rôle qu'il devait jouer. Il se le jura solennellement.

Seul dans la salle de classe déserte où il s'était caché, l'adolescent posa son front brûlant contre les vitres de la fenêtre. Dehors, la pluie s'était calmée. Sur la place de la Colonne-

Abattue, il aperçut une silhouette, celle d'un colleur d'affiches qui se débattait avec son seau et ses balais pour placarder une immense feuille de papier jaune. Nathanaël lut :

La foire aux orphelins aura lieu le 1er août
de 18 heures à minuit
au numéro 15, place de la Colonne-Abattue.
Faites grossir les rangs de votre entreprise !
Embauchez un orphelin !
Nos jeunes hommes et nos demoiselles savent lire,
écrire et compter.
Ils ont tous bénéficié d'un enseignement complet
dans les valeurs de notre belle Cité.
Offrez l'avenir à un jeune citoyen,
recrutez à la foire aux orphelins !

LA COMMUNE DE 1871, PARIS ET LES BOUCHERS

Quatre des principaux ingrédients de cette histoire sont tirés de faits réels – mais ils sont, bien entendu, largement assaisonnés de fiction.

En 1871, une révolution du peuple a bel et bien eu lieu à Paris. La naissance de la IIIe République, qui succède au Second Empire (celui de l'empereur Napoléon III), se passe mal. Les Parisiens se révoltent contre leur gouvernement, installé à Versailles. Ils dressent des barricades un peu partout dans la ville.

Dans la réalité, la révolution a été écrasée dans le sang, et les communards survivants condamnés à de lourdes peines. Dans ce roman, les révoltés, qu'on appelle « communards », ont gagné.

Paris a ainsi changé de nom et de statut : la Commune, en gagnant, a radicalement modifié la ville. Deux catégories de la population, qui étaient autrefois les plus importantes, ont été bannies. Il s'agit des aristocrates et du clergé (les religieux). Larispem est une Cité-État indépendante, enclavée au milieu de la France dont elle ne dépend plus. Certaines rues ont changé de nom, des édifices n'ont jamais été construits (la tour Eiffel, par exemple, n'existe pas et, sur l'emplacement du Sacré-Cœur, se dresse la tour Verne).

L'argot des bouchers utilisé dans ce livre existe véritablement. Il repose sur un système d'échange de lettres :
– La première lettre est remplacée par un L : Boucher → Loucher
– La première lettre est rejetée à la fin du mot : loucherB
– On rajoute un suffixe au choix (-ès, -em, -uche, -oc…) : loucherbem
– Le mot peut être légèrement modifié pour une meilleure prononciation ; on a ainsi enlevé le « r » de loucheRbem → louchébem

Autrefois largement répandu dans la profession, il est aujourd'hui encore utilisé parfois pour certaines expressions. Tendez l'oreille la prochaine fois que vous irez acheter vos côtelettes !

Quant au roman de Jules Verne intitulé *Le Testament d'un excentrique*, je ne l'ai pas non plus inventé. Dans ce récit, qui n'est pas – et de loin – le plus connu de l'écrivain, ce sont les États-Unis qui font l'objet d'un gigantesque jeu de l'oie pour gagner la fortune d'un riche homme d'affaires.

Pour ce roman, plusieurs mercis s'imposent :

Merci à J., authentique mari et louchébem, pour m'avoir appris l'existence de l'argot des bouchers, mettant par là même en route les rouages de mon imagination.

Merci à C., authentique et formidable sœur mais piètre critique littéraire, pour avoir vraiment, vraiment essayé de trouver quelque chose à redire à ce livre.

Merci à V., authentique ami et spécialiste des univers parallèles, pour avoir abandonné un instant les copies de ses élèves au profit de la mienne.

Et de façon générale, merci à tous ceux qui m'ont supportée dans tous les sens du terme durant l'écriture des *Mystères de Larispem*. Merci aussi à Eugène Sue et à Jules Verne qui, à travers les siècles, continuent d'être des sources d'inspiration.

1. Maraudeuses	7
2. Le sang jamais n'oublie	19
3. Le Cochon Volant	37
4. Les orphelins de Larispem	51
5. Les abattoirs de la Villette	61
6. Isabella	79
7. La tour Verne	87
8. Tricheurs	103
9. Le repaire de Gueule-de-Passoire	117
10. Le Café Variable	135
11. L'hôtel Noir	151
12. Le club de chimie	163
13. La mauvaise journée de Liberté	177
14. Le Jeu de l'oie	191
15. La piste du Livre	207
16. Une offre d'emploi	227
17. La comtesse Vérité	239
La Commune de 1871, Paris et les bouchers	259

LUCIE PIERRAT-PAJOT naît en 1986 à Nevers. Elle grandit dans la campagne bourguignonne, entre champs et forêts. Pour s'occuper, elle aime grimper aux arbres et vivre des aventures imaginaires en compagnie de sa sœur. La vie quotidienne lui semblant quelque peu étriquée, elle tombe très tôt dans l'addiction à la lecture.

Après plusieurs détours dans diverses régions de France, Lucie Pierrat-Pajot s'installe dans l'Yonne avec son mari et sa fille. Elle travaille comme professeur-documentaliste dans un collège. Ayant déjà tenté sa chance lors de la première édition du concours, elle décide de participer à nouveau avec *Les Mystères de Larispem*. Grande lauréate parmi les trois finalistes, Lucie Pierrat-Pajot écrit actuellement la suite et fin des aventures de Liberté, Carmine et Nathanaël.

RÉCLAME

Vous avez suivi les aventures de nos héros dans *Le sang jamais n'oublie*?

NE MANQUEZ PAS LA SUITE !

LES MYSTÈRES DE LARISPEM
2. Les Jeux du siècle

Extrait

« Quelle sensation étrange, pensa Nathanaël, d'être comme un bibelot sur l'étagère d'un magasin ! » Des inconnus s'arrêtaient devant lui, le détaillant des pieds à la tête, et échangeaient, sans la moindre délicatesse, des commentaires à voix haute :

– Il est bien trop mignon, dit ainsi la tenancière d'un bistrot. Regarde-moi sa figure. Si je le mets derrière mon comptoir, j'aurai des comptes à rendre aux maris cocus.

– Mais pourquoi tu te fatigues ? lui répondit son amie. Il veut devenir boucher.

– Et alors ? Ils n'en voudront jamais chez les louchébems. Il est complètement monté en graine, sans une once de muscle. Faudra bien qu'il accepte ce qu'on lui propose s'il veut pas rester sur le carreau.

Elles s'éloignèrent en continuant leur conversation, tandis que Nathanaël s'appliquait à garder un masque neutre sur son visage. Les professeurs les avaient prévenus qu'ils n'avaient pas leur mot à dire, l'employeur étant maître. Cependant, il sentait la moutarde lui monter au nez.

Il jeta discrètement un coup d'œil derrière lui pour voir comment s'en sortaient ses camarades. Jérôme était en pleine discussion avec un homme au col bordé de fourrure. Son regard croisa ensuite celui, haineux, d'Armand qui passa son index en travers de sa pomme d'Adam dans un geste éloquent. Ce dernier était arrivé en retard et avait découvert l'inscription « ÉGOUTIER » sur sa fiche alors que tous les orphelins étaient déjà installés sur l'estrade. Son visage ravagé par l'acné était devenu écarlate et il s'était aussitôt tourné vers Nathanaël.

Un gros homme en costume brun s'approcha de Gueule-de-Passoire et leva les bras au ciel, visiblement ravi.

– Que le Taureau me patafiole ! s'exclama-t-il avec un tel enthousiasme que des têtes se tournèrent vers lui. Un aspirant-égoutier ! En dix ans de foire, c'est bien la première fois !

Nathanaël réprima un gloussement nerveux. C'était à la fois horrible et drôle. Armand était coincé : il était suffisamment malin pour se rendre compte que s'il rembarrait le bonhomme, il ne pourrait jamais sortir de l'orphelinat. Il retroussa ses lèvres dans un sourire douloureux et opina péniblement, rouge de colère et d'humiliation.

– Eh, je te parle !

Nathanaël tourna si brusquement la tête qu'il se fit mal au cou. Il était tellement absorbé par Gueule-de-Passoire qu'il n'avait pas remarqué le nouveau groupe qui venait de s'arrêter devant lui.

– Je…

Sa voix resta coincée quelque part dans sa gorge. Carmine, une main sur la hanche, lui renvoyait un regard plein de mauvaise humeur. C'était le sixième orphelin qu'elle passait en revue et elle commençait à en avoir assez – ils étaient tous plus stupides, prétentieux et puérils les uns que les autres. Maître Couteau et Antonin ne l'aidaient absolument pas. Le premier, fermement décidé à la laisser se débrouiller, l'observait avec un sourire entendu. Le second, hilare, posait des questions ridicules pour le seul plaisir de voir les garçons bégayer. Quant à Liberté, elle se promenait comme une touriste, le nez en l'air et les yeux comme des soucoupes.

Nathanaël était donc le septième orphelin que Carmine rencontrait. Elle le contempla de haut en bas, notant rapidement ses cheveux qui dessinaient un V sur son front et ses yeux très clairs. Il y avait aussi des marques récentes de bagarre sur son visage – à moins qu'il n'ait récolté cette griffure à la joue et ce bleu à la tête en tombant dans un escalier ? Elle devait reconnaître qu'il n'était pas désagréable à regarder… une qualité parfaitement inutile pour transporter des morceaux de carcasse de plusieurs dizaines de kilos.

– Pourquoi tu veux devenir boucher ? répéta Carmine.

Nathanaël avala sa salive. Il aurait voulu photographier mentalement celle qui se tenait devant lui, pour pouvoir ensuite la contempler tout son soûl. Quel âge pouvait-elle avoir ? Quinze ans ? Plus ? Elle avait l'air si sûre d'elle qu'il était difficile de croire qu'ils avaient le même âge. L'orphelin se rendit compte que, s'il ne se mettait pas rapidement à parler, elle allait se lasser et tourner les talons. La première chose qui sortit de sa bouche fut donc la vérité :

– Je ne sais pas.

Carmine leva un sourcil et Antonin arrêta de ricaner. Tous les autres candidats avaient parlé couteau, passion du sang et volonté d'appartenir à l'illustre caste des louchébems. Cette réponse était une première.

– Alors, pourquoi tu n'as pas mis « jardinier » ou « boulanger », ou n'importe quoi sur ta fiche ?

À présent qu'il s'était engagé dans cette voie, Nathanaël n'avait pas d'autre choix que de continuer à faire preuve de franchise.

– Je ne suis presque jamais sorti d'ici. Je ne voulais pas laisser le conseil décider pour moi et j'ai choisi le premier métier auquel j'ai pensé. Je veux quitter cet endroit et gagner ma vie, comme tout le monde. Boucher fera l'affaire, mais si vous ne voulez pas de moi, ce sera autre chose. Je m'adapterai.

Il y eut un silence. Nathanaël était incapable de détourner ses yeux de ceux de la louchébem. Ce regard noir sans indulgence lui donnait l'impression d'avoir été harponné comme un vulgaire saumon. Carmine croisa les bras.

– C'est pas facile de s'adapter au métier de boucher. Tu penses vraiment pouvoir t'en sortir ?

Sa question ressemblait à un défi.

– Il n'y a qu'en essayant que je le saurai.

Carmine hocha la tête et tourna les talons sans rien ajouter. Antonin cligna de l'œil en direction de Nathanaël.

– Bien joué, lorphelinmuche.

À suivre...

*Découvrez également l'univers riche et foisonnant du livre gagnant de la première édition du concours du premier roman Gallimard Jeunesse, RTL et Télérama :
La Passe-Miroir 1. Les Fiancés de l'hiver
de Christelle Dabos.*

Sous son écharpe élimée et ses lunettes de myope, Ophélie cache des dons singuliers : elle peut lire le passé des objets et traverser les miroirs. Elle vit paisiblement sur l'Arche d'Anima quand on la fiance à Thorn, du puissant clan des Dragons. La jeune fille doit quitter sa famille et le suivre à la Citacielle, capitale flottante du Pôle. À quelle fin a-t-elle été choisie ? Pourquoi doit-elle dissimuler sa véritable identité ? Sans le savoir, Ophélie devient le jouet d'un complot mortel.

Le papier de cet ouvrage est composé de fibres naturelles, renouvelables, recyclables et fabriquées à partir de bois provenant de forêts gérées durablement.

Mise en pages : Dominique Guillaumin

Loi n° 49-956 du 16 juillet 1949
sur les publications destinées à la jeunesse
ISBN : 978-2-07-059980-6

Numéro d'édition : 332062
Premier dépôt légal : avril 2016
Dépôt légal: novembre 2017
Achevé d'imprimer en Italie
par Grafica Veneta S.p.A.

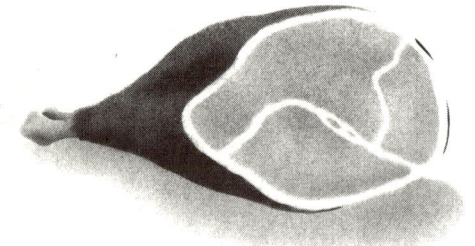